Die drei ???
Botschaft von Geisterhand

und

Die drei ???
Insektenstachel

Justus Jonas, Peter Shaw und Bob Andrews haben mit ihren spannenden Abenteuern längst Kultstatus erreicht. Ihr Markenzeichen sind die drei ???. Sie stehen allerdings nicht für Ahnungslosigkeit, sondern für ungelöste Rätsel, mysteriöse Vorkommnisse und Geheimnisse aller Art. Denn die Detektive aus Rocky Beach übernehmen jeden Fall, auch wenn er noch so knifflig ist.

Die drei ???
Botschaft von Geisterhand

und

Die drei ???
Insektenstachel

Deutscher Taschenbuch Verlag

Weitere ›Die drei ???‹-Bände bei dtv junior:
siehe unter www.dtvjunior.de

Ungekürzte Ausgaben
In neuer Rechtschreibung
August 2005
Deutscher Taschenbuch Verlag GmbH & Co. KG,
München
www.dtvjunior.de

Umschlagkonzept: Balk & Brumshagen
Umschlagbilder: Hanno Rink
Gesetzt aus der Bembo 11/13,5˙
Gesamtherstellung: Druckerei C. H. Beck, Nördlingen
Printed in Germany · ISBN 3-423-70961-8

Inhalt

Der Tote in der Wüste

»Er ist ermordet worden.« Das war keine Frage, sondern eine Feststellung.

Justus lächelte geheimnisvoll und schüttelte den Kopf.

»Er ist nicht ermordet worden?«

Ein Nicken.

»Aber das ergibt keinen Sinn! Niemand würde sich freiwillig in der Wüste nackt ausziehen! Jemand muss ihn getötet und seine Sachen gestohlen haben.«

Peter wartete auf eine Reaktion, doch Justus sagte nur: »Das war keine Frage.«

Der Zweite Detektiv verdrehte die Augen. »Also schön: Hat jemand seine Sachen gestohlen?«

»Nein.«

»Hat der Tote sich freiwillig ausgezogen?«

»Ja.«

Peter schüttelte verwirrt den Kopf. »Das ist absurd.«

»Nicht unbedingt. Es gibt Situationen, in denen es Sinn macht, sich in der Wüste seiner Kleidung zu entledigen.«

»Mir fällt keine ein.« Ratlos stützte Peter sein Kinn auf die Hand und blickte sich in der Zentrale um, als wäre hier des Rätsels Lösung versteckt. Die Zentrale war das Büro von Justus, Peter und Bob, den drei Detektiven. Ein Außenstehender hätte es jedoch nie als solches erkannt, denn es war im Inneren eines uralten verstaubten Campinganhängers eingerichtet, der auf dem Schrottplatz von Justus' Onkel Titus stand. Doch der baufällige Eindruck, den der Wagen auf den ersten Blick machte, trog: Die Zentrale war hochmodern eingerichtet. Im Laufe der Zeit hatten die drei ??? alles zusammengetragen, was ein richtiges Detektivbüro benötigte: angefangen von einem Kriminallabor im hinteren Teil des Wagens über einen eigenen Telefonanschluss bis hin zur komplett ausgestatteten Computeranlage. Hier hatte schon so mancher Fall der drei ??? begonnen, hier hatten sie sich die Köpfe heiß diskutiert, hier hatten sie das glückliche Ende eines Abenteuers gefeiert.

Und nun sollte der Zweite Detektiv Peter Shaw einen Mord aufklären, ganz allein. Nein, laut Justus war es kein Mord, auch kein Unfall, aber da lag nun einmal ein nackter Mann tot in der Wüste und er musste herausfinden, was geschehen war. Sein Blick fiel auf den Kühlschrank. »Ist er verdurstet?«

»Nein.«

»Wurde er vergiftet?«

»Ich sagte doch schon, es war kein Mord.«

»Er wurde weder ermordet noch ist er verdurstet. Du nimmst mich auf den Arm, Just! Wie kann man denn sonst in der Wüste sterben?«

»Das sollst du ja herausfinden.«

Die Tür zur Zentrale wurde geöffnet und Bob Andrews betrat den Wagen. »Wer ist in der Wüste gestorben?«

»Hi, Bob. Ein Mann. Ein nackter Mann. Ein nackter Mann mit einem Stück Holz in der Hand. Mehr weiß ich auch nicht.«

Bob runzelte die Stirn. »Habe ich was verpasst? Haben wir einen neuen Auftrag?«

»Nicht wirklich. Wir üben nur.«

»Ich war der Meinung, es könnte Peter nicht schaden, sich ein wenig im logischen Denken und Kombinieren zu üben, zwei Fähigkeiten, die er immer schon gern vernachlässigt hat.«

Peter warf Justus einen giftigen Blick zu, doch dieser fuhr unbeirrt fort: »Da wir derzeit keinen Fall in Arbeit haben und es uns somit an kriminologischen Herausforderungen mangelt, habe ich mich dazu entschlossen, einen fiktiven Fall zu entwerfen.«

»Was Justus mit seinem geschwollenen Gerede sagen will, ist, dass er mir eine Situation vorgegeben hat, und ich soll herausfinden, was geschehen ist: Ein Mann liegt tot in der Wüste, ist nackt und hat ein Stück Holz in der Hand. Warum? Ich darf Justus Fragen stellen, die er aber nur mit Ja oder Nein beantwortet. Ein Spiel, nichts weiter.«

»Eine Übung«, beharrte der Erste Detektiv.

»Klingt spannend«, fand Bob und setzte sich zu ihnen. »Und? Hast du schon was herausgefunden?«

»Er wurde nicht ermordet und ist nicht verdurstet. Und seine Kleidung wurde ihm nicht gestohlen. Das ist alles.«

»Das ist wenig. War es vielleicht ein Unfall?«

Justus schüttelte den Kopf.

»Kein Unfall? Wie soll das gehen? Wie kann man denn sonst noch sterben?«

»Ah, ich hab's!«, rief Peter. »War der Mann krank?«

»Nein. Er erfreute sich bester Gesundheit.« Justus grinste.

»Komm schon, Just, verrat uns die Lösung«, bettelte Peter.

»Die Lösung verraten? Ihr habt ja noch nicht einmal an der Oberfläche des Rätsels gekratzt!«

»Selbstmord!«, rief Bob. »Es war Selbstmord!«

Der Erste Detektiv verzog das Gesicht. »Genau genommen, ja. Aber nicht im klassischen Sinne.«

»Nicht im klassischen Sinne? Was soll das denn nun wieder heißen?«

»Der Mann verursachte seinen Tod zwar selbst und mit Absicht, aber er war nicht lebensmüde.«

»He, du hast nicht mit Ja oder Nein geantwortet!«, rief Bob.

»Stimmt. Und deshalb gibt es jetzt auch keine Tipps mehr. Den Rest müsst ihr selbst herausfinden.«

»Gemein«, fand Peter.

»Lassen wir die Todesursache erst mal beiseite«, schlug Bob vor. »Vielleicht kommen wir ja anders drauf. Wie ist der Mann denn in die Wüste gekommen?«

»Ja.«

»Also schön. Ist er in die Wüste gewandert?«

»Nein.«

»Gefahren?«

»Nein.«

»Geritten?«

»Nein.«

»Geflogen?«

»Ja.«

»Sein Flugzeug ist abgestürzt!«, war Peter überzeugt.

»Nein.«

»Dann ist er gelandet, Sand kam ins Getriebe, er konnte nicht mehr starten und ist verdurstet.«

»Er ist nicht verdurstet, schon vergessen?«

»Ach ja.«

Bob kratzte sich am Kopf. »Ist das Flugzeug noch in der Nähe?«

»Nein.«

»Ist es weitergeflogen?«

»Nein.«

Peter stutzte. »Du willst uns doch auf den Arm nehmen, Just! Entweder ist es in der Wüste oder es ist weitergeflogen, eine andere Möglichkeit gibt es nicht.«

»Doch. Ihr denkt zu geradlinig. Ihr müsst etwas fantasievoller sein! Wie kommt ihr beispielsweise darauf, dass der Mann mit einem Flugzeug in die Wüste gekommen ist?«

»Weil du es gerade gesagt hast!«

»Nein. Ich habe gesagt, er ist geflogen! Von einem Flugzeug war nie die Rede.«

Peter seufzte. »Also war es gar kein Flugzeug?«

»Richtig.«

»Was denn sonst?«

»Das sollt ihr mir sagen.« Justus warf einen Blick aus dem Fenster und stand auf. »Zermartert euch schön weiter das Hirn, ich gehe mal kurz raus. Der Postbote ist gerade gekommen. Ich will sehen, ob was für uns dabei ist.« Justus verließ die Zentrale und trat auf den staubigen Schrottplatz hinaus, der an diesem Samstagvormittag gut besucht war. Tante Mathilda nahm gerade die Briefe entgegen.

»Hallo Justus! Wundert mich, dass du dich aus eurem Wohnwagen heraustraust«, rief Tante Mathilda und zwinkerte ihm zu, als er näher kam. »Immerhin könnte es sein, dass ich deine Freunde und dich gleich als Arbeitskräfte einspanne.«

»Das würdest du sowieso tun«, erwiderte Justus gutmütig. »Ob wir uns nun in der Zentrale verstecken oder nicht: Wenn es Arbeit auf dem Schrottplatz gibt, können wir dir nicht entkommen.«

»Stimmt. Aber nachdem du versprochen hast mich nächste Woche hier zu vertreten, wenn ich zum Arzt muss, sei dir ein freier Tag vergönnt. Oder sagen wir: ein freier Vormittag.«

»Wie gütig von dir. Ist Post für mich gekommen?«

Tante Mathilda blätterte die Umschläge durch. »Rechnungen, Werbung, Rechnungen, Werbung. Alle wollen nur unser Geld. Könnte nicht zur Abwechslung mal ein Lottogewinn dabei sein?«

»Dazu müsstest du Lotto spielen.«

»Hier ist ein Brief für euch.«

Justus nahm einen schlichten weißen Umschlag entgegen: ›An die drei ???‹ Die Adresse stand auf einem mit dem Computer gedruckten Aufkleber. Einen Absender gab es nicht. Aber auf der Rückseite war eine kleine Notiz: ›Wenn ihr wirklich Detektive seid, könnt ihr dieses Rätsel lösen.‹ Der Erste Detektiv eilte zurück zur Zentrale.

»Ist er mit einer Rakete geflogen?«, wurde er von Peter bestürmt, sobald er die Tür öffnete.

»Nein.«

»Mit einem Segeldrachen?«

»Nein.«

»Mit einem Fallschirm?«

»Nein.«

»Mit einem Ballon?«

»Ja.«

»Aha!«

»Für dich oder für uns?«, fragte Bob, als er den Umschlag in Justus' Hand sah.

»Für uns. Kein Absender.« Der Erste Detektiv griff nach einer Schere und öffnete den Brief.

»Ist er allein mit dem Ballon geflogen?«

»Nein.«

»Hat der andere ihn aus dem Korb gestoßen?«

»Nein. Könnten wir das Rätselraten kurz unterbrechen? Wer weiß, vielleicht wirst du deine Kombinationsgabe schon bald an einem echten Fall unter Beweis stellen müssen.« Justus zog einen Zettel aus dem Kuvert und faltete ihn auseinander. Er drehte ihn um. Beide Seiten waren leer.

»Was ist?«

»Da steht nichts drauf.«

Bob nahm ihm den Zettel aus der Hand. Ein schneeweißes Schreibmaschinenblatt.

»Ist sonst noch was in dem Umschlag?«

»Nein. Aber sieh mal!«

»Wenn ihr wirklich Detektive seid, könnt ihr dieses Rätsel lösen«, las Bob vor. »Hat wohl eine Frau geschrieben.«

»Wie kommst du darauf?«

»Na ja, ist dir noch nie aufgefallen, dass Frauen anders schreiben als Männer? Das hier ist eine typische Frauenhandschrift.«

»Keine voreiligen Schlüsse!«, mahnte Justus. »Man kann seine Schrift auch verstellen.«

»Was soll denn das?«, fragte Peter und hielt den Zettel unschlüssig gegen das Licht ohne jedoch etwas zu sehen. »Wer schickt uns ein leeres Blatt Papier?«

»Genau das sollen wir wohl herausfinden«, meinte Justus. »Da will uns jemand auf die Probe stellen. Jemand, der der Meinung ist, dass wir unsere Fähigkeiten erst unter Beweis stellen müssen.«

»Oder dass wir als Detektive Versager sind«, fügte Peter hinzu.

»Wir? Versager?« Bob lachte auf. »Es gibt niemanden, der das glaubt. Bis jetzt haben wir noch jeden Fall gelöst.«

»Wer weiß, vielleicht ist das der erste, den wir nicht lösen«, erwiderte Peter pessimistisch. »Ich weiß jedenfalls nicht, was ich mit einem weißen Zettel anfangen soll. Wo soll denn da das Rätsel sein?«

»Genau das ist ja das Rätsel«, sagte Bob. »Vielleicht ist etwas mit Geheimtinte draufgeschrieben und unsere Aufgabe ist es, die Schrift wieder sichtbar zu machen.«

»Gute Idee, Bob. Für mich ist das Haupträtsel allerdings ein anderes: Wer hat uns diesen Brief geschickt?«

Die unsichtbare Botschaft

In dem winzigen Labor der drei ??? war Chaos ausgebrochen. Justus, Peter und Bob hockten in dem abgetrennten Teil des Wohnwagens um den Arbeitstisch herum, auf dem der geheimnisvolle Brief lag. Überall standen Fläschchen und Döschen herum, die die verschiedensten Tinkturen und Pulver enthielten. Daneben ein Bunsenbrenner und ein Reagenzglashalter. Es roch nach Chemikalien. Sie hatten das Papier erhitzt, doch es war so weiß wie ein Taschentuch geblieben. Danach war alles, was sie in ihrem Kriminallabor finden konnten, über die unsichtbare Nachricht geträufelt worden – vom einfachen Zitronensaft bis zu Wasserstoffperoxid. Justus hatte angefangen einige Stoffe zu mixen, Pulver in Wasser oder Alkohol aufzulösen oder ein paar Flüssigkeiten so lange über der Flamme des Bunsenbrenners zu schwenken, bis sie ihre Farbe änderten. Doch all das hatte nichts gebracht – abgesehen davon, dass das Papier inzwischen einige Flecken hatte und wellig geworden war.

»Ich fürchte, wir haben den Brief ruiniert«, seufzte Peter. »Selbst wenn mal eine Geheimschrift drauf gewesen ist, inzwischen wurde sie garantiert von unseren ganzen Säuren und Laugen und Pulvern weggeätzt.«

»Das gibt's doch nicht!«, rief Justus verärgert und hielt das Blatt zum wiederholten Mal gegen das Licht, als hoffte er, doch noch etwas zu erkennen. »Hier muss etwas sein! Wieso, zum Teufel, gelingt es uns nicht, die Schrift sichtbar zu machen?«

»Vielleicht weil keine drauf ist«, gab Bob zu bedenken. »Was ist, wenn wir uns geirrt haben und der rätselhafte Spruch auf dem Umschlag etwas ganz anderes zu bedeuten hat?«

»Was denn?«

»Keine Ahnung. Vielleicht ist das weiße Blatt als Rätsel eher metaphorisch zu verstehen.«

»Metaphorisch?«, wiederholte Peter und hoffte, dass Bob ihm das unbekannte Wort erklären würde.

»Na ja, im übertragenen Sinne halt. Es ist nichts auf das Papier geschrieben worden, sondern das Papier selbst ist das Rätsel.« Bob blickte in verständnislose Gesichter. »Irgendwie«, fügte er halbherzig hinzu. »Ach, ich weiß es doch auch nicht.«

»Wer weiß, vielleicht hat sich der Absender geirrt und nach dem falschen Zettel gegriffen. Das echte Rätsel liegt noch auf irgendeinem Schreibtisch.«

»Das glaubst du doch wohl selber nicht«, antwortete Justus vorwurfsvoll und bestrich eine halbwegs unbeschadet aussehende Stelle des Papiers mit Jod.

Schweigend warteten sie eine Weile, aber keine unsichtbare Substanz reagierte mit der Flüssigkeit, keine Schrift erschien auf geheimnisvolle Weise auf dem Papier, nur der braune Jodfleck breitete sich langsam aus. Justus knetete seine Unterlippe.

»Ist der Mann freiwillig in den Ballon gestiegen?«, unterbrach Peter nach einer Weile die Stille.

»Wie bitte?«

»Der Tote in der Wüste – ist er freiwillig mit dem Ballon geflogen?«

»Das heißt mit dem Ballon gefahren«, korrigierte ihn Bob.

»Ist doch egal.«

»Ja«, antwortete Justus. »Ist er.«

»Um sich umzubringen?«

»Nein.«

»Hm«, machte Peter und verfiel wieder in Schweigen.

Lustlos wagte Justus noch einige weitere Versuche mit dem Brief, die jedoch alle scheiterten. Schließlich rief Tante Mathilda ihn zum Essen.

»Schon so spät«, murmelte Bob. »Meine Eltern warten bestimmt auch auf mich.«

»Treffen wir uns nachher wieder hier?«

»Klar«, antwortete Peter. »Und bis dahin hast du das Rätsel hoffentlich gelöst.«

»Wieso denn ich?«

»Wenn du deinen Ruf als größtes Superhirn Kaliforniens wahren willst, musst du schon einiges dafür tun«, stichelte Peter.

»Lös du erst mal dein Rätsel«, gab Justus zurück. »Der Tote in der Wüste. Mal sehen, wer schneller ist.«

»Abgemacht!«

Als sich die drei ??? am Nachmittag wieder in der Zentrale trafen, machten sowohl Peter als auch Justus ein betrübtes Gesicht.

»Nichts«, knurrte der Erste Detektiv. »Inzwischen habe ich auch den Briefumschlag ruiniert, aber ohne Erfolg.« Er hielt das fleckige Beweisstück in die Höhe.

»So viel also zum größten Superhirn Kaliforniens«, murmelte Bob.

»Tröste dich«, sagte Peter versöhnlich. »Ich konnte dir deinen Superhirn-Titel nicht streitig machen. Waren der Tote und sein Mitfahrer befreundet?«

»Das ist egal«, antwortete Justus tonlos.

In diesem Moment klingelte das Telefon. Der Erste Detektiv schaltete den Lautsprecher ein und nahm den Hörer ab. »Justus Jonas von den drei Detektiven?«

»Ich wusste es!«, drang eine empörte weibliche Stimme aus dem Verstärker. »Ihr sitzt faul in eurer Zentrale herum anstatt auf dem Weg zu mir zu sein.«

»Äh, wer ist denn da?«

»Jelena!«, rief Bob, der die Stimme sofort erkannt hatte.

»Ganz genau. Du hattest mich wohl schon aus deinem Gedächtnis verbannt, was, Justus?«

»Wie könnte ich«, antwortete Justus leicht genervt.

»Lass mich raten: Ihr habt den ganzen Vormittag verzweifelt versucht das Geheimnis dieses ominösen Briefes zu lösen, nicht wahr?«

»Der Brief kam von dir?«

»Ja. Und ihr habt die Prüfung leider nicht bestanden, sonst wärt ihr schon längst bei mir aufgetaucht. Tja, das könnt ihr euch jetzt sparen, ich brauche nämlich richtige Detektive.«

»Moment mal«, fuhr Justus dazwischen. »Wir sind

richtige Detektive. Und das ist dir wohlbekannt, schließlich warst du bei einem unserer Fälle dabei.«

Jelena lachte. »Ach was! Damals habe ich die ganze Arbeit allein gemacht! Ihr wart doch bloß meine Handlanger.«

»Handlanger? Das ist ja wohl die Höhe!«

Bob und Peter warfen sich viel sagende Blicke zu. Justus war nicht leicht aus der Ruhe zu bringen, doch Jelena schaffte dieses Kunststück innerhalb von Sekunden. Sie war die einzige Person, deren Überheblichkeit die von Justus bisweilen noch übertraf.

»Na schön«, lenkte Jelena ein. »Ihr habt zwar versagt, aber ich gebe euch noch eine Chance: Setzt euch auf die Fahrräder und kommt her. Ich habe nämlich einen Fall für euch.«

»Warum löst du ihn nicht selbst, wenn du so brillant bist?«, fragte Justus bissig.

»Damit ihr eine Gelegenheit erhaltet, eure Berufsehre zu retten. Ich will ja nicht so sein. Bis gleich!«

Noch bevor der Erste Detektiv etwas erwidern konnte, hatte Jelena aufgelegt.

Wütend starrte Justus den Hörer an, dann knallte er ihn auf die Gabel und griff nach dem verschmierten Brief.

»Oh, oh«, sagte Peter unheilvoll.

»Was?«, brummte Justus wütend.

»Ich weiß genau, was in deinem Kopf vorgeht.«

»Nämlich?«

»Du willst zu gerne wissen, was denn nun des Rätsels Lösung ist. Aber du bist viel zu stolz, um Jelena danach zu fragen, stimmt's? Ich verstehe gar nicht, warum du sie nicht magst. Ich finde sie sehr nett.«

»Nett!«, schnaubte Justus verächtlich.

»Sie ist ihm zu ähnlich«, feixte Bob. »Deshalb hasst Justus sie.«

»Ich hasse sie nicht. Ich finde sie nur maßlos arrogant. Und ähnlich sind wir uns überhaupt nicht, klar?«

Bob und Peter grinsten sich an und sagten wie aus einem Munde: »Wie du meinst.«

Die drei ??? hatten Jelena Charkova, die Tochter des russischen Musikdozenten Sergej Charkov, im Laufe früherer Ermittlungen kennen gelernt. Während Bob und Peter das Geige spielende Mädchen mit den dunkelblonden Haaren auf Anhieb gemocht hatten, war Justus bis zum Abschluss des Falles reserviert geblieben. Er hatte sich damals endlose Vorwürfe seiner Kollegen anhören müssen. Peter hatte sogar einmal behauptet, Jelena sei dem Ersten Detektiv deshalb unsympathisch, weil sie im Rollstuhl saß. Das war natürlich kompletter Blödsinn. Ihre Behinderung störte ihn nicht. Aber ihre besserwisserische Art und die schlechte Angewohnheit, ihn nie ausreden zu lassen – die störten ihn ganz gewaltig! Mit gemischten Gefühlen saß er auf der Rückbank von Peters MG und blickte auf die Küstenstraße Richtung Santa Monica. Einerseits hatte er überhaupt keine Lust, sich von Jelena fortwährend auf ihre angeblichen Unzulänglichkeiten als Detektive hinweisen zu lassen. Andererseits war er ungeheuer neugierig, um was für einen Fall es ging. Schließlich hatte Jelena nicht vor, die drei Detektive im Unklaren zu lassen. Sie brauchte ihre Hilfe, das war für Justus sonnenklar. Aber sie war so geschickt gewesen, durch den geheimnisvollen Brief den Spieß umzudrehen: Jetzt musste sie die drei ??? nicht mehr um Hilfe bitten, sondern sie konnte sich dazu herablassen, sie in ihr Geheimnis einzuweihen.

Justus Jonas wusste sehr genau, warum er Jelena Charkova nicht mochte.

Nach etwa zwanzig Minuten Fahrt erreichten sie die Villa am Hillview Drive kurz hinter Rocky Beach. Das Haus der Charkovs war ein weißer Prachtbau inmitten eines großen, mit Eichen bewachsenen Grundstücks. Als sie aus dem Wagen stiegen, drangen Violinenklänge aus einem geöffneten Fenster.

»Wenn ich schon dieses Gefiedel höre«, stöhnte Justus.

»Ich finde, sie spielt schön«, erwiderte Peter.

»Ach ja? Wetten, sie hat am Fenster auf uns gewartet und erst jetzt ihre Geige ausgepackt, um uns zu beeindrucken?«

»Quatsch«, widersprach Bob und ging die breiten Stufen hinauf zum Eingang. »Sie übt jeden Tag, schließlich will sie mal Konzertgeigerin werden.« Er klingelte. Die Musik hörte auf und nach einer Weile wurde die Tür geöffnet.

»Da seid ihr ja endlich«, sagte Jelena und warf einen Blick in die Runde. Sie lächelte Bob an, bei Peter blieb sie neutral und Justus wurde ignoriert.

»Hallo Jelena«, begrüßte Bob sie freundlich.

Sie blickte auf die Uhr. »Eigentlich hättet ihr ja schon vor zwei Stunden hier sein können, wenn ihr meine

Nachricht entschlüsselt hättet. Aber kommt erst mal rein.«

»Der Brief kam also von dir«, sagte Peter, als sie durch den großen Musiksaal zum Flur gingen, der in Jelenas Zimmer führte. »Was ist denn nun des Rätsels Lösung?«

»Habt ihr ihn mitgebracht? Dann zeige ich es euch!«

»Hier ist er«, sagte Bob und zog den fleckigen Zettel aus der Tasche. Jelena betrachtete ihn naserümpfend, legte ihn auf ihren Schoß, stieß die Tür zu ihrem Zimmer auf und fuhr mit dem Rollstuhl hindurch. Jelenas Zimmer, das die drei ??? bisher nur sehr aufgeräumt kannten, glich einem Chaos. Auf ihrem Schreibtisch standen Reagenzgläser, Petrischalen und andere Utensilien, die sie aus dem Chemieunterricht und aus ihrem Detektivlabor kannten, dem Jelenas Zimmer im Moment auf erstaunliche Weise ähnelte. Auch hier lag ein leicht beißender Geruch in der Luft.

»Was ist denn hier los?«, fragte Bob verwundert.

»Chemie«, antwortete Jelena cool. »Mein neuestes Hobby. Eine faszinierende Wissenschaft! Und das hier ist meine letzte Erfindung!« Sie nahm einen Stift vom Schreibtisch und hielt ihn in die Höhe.

»Ein Filzstift«, bemerkte Justus abfällig. »Wirklich sehr beeindruckend. Schade nur, dass diese Erfindung bereits vor hundert Jahren gemacht wurde.«

Jelena ignorierte die Bemerkung, schnappte sich ein leeres Blatt Papier und schrieb etwas darauf. Doch der Filzstift schien leer zu sein, er gab nicht das kleinste bisschen Farbe ab. Sie drückte Justus das Papier in die Hand. »Bitte sehr!«

Der Erste Detektiv betrachtete es einen Moment lang. »Ich nehme an, die Schrift erscheint, wenn ich mit einem anderen Stift drübermale. Funktioniert auch mit einem Tintenkiller und einem Füller. Was soll daran so besonders sein?«

»Dass es eben nicht mit einem Füller funktioniert. Diese Geheimtinte ist absolut unaufspürbar, wenn man ihre Zusammensetzung nicht genau kennt. Ihr wart meine Testpersonen. Und wie man sieht, habt ihr meinen Brief zwar ziemlich ruiniert, aber die Geheimtinte konntet ihr trotzdem nicht sichtbar machen. Das geht nämlich nur mit diesem Stift!« Sie zog einen zweiten Filzer aus der Tasche und reichte ihn dem Ersten Detektiv. »Eine todsichere Methode, geheime Nachrichten zu verschicken. Ich trage den unsichtbaren Stift stets bei mir – für Notfälle. Man kann ja nie wissen.«

Der Erste Detektiv lachte gehässig. »Für Notfälle! Alles klar, Jelena. Du wirst ihn bestimmt oft brauchen!« Er nahm die Kappe ab und malte über die weiße Fläche. Fast augenblicklich hob sich die Geheimschrift darauf ab: ›Justus ist doof‹.

»Sehr witzig.« Er nahm den ursprünglichen Brief zur Hand und probierte den Filzstift erneut. Diesmal erschien folgende Nachricht: ›Herzlichen Glückwunsch! Ihr seid besser, als ich dachte! Bereit für das nächste Rätsel? Dann kommt heute Nachmittag um drei zu mir! Ein neues Abenteuer ruft! Jelena‹.

»Also schön«, sagte Justus tonlos. »Du hast eine sensationelle Geheimtinte erfunden. Wir sind alle sehr beeindruckt. Aber deshalb hast du uns hoffentlich nicht herbestellt.«

Jelena nickte. »Stimmt. Der eigentliche Grund ist, dass ich eure Hilfe brauche, um ein Verbrechen zu verhindern.«

»Ein Verbrechen? Was denn? Mord? Totschlag? Banküberfall?«

Jelena schüttelte den Kopf. »Morgen Nacht wird ein bedeutender Kulturschatz gestohlen werden, wenn wir es nicht verhindern.«

Popol Vuh

»Wovon redest du da?«, fragte der Zweite Detektiv erstaunt. »Gestohlen? Was? Von wem? Woher weißt du das?«

Noch bevor Jelena antworten konnte, winkte Justus ab. »Vergesst es, Kollegen. Miss Charkov nimmt uns auf den Arm.«

»Charkova«, erinnerte Jelena ihn wütend. »In der russischen Sprache wird bei Frauen an den Nachnamen immer ein a gehängt. Ich denke, du bist so klug. Und ich will euch nicht auf den Arm nehmen, es ist wirklich wahr. Jemand will etwas sehr Wertvolles stehlen. Und zwar morgen.«

»Und was soll das sein?«, erkundigte sich Justus gelangweilt.

»Schon mal was von dem Popol Vuh gehört?«

Peter runzelte die Stirn. »Hä? Popel was?«

»Popol Vuh«, sagte Bob. »Kommt mir bekannt vor. Ist das nicht ein altes indianisches Buch?«

Justus nickte. »Eine der wenigen erhaltenen indianischen Schriften. Die allermeisten Indianerstämme hatten nie eine Schriftsprache. Nur die Maya-Hochkulturen aus Mittelamerika entwickelten eine eigene Schrift. Die meisten Aufzeichnungen sind jedoch während der Eroberung durch die Spanier im sechzehnten Jahrhundert verloren gegangen. Das Popol Vuh ist das heilige Buch der Quiché-Maya aus Guatemala. Meines Wissens befindet sich das älteste Exemplar in irgendeinem Museum. Und das soll gestohlen werden?«

Jelena schüttelte den Kopf. »Nicht das Original. Sondern die Übersetzung eines spanischen Priesters aus dem sechzehnten Jahrhundert: Bernardino de Valencia. Ich habe mich schlau gemacht.«

»Moment, Moment, Moment!«, unterbrach Peter und hob abwehrend die Hände. »Ich verstehe nur Bahnhof. Was ist das für ein heiliges Buch? Und was um alles in der Welt hat ein Bernhardiner damit zu tun?«

Justus und Jelena verdrehten gleichzeitig die Augen. »Bernadino de Valencia hat vor über vierhundert Jahren das Popol Vuh ins Spanische übersetzt«, erklärte der Erste Detektiv und fuhr an Jelena gewandt fort: »Und dafür muss man sich nicht erst schlau machen, das gehört zur Allgemeinbildung.«

»Für euch vielleicht«, meinte Peter. »Ich habe von diesem Buch noch nie gehört.«

»Wundert mich nicht.«

»Das Original ist zwar in einem Museum ausgestellt, die Übersetzung jedoch nicht«, fuhr Jelena fort. »Sie befand sich immer in Privatbesitz. Und wie der Zufall es will, wurde sie vor wenigen Wochen bei einer Auktion in Los Angeles versteigert. Für fünfundzwanzigtausend Dollar an den Kulturhistoriker Dr. Arroway, wohnhaft in Rocky Beach.«

»Na, so ein Zufall«, meinte Bob. »Woher weißt du das alles?«

»Ich habe nachgeforscht. Glaubst du, das können nur

Detektive? Man braucht bloß ein Telefon und ein bisschen Geduld, dann findet man alles heraus, was man wissen will.«

»Und das Popol Vuh soll nun gestohlen werden«, kam Justus auf den Punkt zurück.

»Exakt.«

»Und von wem?«

»Ich habe nicht die geringste Ahnung.«

»Was soll das heißen? Von irgendwem musst du die Information doch haben«, meinte Justus bissig.

»Ich habe sie von den Dieben persönlich. Aber sie wissen nichts davon.«

»Du sprichst in Rätseln.«

»Passt auf, ich erzähle es euch von Anfang an: Seit ein paar Wochen spinnt unser Telefon. Die Gespräche werden mittendrin unterbrochen. Oft kann man den anderen zwar noch hören, aber selbst nicht mehr sprechen und so weiter. Ich weiß nicht, was mit dem Apparat los ist. Mein Vater ist ja den ganzen Tag an der Uni, also habe ich mich darum gekümmert und immer wieder bei der Störungsstelle angerufen. Die haben nach ewigem Hin und Her schließlich versprochen etwas zu unternehmen und kündigten an, den Anschluss für ein paar Stunden ganz abzustellen. Das war gestern. Ich war neugierig und habe probiert, ob die Leitung wirklich tot ist – und plötzlich war ich mitten in einem fremden Gespräch. Das heißt, es war kein richtiges Gespräch, ich konnte nur die eine Seite hören.«

»Moment mal«, unterbrach Peter. »Du meinst, du bist in eine andere Leitung geschaltet worden?«

»Keine Ahnung, was da genau passiert ist. Ich hatte jedenfalls plötzlich jemanden an der Strippe, der da nichts zu suchen hatte. Aber er konnte mich nicht verstehen. Ich habe ein paar Mal ›hallo, hallo‹ gerufen, aber es kam keine Reaktion.«

»Also hast du gelauscht«, vermutete Justus.

»Ich habe zugehört«, korrigierte sie. »Lauschen ist ein so negativ besetztes Wort. Es war ein Mann, von der Stimme her würde ich sagen, so Ende dreißig. Und er sprach über das Popol Vuh und über die Übersetzung von Bernardino de Valencia.«

»Dass er sie stehlen will?«

»Mehr oder weniger.«

»Was heißt das?«

»Er sagte, dass die Sache übermorgen – also morgen – Nacht steigen würde und er das Geld dann endlich hätte, nachdem ihm das Buch bereits einmal vor der Nase weggeschnappt wurde.«

»Ist das alles?«, fragte Justus spöttisch. »Das kann alles Mögliche heißen.«

»Ich finde, es klingt ziemlich eindeutig«, widersprach Jelena.

»Nur weil du möchtest, dass es eindeutig ist«, behauptete Justus. »Du willst unbedingt ein Verbrechen sehen, wo wahrscheinlich gar keines ist. Es könnte beispielsweise sein, dass es um einen Nachdruck des Popol Vuh geht, dessen letztes Exemplar vor den Augen des unbekannten Anrufers in einer Buchhandlung von einem anderen Kunden gekauft wurde, weil er selbst gerade kein Geld dabei hatte.«

Jelena runzelte die Stirn. »Und welche Sache soll dann morgen Nacht steigen?«

»Vielleicht eine Party. Es ging bei dem Telefonat um zwei ganz unterschiedliche Themen, du hast den anderen Gesprächspartner schließlich nicht hören können. Deine überreizte Fantasie hat diese beiden Infos zusammengewürfelt und schon steht für dich fest, dass jemand das fünfundzwanzigtausend Dollar teure Popol Vuh stehlen möchte, obwohl es dafür nicht den geringsten ...«

»Nun mach mal halblang!«, unterbrach Jelena ihn zornig.

»Ich bin kein Volltrottel! Ich weiß, was ich gehört habe, und es ging bei diesem Telefonat bestimmt nicht um eine Party und irgendeinen Nachdruck. Ich bin sicher, dass ein geplanter Diebstahl dahinter steckt. Außerdem hat der Mann seinen Gesprächspartner die ganze Zeit mit Sir angeredet. Wohl kaum ein Partykumpel. Wenn du das Gespräch gehört hättest, wärst du meiner Meinung.«

»Justus und Jelena einer Meinung – das wäre mal was Neues!«, feixte Peter und erntete sogleich wütende Blicke von beiden.

»Hör zu, Justus«, versuchte es Jelena in versöhnlichem Tonfall. »Ich hätte mich bestimmt nicht bei euch gemeldet, wenn ich Zweifel an der Sache gehabt hätte. Allein schon, um mir das ewige Gerangel mit dir zu ersparen.«

»Wenn du dir so sicher bist und auch schon die Hälfte selbst recherchiert hast, wozu brauchst du dann noch uns?«, fragte Justus. »Lös den Fall doch allein!«

»Würde ich gern. Aber mit diesem verdammten Ding hier bin ich leider nicht besonders mobil.« Sie schlug wütend auf die Räder ihres Rollstuhls. »Ich bin ein sehr selbstständiger Mensch, aber manchmal brauche ich Hilfe. Wenn ich jemanden verfolgen muss, wenn ich mich durch Häuser ohne Rampen und Fahrstühle bewegen oder mich irgendwo anschleichen muss, habe ich schlechte Karten. Das passt mir zwar nicht, aber es ist nun mal so. Deshalb habe ich euch den Brief geschickt.«

Justus schwieg betroffen. Ihm fiel keine bissige Bemerkung mehr ein.

»Also schön«, rettete Bob die Situation. »Schluss mit dem Kleinkrieg. Jelena ist auf eine sehr interessante Sache gestoßen. Und ich finde, wir sollten ihr nachgehen. Vielleicht stellt sich heraus, dass sie sich geirrt hat, dann ist die Angelegenheit ganz schnell erledigt, vielleicht ist das aber auch der Anfang eines spannenden Falls. Was meint ihr?«

»Ich habe zwar noch nie von diesem Popol Vuh gehört, aber ich bin dabei«, sagte Peter unternehmungslustig.

»In Ordnung«, nickte Justus.

Für einen kurzen, unangenehmen Moment breitete sich wieder Schweigen aus, doch dann fragte Jelena in leicht sarkastischem Tonfall: »Wie gehen erfahrene Detektive in einem solchen Fall vor?«

»Dr. Arroway«, antwortete Justus. »Er hat das Popol Vuh ersteigert. Wir sollten ihm einen Besuch abstatten –«

»Und herausfinden, wie gut das Buch geschützt ist«, führte Jelena den Gedanken zu Ende. »Genau das ging mir auch durch den Kopf.« Sie grinste. »Wer weiß, vielleicht hätte ich euch doch nicht gebraucht.«

»Was ist mit der Polizei?«, fragte Peter. »Wir könnten Inspektor Cotta Bescheid sagen. Oder habt ihr vor, die Einbrecher morgen selbst zu fangen?«

Justus schüttelte den Kopf. »Noch ist nicht bewiesen, dass es überhaupt einen Einbruch geben wird. Wenn wir jetzt Cotta informieren und morgen nichts passiert, machen wir uns nur lächerlich. Für die Polizei ist es definitiv zu früh. Lasst uns erst mal herausfinden, wo dieser Dr. Arroway wohnt.«

»Schon geschehen. Ich habe bei der Universität Los Angeles angerufen und nachgefragt.« Jelena schob ihren Rollstuhl zum Schreibtisch, kramte einen Moment in den darauf herumliegenden Papieren und reichte Bob schließlich einen Zettel. »Hier ist die Adresse.«

»Dann fahren wir am besten gleich hin.«

»Seid ihr mit dem Wagen da?« Der Erste Detektiv nickte. »Bestens, dann komme ich mit!«

Justus bereute es, darauf bestanden zu haben, mit dem MG zu fahren. Auf Jelenas Gesellschaft bei ihrem Besuch konnte er gut verzichten. Doch er sagte nichts. In Zukunft würden sie die Fahrräder nehmen.

»Was hat es denn mit diesem Stück Holz auf sich?«, fragte Jelena auf der Fahrt nach Rocky Beach. Sie hatten ihren Rollstuhl im Kofferraum verstaut. Beim Einsteigen hatte Peter ihr von Justus' Rätselaufgabe erzählt. Sie war sofort Feuer und Flamme gewesen und hatte mitgeraten.

»Was soll es damit auf sich haben? Der Tote hat es in der Hand«, antwortete der Erste Detektiv ungeduldig. »Außerdem war das keine Ja-oder-Nein-Frage.«

»Ist es ein großes Stück Holz?«

»Definiere groß!«

»Größer als ein Ast?«

»Nein.«

»Größer als ein Bleistift?«

»Nein.«

»Größer als ein Streichholz?«

»Genauso groß, würde ich sagen.«

»Ist es ein Streichholz?«

»Ja.«

»Ein abgebranntes Streichholz?«

»Nein.«

»Ist das Streichholz völlig intakt?«

»Nein.«

»Ist es abgebrochen?«

»Ja.«

Jelena überlegte einen Moment, dann stahl sich ein Lächeln auf ihr Gesicht. »Wurde mit diesem Streichholz eine Entscheidung gefällt?«

Justus verzog das Gesicht. Sie war der Lösung ziemlich nah. »Ja.«

»Das heißt, die beiden Männer im Ballon haben Streichhölzer gezogen. Wer das abgebrochene erwischte, musste etwas Bestimmtes tun.«

»Ganz genau.«

Ihr Lächeln verwandelte sich in ein breites Grinsen. »Dann habe ich die Lösung!«

»Du hast die Lösung?«, rief Peter erstaunt. »Erzähl!«

»Der Ballon, mit dem sie in die Wüste geflogen sind, hatte nicht mehr genug Gas und sank. Also haben sie allen unnötigen Ballast abgeworfen, um nicht in der Wüste zu stranden – unter anderem auch ihre Kleidung, daher war der Tote nackt.«

»Und was hat das mit dem Streichholz zu tun?«

»Das Abwerfen hat nicht gereicht und sie entschieden, dass einer von beiden überleben konnte, wenn der andere rausspringt und dem Ballon so genug Auftrieb verschafft, um durch die Wüste zu kommen. Natürlich wollte sich niemand freiwillig opfern, also haben sie Streichhölzer gezogen. Und unser bedauernswertes Opfer zog leider den Kürzeren. Richtig oder falsch?«

»Richtig«, gab Justus zerknirscht zu. »Du hast es.«

»Darauf wäre ich im Leben nicht gekommen«, gab Peter zu. »Herzlichen Glückwunsch, Jelena. Du hast die Nuss geknackt.«

»Purer Zufall«, behauptete der Erste Detektiv.

»Jetzt bin ich an der Reihe!«, rief Jelena übermütig. »Ich habe auch eine Geschichte für euch.«

»Erzähl sie uns später«, bat Justus. »Wir sind nämlich da.« Er wies nach vorn auf ein Straßenschild. Kurz vor dem westlichen Stadtrand von Rocky Beach lag die Oakroad, eine kurze Sackgasse, in der es nur ein einziges Haus gab. Es war ein großes, verwittertes Holzgebäude inmitten eines wild wuchernden Gartens am Ende des Weges. Die Fassade hatte dringend einen Anstrich nötig, doch entweder kam Dr. Arroway nie dazu oder das Haus gefiel ihm so, wie es war.

Peter parkte den Wagen und hob ächzend den zusammengeklappten Rollstuhl aus dem Kofferraum. Unbeholfen baute er ihn auf und wollte Jelena aus dem Auto helfen, doch die winkte ab. »Das schaffe ich schon alleine.« Sie hievte ihre Beine aus der Tür, ergriff die Armlehnen des Rollstuhls und zog sich geschickt hinüber. »Dann mal los, Jungs!«

An der Straße gab es keine Klingel, doch die verrostete Gartenpforte war unverschlossen. Bob drückte sie quietschend auf und betrat einen platt getrampelten Pfad, der mitten durch das wild wuchernde Gestrüpp zum Eingang führte. Über der Holztür hielt eine archaisch wirkende indianische Gottheit aus Ton Wache.

Justus drückte auf die Klingel. Einen Moment später öffnete eine Frau Mitte vierzig, die in bunt gewebte Gewänder gehüllt war. Ihre dunklen Haare hingen ihr strähnig ins Gesicht. Sie blickte die vier verwirrt an. »Ja bitte?«

»Entschuldigen Sie, wir möchten zu Dr. Arroway«, sagte der Erste Detektiv.

»Worum geht es denn?«

»Es ist ... eine private Angelegenheit«, antwortete Justus ausweichend.

»Privat, so so. Dann schieß mal los.«

»Verzeihung, aber wir würden gern mit ihm persönlich sprechen.«

»Mit ihm?« Die Frau runzelte die Stirn. »Es gibt keinen Ihn.«

»Aber ...«

»Ich bin Dr. Lou Ann Arroway.«

Auf der Suche nach Palmer Dixon

Justus stutzte. »Oh, das … das tut mir Leid. Ich … ich wusste nicht …«

»Schon gut«, winkte sie ab. »Darf ich nun erfahren, wer ihr seid?«

»Jelena Charkova«, sagte Jelena und gab ihr die Hand.

»Und diese drei Jungs werden Ihnen sicherlich gleich eine ihrer berüchtigten Visitenkarten überreichen.«

»Visitenkarten?«

Justus zog schnell eine Karte aus der Tasche und gab sie Dr. Arroway. »Bitte sehr!«

»Detektive?« Dr. Arroway zog eine Augenbraue hoch und lächelte unsicher. »Ich verstehe nicht ganz. Habe ich ein Verbrechen begangen?«

»Nein«, antwortete Justus. »Aber Sie könnten Opfer eines Verbrechens werden.«

»Richtig«, stimmte sie ihm zu. »Das könnte jeder. Seid ihr hier, um mir eine Lebensversicherung zu verkaufen? Danke, kein Bedarf. Und ich habe auch kein Interesse, irgendeiner Sekte beizutreten, die mir das Ende alles Bösen verspricht.«

Sie war schon im Begriff, die Tür zu schließen, als Jelena schnell sagte: »Es geht um das Popol Vuh.«

Dr. Arroway hielt inne und musterte sie von oben bis unten. »Was wisst ihr darüber?«

»Nicht viel«, gestand Jelena. »Es ist ein altes indianisches Buch und Sie haben vor einigen Wochen die Übersetzung von Bernardino de Valencia ersteigert.«

»Und?«

»Und es besteht Grund zu der Annahme, dass es Ihnen jemand stehlen will.«

Das Haus von Lou Ann Arroway war spärlich eingerichtet. Die wenigen Möbel, die sie besaß, waren aus altem, dunklem Holz. Jeden Raum hatte sie mit indianischen Artefakten geschmückt: Bunte Teppiche hingen an den Wänden, Holzmasken, Tongefäße und zahllose große und kleine Götterfiguren, die die Besucher mit riesigen runden Augen anstarrten, standen auf dem Boden oder auf kleinen Tischen und Regalen. Sobald die drei ??? das Haus betreten hatten, war ihnen klar, warum jemand fünfundzwanzigtausend Dollar für ein altes indianisches Buch bezahlte: Die Kultur der Maya war ganz offensichtlich Dr. Arroways Leidenschaft, in die sie all ihr Geld und ihre Zeit investierte. Keines der Kunstwerke schien eine billige Nachbildung zu sein, sie musste ein Vermögen für diese Sammlung bezahlt haben.

»Beeindruckend«, sagte Justus, während Mrs Arroway sie durch die Räume führte. »Haben Sie einen Tresor für die wirklich wertvollen Stücke?«

»Hier ist alles wirklich wertvoll. Ein Tresor dafür müsste riesig sein.«

»Haben Sie keine Angst, dass eingebrochen wird?«

»Nein. Die meisten Sachen sind ziemlich groß und sperrig. Man kann sie nicht so einfach in die Tasche stecken und verschwinden lassen. Ganz abgesehen davon, dass niemand sie zu Geld machen könnte, ohne dass ich etwas davon mitbekomme.«

»Warum?«

»Es gibt nicht viele Original-Maya-Artefakte auf dem Kunstmarkt. Die meisten Objekte stehen in Museen. Und von den meisten anderen weiß ich, in wessen Besitz sie sich befinden. Ich treibe mich oft auf Auktionen herum. So nach und nach lernt man die anderen Sammler kennen. Es gibt nicht viele Menschen, die sich für Maya-Kunst interessieren. Kommt, ich zeige euch das Arbeitszimmer.«

Sie führte sie in einen großen Raum, dessen Wände mit Bücherregalen voll gestopft waren, die aus allen Nähten platzten. Es gab zwei Schreibtische, auf denen zwischen weiteren Bücher- und Papierbergen zwei Computermonitore herausragten. An einem von ihnen saß eine junge, hübsche Frau mit langen blonden Haaren. Sie sah von ihrer Arbeit auf und nickte den drei ??? und Jelena zu.

»Das ist Janet Wells, meine Assistentin. Sie hilft mir bei meiner Arbeit, sucht Forschungsliteratur heraus, tippt meine Texte ab und so weiter.«

»Hi«, sagte Janet und widmete sich wieder ihrer Arbeit am Computer.

»Hi«, grüßte Justus mit belegter Stimme. Sein Blick ruhte ein wenig länger als nötig auf der attraktiven Assistentin.

»Alleine würde ich das alles gar nicht schaffen. Neben dem Unterricht an der Universität habe ich viele Forschungsprojekte. Nebenbei schreibe ich noch ein paar Bücher.« Dr. Arroway lächelte. »Meistens hat es was mit den Maya zu tun. Im Moment stecke ich wieder mitten in der Arbeit an einem neuen Buch: eine Neuübersetzung des Popol Vuh. Ich bin nämlich sicher, dass dem guten Bernardino de Valencia damals einige schwerwiegende Fehler bei seinem Versuch unterlaufen sind, die Maya-Sprache ins Spanische zu übertragen. Daher war ich auch so interessiert an diesem Buch. Da ist es übrigens.« Fast beiläufig wies sie auf einen großen, in Leder gebundenen Band, der aufgeschlagen auf dem Schreibtisch lag. Die vergilbten Seiten waren mit Tinte beschrieben, die im Laufe der Jahrhunderte verblasst war. »Es ist nicht ganz einfach, die Handschrift zu entziffern. Und das alte Spanisch bereitet mir einige Schwierigkeiten. Aber ich werde es schon schaffen.«

»Sie lassen das Buch einfach so offen hier herumliegen?«, wunderte sich Peter. »Es ist immerhin fünfundzwanzigtausend Dollar wert!«

»Soll ich es in eine Glasvitrine legen? Ich arbeite schließlich damit!«

Justus trat neugierig näher und betrachtete die aufgeschlagenen Seiten eingehend. Obwohl er nicht schlecht in Spanisch war, konnte er kein einziges Wort lesen. »Das ist also das Popol Vuh«, murmelte er.

»Das ist es«, bestätigte Dr. Arroway. »Und nun erklärt mir bitte, wie ihr darauf kommt, dass es mir gestohlen werden soll.« Sie wandte sich an ihre Assistentin. »Können Sie sich das vorstellen, Janet? Die vier tauchen hier auf und behaupten, jemand hätte es auf das Buch abgesehen. Auf mein Popol Vuh!«

Das Mädchen sah überrascht auf. »Wieso denn das?«

»Also schön«, sagte Jelena. »Ich werde Ihnen die ganze Geschichte erzählen.« Sie berichtete ausführlich von dem zufällig belauschten Telefonat und ihren Nachforschungen, wobei sie die drei ??? lobend erwähnte. Justus wunderte sich darüber. Entweder wollte sie Mrs Arroway beeindrucken oder ihre Geringschätzung für das Detektivunternehmen reichte doch nicht so weit, wie sie immer behauptete.

Dr. Arroway hörte geduldig zu. Ihre Reaktion war deutlich an ihrem Gesicht abzulesen: Sie reichte von Verwunderung über Erstaunen bis hin zu leichtem Zweifel. Am Ende von Jelenas Geschichte hatte sich ihre Miene verfinstert.

»Was sagen Sie dazu?«, fragte Bob, nachdem sie eine Weile geschwiegen hatte. »Halten Sie es für möglich, dass wirklich jemand das Buch stehlen will?«

»Bis eben hatte ich es nicht für möglich gehalten.

Aber dann ist mir jemand eingefallen, der durchaus infrage kommt.«

»Palmer Dixon«, sagte Janet, die der Geschichte ebenfalls aufmerksam gelauscht hatte.

»Genau der.«

»Palmer Dixon?«, fragte Peter. »Wer ist das?«

»Ein sehr unangenehmer Mensch, dessen liebstes Hobby es ist, mir in die Quere zu kommen«, antwortete Dr. Arroway düster. »Er ist ein Sammler wie ich. Wir laufen uns ständig bei Ausstellungen und Versteigerungen über den Weg. Und er hat es fast immer auf die gleichen Kunstgegenstände abgesehen wie ich. Sein Sachverstand ist gleich null, das merkt man sofort. Daher vermute ich inzwischen, dass er selbst sich gar nicht für Maya-Kunst interessiert, sondern im Auftrag für jemanden arbeitet, der lieber im Hintergrund bleiben will.«

»Der Mann am Telefon!«, fiel es Jelena ein. »Der, den ich nicht hören konnte! Das war bestimmt der Auftraggeber!«

»Möglich. Er scheint eine Menge Geld zu haben, mehr jedenfalls als ich. Er hat mir schon Dutzende Male etwas vor der Nase weggeschnappt.«

»Diesmal nicht. Das Popol Vuh haben Sie bekommen.«

»Aber nicht ohne Kampf, das könnt ihr mir glauben. Dixon war ebenfalls auf der Auktion. Dieser kleine, schmierige Kerl hat den Preis ganz schön in die Höhe getrieben! Ich hatte mir vorgenommen maximal zwanzigtausend Dollar für das Buch zu zahlen. Aber er ging mit. Bei fünfundzwanzigtausend hat er dann endlich aufgegeben. Mit der Folge, dass ich einen Kredit aufnehmen musste. Ich hoffe, ich erhalte für die Neuübersetzung einen ausreichenden Vorschuss, damit ich meine Bank besänftigen kann.«

»Dann ist dieser Dixon auf jeden Fall unser erster Verdächtiger«, hielt Justus fest.

»Ich traue es ihm zu.«

»Wissen Sie, wo Mr Dixon wohnt?«

Sie schüttelte den Kopf. »Keine Ahnung.«

»Wir werden versuchen das rauszukriegen«, versprach der Erste Detektiv. »Dann können wir ihn morgen Nacht überwachen.«

»Kommt ihm bloß nicht in die Quere!«, warnte Mrs Arroway.

»Wie bitte?«, fragte Peter verdutzt.

»Ich will, dass er hier einbricht, das Popol Vuh stiehlt und auf dem Rückweg mit der Beute gefasst wird. Nur so können wir sichergehen, dass er hinter Gittern landet. Und dann bin ich ihn endlich los!«

Janet lächelte. »Ganz schön gerissen, Dr. Arroway.«

»Dixon hat mir schon genug Ärger gemacht. Es wird Zeit, dass er aus meinem Leben verschwindet.«

»Die ist ganz schön heftig drauf«, meinte Peter, als sie auf dem Rückweg waren. Sie hatten versprochen sich am nächsten Tag bei Dr. Arroway zu melden, um ihr einen Plan zu präsentieren, wie man Palmer Dixon – oder wer immer hinter der Sache steckte – überführen konnte. »Ich hatte eigentlich erwartet, sie würde bleich werden und sich auf einen Stuhl sinken lassen, wenn sie erfährt, dass jemand bei ihr einbrechen will. Aber stattdessen freut sie sich regelrecht darauf.«

»Ist doch logisch«, meinte Jelena. »Sie will ihren Erzfeind loswerden.«

»Wenn er es denn wirklich ist«, warf Bob ein. »Was meinst du, Just? Steckt dieser Palmer Dixon dahinter? Just?«

»Hm?«

»Du bist etwas geistesabwesend, seit wir uns von Dr. Arroway verabschiedet haben. Was ist los?«

»Hast du das nicht gemerkt, Bob?«, grinste Jelena. »Er hatte die ganze Zeit nur Augen für Janet, die hübsche blonde Assistentin!«

»So ein Quatsch! Ich habe nur gerade überlegt, was für ein fanatischer Sammler man sein muss, um einen Einbruch für ein indianisches Buch zu riskieren. Noch dazu nicht einmal das Original, sondern bloß eine Übersetzung.«

»Bloß ist gut«, fand Peter. »Immerhin ist diese Übersetzung fünfundzwanzigtausend Dollar wert!«

»Nur weil Dixon und Dr. Arroway sich gegenseitig in die Höhe geboten haben. Ohne die beiden wäre das Buch wahrscheinlich für die Hälfte über den Tisch gegangen.«

»Dann ist es aber immer noch eine Stange Geld.«

»Lasst uns rausfinden, wo Dixon wohnt«, schlug Jelena vor. »Wenn wir ihn gefasst haben, wird er uns schon sagen, warum er so heiß auf das Popol Vuh war.«

Peter brachte Jelena nach Hause. Nachdem sie sich in

den Rollstuhl gesetzt hatte, sagte sie: »Jetzt könnt ihr eure Fähigkeiten als Detektive noch einmal unter Beweis stellen: Ich werde mich gleich ans Telefon hängen und versuchen Dixons Adresse herauszukriegen. Mal sehen, wer schneller ist.«

»Abgemacht«, nahm Justus die Herausforderung an und sprang in den Wagen. »Gib Gas, Peter!«

»Warum hast du es denn so eilig?«

»Ich will verhindern, dass sie die Adresse vor uns hat. Ich gebe es zwar nicht gern zu, aber sie ist gut.«

Auf dem Schrottplatz angekommen lief Justus sofort in die Zentrale, schnappte sich das Telefonbuch und schlug unter Dixon nach. Ein Palmer Dixon war nicht eingetragen. »Wäre auch zu einfach gewesen«, murmelte der Erste Detektiv, griff nach dem Telefonhörer und versuchte es über die Vermittlung. Es gab nur drei Palmer Dixons in ganz Kalifornien, doch kurze Testanrufe bestätigten Justus' Befürchtung: Der Kunstsammler war nicht dabei. »Fehlanzeige.«

»Und jetzt?«, fragte Peter ratlos.

»Jetzt rufen wir ein paar Auktionshäuser an. Vielleicht wissen die was. Ich könnte mir vorstellen, dass sie zu großen Versteigerungen exklusive Einladungen verschicken. Dann gibt es noch die Museen, Ausstellungsräume und so weiter.«

»Mit Grauen erwarte ich unsere nächste Telefonrechnung«, sagte Bob schaudernd. »Dabei ist das alles völlig unnötig. Schließlich hat Jelena sich bereit erklärt nach der Adresse zu forschen. Warum überlassen wir ihr nicht die Arbeit? Ist doch nett von ihr.«

»Nett?« Justus schnaubte verächtlich. »Sie tut das nur, um uns zu schikanieren.«

»Um dich zu schikanieren«, korrigierte Bob. »Selbst schuld, wenn du dich auf das Spiel einlässt.«

Justus ging nicht darauf ein, sondern wählte unbeirrt die nächste Nummer.

Den Rest des Nachmittags verbrachten die drei Detektive in der Zentrale. In vielen Büros war niemand mehr zu erreichen und die wenigen Auskünfte, die sie erhielten, waren nicht sehr viel versprechend. Als es schließlich sieben Uhr war, ging nirgendwo mehr jemand an den Apparat.

»Das war es dann wohl«, stöhnte Justus. »Kein sehr erfolgreicher Nachmittag.«

»Gibst du endlich auf?«, fragte Peter. »Schön. Ich langweile mich nämlich zu Tode. Können wir uns jetzt wichtigeren Dingen widmen?«

»Zum Beispiel welchen?«

»Zum Beispiel dem Plan, den wir Dr. Arroway morgen präsentieren wollen. Wir können Palmer Dixon nicht beschatten, weil wir seine Adresse nicht herausgefunden haben, also müssen wir uns etwas anderes einfallen lassen.«

»Na schön.« Justus wandte dem Telefon den Rücken zu, machte es sich auf dem Schreibtischstuhl bequem und begann seine Unterlippe zu kneten. »Ich habe da schon eine Idee.«

Am nächsten Morgen ging Justus gleich nach dem Frühstück zur Zentrale hinüber, um Dr. Arroway anzurufen und ein Treffen mit ihr zu vereinbaren. Die drei ??? hatten nicht lange gebraucht, um einen Plan zu entwickeln. Einen Einbrecher auf frischer Tat zu ertappen war schließlich nicht besonders schwierig. Trotzdem war er aufgeregt, als er die Tür zum Wohnwagen öffnete. Auch der beste Plan ging manchmal schief und man durfte nie vergessen, dass immer etwas Unvorhergesehenes dazwischenkommen konnte.

Als er die Zentrale betrat, sah er den Anrufbeantworter blinken. Er spulte das Band zurück und hörte die Nachricht ab: »Hallo, Justus, hier spricht Lou Ann Arroway. Ruf mich bitte sofort zurück, es ist etwas Furchtbares geschehen!«

»Ende der Nachricht«, verkündete der Anrufbeantworter.

Nervös kramte der Erste Detektiv nach dem Zettel, auf den er die Nummer der Kulturhistorikerin notiert hatte. Es dauerte nicht lange, bis Dr. Arroway sich meldete: »Ja?«

»Dr. Arroway? Hier spricht Justus Jonas. Was ist passiert?«

»Gut, dass du anrufst, Justus! Ihr hattet Recht gehabt: Jemand hat es auf das Buch abgesehen!«

»Woher wissen Sie das?«

»Das Popol Vuh ist letzte Nacht gestohlen worden!«

Der Fremde am Fenster

Eine halbe Stunde später erreichten die drei ??? das Haus von Dr. Arroway. Justus hatte sofort Bob und Peter angerufen, sie von den Neuigkeiten unterrichtet und einen Treffpunkt im Stadtpark von Rocky Beach vereinbart. Dann waren sie gemeinsam zur Oakroad geradelt. Sie stellten gerade ihre Fahrräder ab, als sich ein Wagen näherte und vor dem Haus hielt. Janet stieg aus.

»Guten Morgen, ihr drei! Habt ihr es schon gehört?«

Justus nickte. »Dr. Arroway hat uns angerufen. Wissen Sie Genaueres?«

»Nein. Sie sagte nur, dass das Buch gestohlen worden sei und ich sofort herkommen solle.«

In diesem Moment wurde die Haustür geöffnet und Dr. Arroway stürmte heraus. »Dem Himmel sei Dank, dass ihr da seid!«, rief sie aufgelöst. Sie fiel Janet in die Arme. »Oh, Janet! Das Popol Vuh ist weg! Fünfundzwanzigtausend Dollar! Ganz zu schweigen vom wahren Wert des Buches!«

»Dem wahren Wert?«, fragte Justus überrascht. »Was meinen Sie damit?«

»Nun ja«, stammelte sie. »Es ... es ist ein Unikat und unbezahlbar für mich! Wenn ich es nicht zurückbekomme, ist mein ganzes Projekt ruiniert! All die Vorbereitungen, die ich bereits getroffen habe! Da stecken Monate Arbeit drin!«

»Was genau ist denn passiert?«, wollte Bob wissen.

»Wenn ich das wüsste«, antwortete sie verzweifelt. »Ich bin heute ganz normal aufgestanden und wollte mich gleich nach dem Frühstück an die Arbeit setzen. Die Wochenenden sind immer besonders kostbar für mich, da ich ab Montag wieder den halben Tag in der Universität zu tun habe und nicht dazu komme, mich um die Übersetzung zu kümmern. Ich ging also ins Arbeitszimmer – und das Buch war weg!«

»Wo hatten Sie es denn gestern Abend gelassen?«

»Auf dem Schreibtisch, wie immer. Ich hatte mir zwar Gedanken über eure Geschichte gemacht, aber Jelena sagte ja, dass der Diebstahl erst für den nächsten Tag geplant sei. Also bin ich beruhigt schlafen gegangen. Aber offenbar hat Dixon es sich anders überlegt.«

»Oder Jelena hat sich verhört«, fügte Justus düster hinzu.

»Das glaubst du doch wohl selber nicht«, verteidigte Bob das Mädchen. »So ein gravierender Fehler würde ihr nicht unterlaufen.«

»Wie dem auch sei, das Popol Vuh ist weg«, stellte der Erste Detektiv fest. »Wir hätten uns nicht so sicher fühlen dürfen und das Buch schon heute Nacht bewachen müssen.« Verärgert über sich selbst wandte er sich an Dr. Arroway: »Wissen Sie schon, wie der Einbrecher ins Haus gekommen ist?«

Sie schüttelte den Kopf. »Ich habe mich noch nicht so genau umgesehen. Die Fenster waren jedenfalls geschlossen.«

»Sehen wir uns den Tatort mal an«, beschloss Justus.

»Ich dachte, ich rufe erst mal euch an, bevor ich die Polizei alarmiere«, sagte Dr. Arroway auf dem Weg ins Haus. »Die würden hier wahrscheinlich alles auf den Kopf stellen und tagelang meine Arbeit blockieren. Das kennt man ja.«

»Die Polizei können wir immer noch informieren«, gab Justus ihr Recht. »Das Problem an Polizisten ist nämlich, dass sie uns meistens sofort verjagen, um die Spuren zu sichern. Aber das können wir auch übernehmen, ich habe unsere Ausrüstung nämlich gleich mitgebracht.« Er wies auf seinen Rucksack, in dem er alles verstaut hatte, was sie zum Abnehmen von Fingerabdrücken und dem Aufbewahren anderer Beweise brauchten.

Das Arbeitszimmer sah genauso aus, wie sie es am Tag zuvor verlassen hatten. Auf den ersten Blick wies nichts auf einen Einbruch hin. Justus verschaffte sich einen kurzen Überblick, dann wandte er sich an Bob und Peter: »Am besten, wir teilen uns auf. Bob, du untersuchst das Fenster, Peter übernimmt die Haustür, ich den Schreibtisch. An die Arbeit, Kollegen!« Er verteilte die Ausrüstung und sie begannen die verdächtigen Stellen mit dem Fingerabdruckpulver zu bepinseln.

»Sehr professionell«, fand Janet, die ihnen interessiert zusah. »Besser könnte es die Polizei auch nicht machen.«

»Wir haben einige Erfahrung in solchen Dingen«, entgegnete Justus unbescheiden.

»Und was ist mit den Abdrücken von Dr. Arroway und mir? Die sind sicherlich überall zu finden.«

»Wir werden gleich eine Probe von Ihnen nehmen und sie mit den sichergestellten Abdrücken vergleichen.

Ich erhoffe mir zwar nicht allzu viel davon – jeder halbwegs intelligente Einbrecher benutzt Handschuhe –, aber wir dürfen nichts unversucht lassen.«

»Dann habt ihre eine reelle Chance. Ich würde Palmer Dixon nicht gerade als intelligenten Menschen bezeichnen«, sagte Janet bissig.

»Sie kennen ihn ebenfalls?«, fragte Justus neugierig.

Die Assistentin nickte. »Ich arbeite sehr eng mit Dr. Arroway zusammen und habe sie zu einigen Auktionen begleitet. Dixon ist ein Widerling mit zu viel Geld, aber für besonders schlau halte ich ihn nicht.«

»Wohl wahr«, stimmte Dr. Arroway zu. »Habt ihr inzwischen seine Adresse herausbekommen?«

Der Erste Detektiv schüttelte bedauernd den Kopf. »Leider nicht. Er ist unauffindbar. Der Name war zwar einigen Leuten, mit denen ich gestern telefoniert habe, bekannt, aber niemand konnte uns sagen, wo er wohnt. Vielleicht ist Palmer Dixon aber auch nicht sein richtiger Name. Wenn es wirklich stimmt, dass er für jemand anderen arbeitet, liegt die Vermutung nahe, dass er sich eine zweite Identität zugelegt hat. So kommt man ihm und seinem Auftraggeber nicht auf die Schliche.«

»Was ist mit Jelena?«, fragte Bob, der das Fenster des Arbeitszimmers geöffnet hatte und vom Garten aus die Spuren untersuchte. »Sie wollte sich ebenfalls auf die Suche machen.«

»Glaubst du etwa, sie hat etwas herausgefunden? Dann hätte sie uns doch sofort Bescheid gesagt, um zu triumphieren.«

»Es kann nicht schaden, sie zu fragen«, meinte der

dritte Detektiv. »Könnte ich mal telefonieren, Dr. Arroway?«

»Aber natürlich. Das Telefon steht im Flur.«

Bob kletterte kurzerhand durch das Fenster ins Haus und verließ das Arbeitszimmer. Während er mit Jelena sprach, setzte sich Dr. Arroway erschöpft auf die Kante ihres Schreibtisches. »Ich kann es immer noch nicht fassen. Ich habe mein ganzes Geld für das Popol Vuh ausgegeben. Und jetzt ist es gestohlen worden! Wenn ich es nicht wieder bekomme, ist mein Traumprojekt damit für immer gestorben.«

Janet setzte sich neben sie und legte ihr den Arm um die Schulter. »Das wird schon wieder. Immerhin haben wir gleich drei Detektive, die sich um die Sache kümmern.«

»Machen Sie sich keine Sorgen, Dr. Arroway. Wir werden das Popol Vuh finden, ganz bestimmt. Bis jetzt haben wir noch jeden Fall gelöst.«

»Was ist mit der Polizei?«

»Geben Sie uns noch zwei Tage Zeit«, bat Justus. »Wenn wir bis dahin nichts herausgefunden haben, können wir immer noch Inspektor Cotta bei der Polizei von Rocky Beach informieren. Aber ich bin sicher, dass wir in zwei Tagen Ergebnisse haben. Es kann nicht so schwierig sein, diesen Palmer Dixon ausfindig zu machen.«

Dr. Arroway nickte schwach. »In Ordnung.«

Bob kehrte zurück. »Ich habe mit Jelena gesprochen. Sie hat auch nichts über Dixon herausfinden können. Aber sie besteht darauf herzukommen.«

Justus verdrehte die Augen. »Auch das noch. Konntest du ihr das nicht ausreden?«

»Wieso denn? Immerhin ist sie unsere eigentliche Klientin. Sie ruft jetzt gleich ihren Fahrer an, den ihr Vater für sie engagiert hat, und ist in einer halben Stunde da.«

Als Jelena ankam, hatten die drei ??? die Spurensuche abgeschlossen und waren gerade dabei, die sichergestellten Fingerabdrücke mit denen von Dr. Arroway und Janet zu vergleichen, die ihnen dabei gespannt über die Schulter sahen.

Jelenas Begrüßung war ein knappes Nicken. Dann sagte sie zu Justus in kühlem Ton: »Ich würde dich gern kurz unter vier Augen sprechen!« Als sie das Arbeitszimmer verlassen hatten, hielt Jelena sich nicht mehr zurück. »Warum habt ihr mich nicht sofort angerufen?«, keifte sie.

»Hallo Jelena.« Justus lächelte milde. »Weil es keinen Unterschied gemacht hätte, darum.«

»Es hätte sehr wohl einen Unterschied gemacht. Ich bin diejenige, die auf diesen Fall gestoßen ist. Ich will bei allem, was geschieht, dabei sein.«

»Glaubst du, du hättest mehr tun können als wir in der letzten Stunde?«, fuhr Justus sie wütend an. »Wenn du uns schon als Detektive engagierst, musst du uns auch vertrauen und uns unsere Arbeit machen lassen! Es war nie die Rede davon, dass wir dich über alles, was wir unternehmen, auf dem Laufenden halten.«

»Das versteht sich ja wohl von selbst!«

Bob tauchte in der Tür auf. »Leute!«, unterbrach er

sie. »Könnt ihr das vielleicht auf später verschieben? Wir haben ja wohl Wichtigeres zu erledigen! Peter und ich haben gerade die letzten Abdrücke verglichen. Leider stammen alle Spuren von Dr. Arroway oder Janet.«

Jelena lachte spöttisch. »Habt ihr etwa geglaubt, der Dieb hätte noch nie etwas von Handschuhen gehört? Außerdem wissen wir doch, wer es war: Palmer Dixon!«

»Das ist noch nicht bewiesen«, widersprach Justus. »Er ist nur unser Hauptverdächtiger.«

»Trotzdem: Selbst wenn ihr Fingerabdrücke gefunden hättet, würde euch der Vergleich fehlen: Erst mal müsst ihr Dixon ausfindig machen. Und? Habt ihr bei euren Nachforschungen Erfolg gehabt? Nein.«

»Und du?«, fragte Justus bissig.

»He!«, drang Peters Ruf aus dem Arbeitszimmer. »Kommt schnell her!«

Sie beendeten das Streitgespräch und kehrten zurück ins Zimmer. »Was ist denn?«

»Da ist jemand im Garten!«

»Was? Wo?«

Dr. Arroway, die mit dem Rücken zum Fenster stand, wandte sich um. »Es ist Dixon! Er läuft weg!«

»Er hat uns belauscht!«, rief Justus. »Los, hinterher!«

Der Zweite Detektiv und Janet hechteten gleichzeitig los und kamen sich am Fenster in die Quere. Peter stolperte über Janets Füße und knallte mit dem Kinn auf das Fensterbrett. »Aua!«, rief er und rappelte sich mühsam auf.

»Tut ... tut mir Leid«, stammelte Janet und machte sich daran hinauszuklettern.

»Wir laufen vorne raus!«, rief Bob und rannte zusammen mit Justus durch den Flur zur Haustür. Als sie sie aufrissen, lief gerade ein kleiner Mann mit Halbglatze die Straße hinunter. »Wenn er zu Fuß ist, erwischen wir ihn!« Bob sprang auf sein Fahrrad, vergaß jedoch, dass er abgeschlossen hatte, und stürzte. »Verflucht!«

Während er eilig den Schlüssel aus der Tasche zerrte, sprintete Peter an ihm vorbei und nahm die Verfolgung auf. Als Bob das Schloss endlich geöffnet hatte, war der Zweite Detektiv schon um die nächste Ecke verschwunden. Bob trat in die Pedale, schoss auf die Hauptstraße und kam gerade noch rechtzeitig, um Peter hinter einem davonbrausenden schmutzig grauen Ford herlaufen zu sehen. Der Wagen beschleunigte zu schnell, beide hatten keine Chance.

»So ein Mist! Er ist uns entwischt!«, keuchte Peter. »Wären wir heute doch nur mit dem Auto gefahren!«

In diesem Moment kam ein Wagen mit quietschenden Reifen neben ihnen zum Stehen. Die Tür wurde aufgerissen. »Los, springt rein!«, rief Justus. »Nun macht schon!«

Bob und Peter zwängten sich auf den Rücksitz und sofort setzte sich das Auto in Bewegung. Am Steuer saß ein junger Mann, kaum älter als sie selbst, den sie beide noch nie gesehen hatten.

»Das ist John, Jelenas Fahrer«, erklärte Justus knapp. »Er hat vor dem Haus auf sie gewartet. Gib Gas, John!«

»Ich ... ich weiß gar nicht, was das alles soll!«, rief John irritiert. »Worum geht es eigentlich? Bin ich hier in einem Krimi gelandet oder was?«

»Exakt«, antwortete der Erste Detektiv. »Ein wertvolles heiliges Buch der Maya-Indianer wurde gestohlen und in dem grauen Ford, der übrigens gerade links abgebogen ist, falls du es nicht bemerkt hast, sitzt der mutmaßliche Dieb.«

John warf ihm einen erstaunten Blick zu. »Cool«, sagte er und trat aufs Gaspedal. »Und ihr seid diese drei Detektive, über die Jelena sich so aufgeregt hat?«

Justus verzog das Gesicht. »Muss dann wohl so sein.«

»Du bist bestimmt Justus.«

»Jelena scheint dir ja einiges erzählt zu haben«, bemerkte Peter amüsiert.

»Oh, wir verstehen uns ganz gut. Sie ist ein sehr nettes Mädchen. Wer von euch ist denn Bob?«

»Ich.«

John warf ihm einen Blick durch den Rückspiegel zu und grinste. »Aha!«

Bob wurde rot und sagte barsch: »Konzentrier dich aufs Fahren, okay?«

Zwischen ihnen und Dixon waren zwei andere Wagen. Hier hatte die Straße nur eine Spur, John konnte nicht überholen und der Abstand zum grauen Ford wurde immer größer. Dann kam eine Ampelkreuzung. Dixon jagte bei Gelb rüber, doch bereits der nächste Wagen bremste ab.

»Verflucht!«, rief Justus. »Kannst du nicht überholen?«

Doch es war schon zu spät, der Querverkehr rollte bereits über die Straße. Hilflos sahen sie zu, wie Dixon hinter einer Biegung verschwand.

Die Lawine

»Genau das meinte ich, als ich sagte, dass ich bei Verfolgungsjagden schlechte Karten habe.« Jelena sah die drei Detektive vorwurfsvoll an. »Für solche Fälle hatte ich eigentlich auf euch gezählt.«

»Schieb nicht immer uns die Schuld in die Schuhe. John ist gefahren.«

»Und das Nummernschild?«, fragte Dr. Arroway. »Ihr habt es wirklich nicht lesen können?«

»Es war völlig verdreckt«, antwortete Peter. »Der ganze Wagen war eine einzige Staubkruste. Ich bin nicht einmal sicher, ob er wirklich grau war. Wahrscheinlich versteckte sich unter dem Schmierfilm ein knalliges Rot oder so.«

»Das war eine Pleite auf der ganzen Linie«, gab Bob zu.

»Wieso denn?« Janet schien den Pessimismus nicht nachvollziehen zu können. »Immerhin wissen wir jetzt, dass wirklich Palmer Dixon hinter der Sache steckt.«

»Tatsächlich? Das sehe ich anders.« Justus bearbeitete seine Unterlippe. »Um genau zu sein, glaube ich immer weniger, dass er der Dieb war. Warum hätte er heute hier aufkreuzen sollen, wenn er das Popol Vuh schon hat?«

»Der Täter kehrt immer an den Tatort zurück«, behauptete Janet.

»Mag sein. Aber nicht, wenn es so riskant für ihn ist. Er musste damit rechnen, dass das ganze Grundstück von Polizisten wimmelt. Warum also war er hier?«

»Vielleicht hat er etwas verloren«, überlegte Bob. »Ein Beweisstück. Und er wollte es an sich nehmen, bevor es jemand findet.«

Justus schnippte mit den Fingern. »Gute Idee, Bob! Vielleicht hatte er es noch nicht gefunden, als Peter ihn entdeckte. Kommt, Kollegen, wir suchen den Garten ab!« Die drei ??? liefen nach draußen und begannen das Grundstück Quadratmeter für Quadratmeter unter die Lupe zu nehmen. Da das Gras und jede Menge wilder Pflanzen jedoch monatelang ungehindert gewuchert waren, erwies sich diese Aufgabe als schwieriger als erwartet.

»Eine Stecknadel im Heuhaufen ist nichts dagegen«, stöhnte Peter.

»Halt! Ich habe was gefunden!«, rief Bob, bückte sich und hob einen kleinen Gegenstand auf. »Seht mal! Ein goldener Anhänger. Sieht aus wie eine indianische Götterfigur oder so.«

»Oh, das ist meiner!« Dr. Arroway, die die Suche vom Fenster aus mitverfolgt hatte, winkte ihn zu sich heran und betrachtete das Schmuckstück genauer. »Tatsächlich, den vermisse ich schon seit Monaten!« Sie lächelte. »Gut, dass ich Detektive im Hause habe.« Doch sofort erstarb ihr Lächeln wieder. »Sonst habt ihr nichts gefunden?«

Justus schüttelte den Kopf. »Wir sind aber noch nicht ganz fertig.«

Doch auch der Rest der Suche brachte keine Ergebnisse. Die drei ??? waren so schlau wie vorher. Ratlos trafen sie sich im Arbeitszimmer, um ihre nächsten Schritte zu besprechen.

»Ob Dixon nun der Dieb ist oder nicht, er steckt irgendwie drin in der Sache«, war Jelena überzeugt. »Sonst wäre er nicht geflohen.«

»Da gebe ich dir ausnahmsweise Recht«, nickte Justus. »Wir müssen also irgendwie an ihn rankommen.«

»Wie denn, wenn er unter falschem Namen arbeitet?«, wollte Peter wissen.

»Wie wäre es mit einem Köder?«, überlegte Bob. »Sie könnten zum Schein einen Ihrer Kunstgegenstände zum Verkauf anbieten, Dr. Arroway. Ein Objekt, auf das Palmer Dixon scharf ist. Er wird vermuten, dass Sie es verkaufen wollen, um Ihren Kredit bei der Bank zu decken.«

Justus schüttelte den Kopf. »Wird er nicht«, widersprach er. »Er würde den Braten sofort riechen. Nein, ich denke, Palmer Dixon wird sich in Zukunft auf keiner Ausstellung oder Versteigerung mehr blicken lassen. Er weiß, dass wir ihn gesehen haben und ihm auf den Fersen sind. Wir müssen uns etwas anderes überlegen.«

»Und was?«

Nachdenklich zupfte der Erste Detektiv an seiner Unterlippe. »Ob das hilft?«, spottete Jelena.

Justus' Hand zuckte zurück. »Ich habe eine Idee!«

»Und die wäre?«

»Die Telefonlawine!«

Peter schnippte mit den Fingern. »Das ist es! Der graue Ford!«

»Genau!«, rief Bob. »Dieser alte Wagen fällt auf, da haben wir mit der Lawine gute Chancen.«

»Äh ...«, meldete sich Jelena zu Wort. »Würdet ihr uns Normalsterbliche freundlicherweise einweihen? Wer oder was ist die Telefonlawine?«

»Ein alter Trick von uns«, antwortete Justus. »Sehr simpel, aber auch äußerst effektiv.«

»Komm zur Sache!«

»Der Punkt ist, dass wir nach einem alten, grauen Ford suchen, dessen Kennzeichen vor lauter Dreck nicht zu erkennen ist. Es gibt Millionen im Raum Los Angeles zugelassener Fahrzeuge. Die Polizei hätte sogar bei einer Großfahndung kaum eine Chance ohne ein Kennzeichen den Wagen zu finden.«

»Aber ihr schon«, vermutete Jelena skeptisch.

»Richtig. Indem wir nämlich mithilfe der Telefonlawine innerhalb weniger Stunden unsere Abertausende Spione aktivieren, die die Augen für uns offen halten werden.«

»Jetzt bist du völlig übergeschnappt. Was denn für Spione? Willst du mich auf den Arm nehmen?«

»Keineswegs.« Justus lächelte zufrieden. Endlich hatte er Jelena gegenüber einen Trumpf in der Hand. Diesen Moment musste er auskosten. »Die Lawine funktioniert folgendermaßen: Jeder von uns ruft eine Hand voll Freunde, Bekannte und Verwandte an und sagt ihnen, dass wir einen alten, grauen, vor Dreck starrenden Ford ohne lesbares Nummernschild suchen. Und diese Freunde rufen dann wiederum ein paar Freunde an und geben die Suchmeldung weiter mit der Bitte, ebenfalls einige Leute anzurufen. Wenn jeder, der einen Anruf erhält, nur drei Bekannte informiert, hat unsere Bitte, nach dem Wagen Ausschau zu halten, schon heute Abend Zigtausende von Menschen erreicht. Und die sind erfahrungsgemäß in einem Umkreis von Dutzenden von Meilen verteilt.«

»Und das funktioniert?«, fragte Dr. Arroway verwundert.

»Wir haben mit dieser Methode schon einige Erfolge verbuchen können«, sagte Justus stolz. »Das einzige Problem ist das ›Stille Post‹-Prinzip: Nach einer Weile schleichen sich Fehler in unsere Anfrage und es kommt vor, dass dann Leute bei uns anrufen, die beispielsweise einen gelben Chevrolet gesehen haben und glauben, wir könnten damit etwas anfangen. Aber alles in allem sind die Leute sehr kooperativ.«

»Erstaunlich«, fand Janet. »Ich hätte nicht gedacht, dass da wirklich so viele mitmachen.«

Bob grinste. »Das Geheimnis ist, dass wir vor allem Kinder und Jugendliche anrufen. Erwachsene tun die Telefonlawine oft als Schwachsinn ab und bringen sie zum Stillstand, aber Kinder sind mit Feuereifer dabei.«

»Na, dann los!«, rief Dr. Arroway begeistert. »Ich stelle meinen Apparat gerne für den Start der Lawine zur Verfügung und werde mich selbst an der Aktion beteiligen. Je mehr Leute mitmachen, desto besser, nicht wahr, Janet?«

»Ich fürchte, ich kenne keine Kinder«, sagte sie entschuldigend. »Und auch sonst niemanden, der die Sache ernst nehmen würde. Davon abgesehen muss ich noch ein bisschen Schreibkram erledigen. Da wir jetzt sowieso nur warten können, werde ich mich mal an die Arbeit machen.« Sie setzte sich an ihren kleinen Schreibtisch in der Ecke und schaltete den Computer ein.

»Dann lasst uns die Telefonlawine mal ins Rollen bringen«, meinte Peter und griff nach dem Hörer. »Als Erstes rufe ich bei Jeffrey an. Der wollte immer schon mal dabei sein.«

Justus wandte sich Jelena zu: »Was ist mit dir? Machst du auch mit?«

»Ich kann mir zwar nicht vorstellen, dass wir damit wirklich Erfolg haben, aber schaden kann es wohl nicht«, antwortete sie milde.

Eine halbe Stunde später rollte die Lawine. Da es für die drei ??? im Haus von Dr. Arroway nun nichts mehr zu tun gab, verabschiedeten sie sich von der Kulturhistorikerin und versprachen ihr, sich zu melden, sobald es Neuigkeiten gab. Jelena ließ sich von John nach Hause bringen und die drei Detektive fuhren zurück zum Schrottplatz. Peter war der Erste, der in die Zentrale stürmte. Sein erster Blick galt dem Anrufbeantworter. »Wir haben schon eine Nachricht!« Er spulte das Band zurück und hörte es ab:

»Hi, hier ist Jeffrey. Wirklich cool, eure Telefonlawine. Ich habe sofort acht Leute angerufen und bin ganz neugierig: Habt ihr den Wagen schon gefunden? Peter soll sich mal melden, wenn es was Neues gibt. Ciao!«

Der Zweite Detektiv grinste gequält. »Na, das war ja wohl nichts.«

Bob blickte auf die Uhr. »Es ist auch noch zu früh. Die ersten Anrufe sind vor einer Stunde rausgegangen. Es wäre ein Wunder, wenn schon jetzt jemand den grauen Ford entdeckt hätte.«

Justus nickte zustimmend. »Brauchbare Ergebnisse können wir erst heute Abend erwarten.«

»Ewig diese Warterei«, maulte Peter. »Das ist das Ätzende an der Telefonlawine.«

»Justus!« Tante Mathildas Stimme hallte unverkennbar über den Schrottplatz.

»Oh, nein«, stöhnte der Erste Detektiv. »Das ist ihr Es-gibt-Arbeit-für-euch-Ruf. Ich erkenne ihn sofort.«

»Na, da sind wir ja prima abgelenkt bis heute Abend.«

Tatsächlich hatte Tante Mathilda den ganzen Tag für sie zu tun. Es war Sonntag, der Trödelmarkt hatte geschlossen, also nutzte Mathilda wie jede Woche die Gelegenheit, ungestört mal wieder so richtig aufzuräumen.

Die drei ??? schufteten in der Sonne, trugen Kartons und Kisten von einer Ecke in die andere, packten neue Waren aus, sortierten alte Waren um und beklebten sie mit kleinen Preisschildern. Ständig war ihnen, als hörten sie das Telefon. Peter ließ zweimal alles stehen und liegen und rannte in die Zentrale, weil er fest davon überzeugt war, dass es diesmal wirklich geklingelt hatte; doch bis zum frühen Abend kam kein einziger Anruf. Dann, als sie endlich mit der Arbeit fertig waren und staubverschmiert auf der Veranda saßen, um sich von Tante Mathilda mit Kirschkuchen und Orangensaft verwöhnen zu lassen, klingelte es wirklich.

Peter sprang auf, als hätte er sich auf eine heiße Herdplatte gesetzt. »Na endlich!« Er lief los. Bob und Justus warteten gespannt. Doch als Peter zurückkehrte, erkannten sie bereits an seinem langsam trottenden Gang, dass der Anruf eine Fehlanzeige gewesen war.

»Eine Susan aus Thousand Oaks«, berichtete er. »Sie hat einen alten, dreckigen Ford gesehen, allerdings in Blau, nicht in Grau. Pech gehabt.«

Das Pech setzte sich den ganzen Abend fort. Über ein Dutzend Anrufe gingen ein, doch jedes Mal hatte der Anrufer ihre Suchmeldung falsch verstanden. Gegen halb elf ließ sich Justus frustriert in seinen Schreibtischstuhl sinken. »Das wird nichts mehr. Es ist zu spät, jetzt ruft niemand mehr an.«

»Glaube ich auch«, nickte Bob. »Vielleicht ja morgen früh.«

»Da müssen wir dummerweise zur Schule«, maulte Peter. »Wahrscheinlich ist Palmer Dixon schon über alle Berge.«

»Wer weiß. Mit einer amerikaweiten Telefonlawine haben wir es noch nie versucht«, feixte Bob. »Wenn jeder von uns nicht nur fünf, sondern zwanzig Leute anruft, könnte das klappen. Ich habe Verwandte an der Ostküste, dann rollen wir das Feld von beiden Seiten auf.«

»Und legen damit ganz nebenbei das gesamte Telefonnetz der Vereinigten Staaten lahm«, lachte Justus.

»Vergiss es, Kollege.« Er gähnte. »Ich muss ins Bett. Dieser Tag war wirklich anstrengend. Ich schalte den Anrufbeantworter ein, damit uns heute Nacht niemand durch die Lappen geht. Und morgen früh treffen wir uns vor der ersten Schulstunde hier und sehen nach, ob sich doch noch jemand gemeldet hat.«

Doch auch am nächsten Morgen wurden die drei ??? enttäuscht: Das Lämpchen blinkte nicht, kein Anruf war eingegangen.

»Schöne Pleite«, brummte Peter. »Und jetzt auch noch Geschichte bei Mrs Johnson in den ersten beiden Stunden! Das wird ja ein toller Tag.«

Sie wollten gerade die Tür hinter sich schließen, als das Telefon klingelte.

»Ist bestimmt Jelena, die wissen will, ob wir schon was rausgefunden haben«, meinte Bob und nahm den Hörer ab. »Bob Andrews? ... Ja, genau, von den drei Detektiven ... Was?« Hastig betätigte er den Verstärkerknopf. Die Stimme eines Jungen drang aus dem Lautsprecher:

»Hier ist Tom Gordon. Ihr seid doch die, die den grauen Ford suchen, nicht wahr?«

»Ja, genau: Ein alter Wagen, ziemlich verdreckt, gestern Mittag wurde er im westlichen Rocky Beach gesehen.«

»Ich kenne das Auto. Es steht hier direkt an der Straße.«

Beschattung

»Sag das noch mal!«

»Es ist der Wagen unseres Nachbarn. Baujahr 1976, nicht wahr?«

»Das Baujahr kennen wir nicht, aber es könnte hinkommen«, meinte Bob. »Wo wohnst du denn?«

»In Pacific Palisades. Aber ich muss gleich zur Schule, vorbeikommen könnt ihr nicht.«

»Es reicht, wenn du uns die Adresse gibst.«

»Unser Nachbar wohnt im Washington Drive Nummer dreizehn.«

»Und wie heißt der?«

»Parker Wilson. Soll ich ihm sagen, dass ihr ihn sucht?«

»Auf keinen Fall!«, rief Bob schnell. »Das ... das soll sozusagen ... eine Überraschung werden. Tom, könntest du uns deinen Nachbarn beschreiben? Nur damit wir wissen, dass er wirklich der Richtige ist.«

»Ist so'n Kleiner, Dünner mit Glatze«, antwortete Tom. »Eigentlich ganz nett, aber auch ein bisschen komisch. Hat er was ausgefressen?«

»Das wissen wir noch nicht. Wir stecken noch in den Ermittlungen. Streng geheim, verstehst du?«

»Alles klar. Aber da fällt mir noch was ein! Sein Auto war nur bis gestern Nachmittag grau. Dann hat er es vor seiner Garage gewaschen und umgespritzt. Jetzt ist es grün. Hat das was zu bedeuten?«

Bob hob überrascht die Augenbrauen und warf Justus und Peter viel sagende Blicke zu. »Könnte schon sein, Tom. Danke, dass du angerufen hast. Du hast uns sehr weitergeholfen.«

»Kein Problem!«

Der dritte Detektiv legte auf. »Volltreffer!«

»Das kann man wohl sagen«, bestätigte Justus. »Jetzt haben wir ihn!«

»Ist euch das mit den Namen aufgefallen? Palmer Dixon, Parker Wilson. Klingt ziemlich ähnlich. Das ist er garantiert!«

»Und wir haben nicht nur seine Adresse, sondern auch noch eine sehr wertvolle andere Information: Er hat seinen Wagen umgespritzt. Was meint ihr dazu?« Justus sah seine Detektivkollegen fragend an.

Peter runzelte die Stirn. »Na ja, klingt irgendwie, als ...«

»Als sei er gewarnt worden!«, fuhr Bob dazwischen. »Als hätte er von unserer Fahndung per Telefonlawine gewusst.«

Justus nickte. »Seltsam, nicht wahr?«

»Oh, Mist!«, rief Peter. »Die erste Stunde fängt gleich an! Wenn ich bei der Johnson zu spät komme, gibt es Ärger! Lasst uns heute Nachmittag weiterrätseln!« Er stürzte hektisch aus der Zentrale.

»Was ist mit dir, Bob?«

»Ich komme gleich nach. Fahrt schon mal vor, ich muss nur noch schnell etwas erledigen.« Als Justus und Peter die Zentrale verlassen hatten, nahm Bob das Telefon und wählte Jelenas Nummer. Er wollte sie von den

Neuigkeiten unterrichten, aber das musste Justus ja nicht erfahren. Hoffentlich war sie noch nicht auf dem Weg zur Schule.

»Ja?«

»Mr Charkov? Hier spricht Bob Andrews. Ist Jelena noch da?«

»Hallo, Bob. Ja, einen Augenblick, ich hole sie!«

Einen Moment später war sie am Apparat. »Bob? Gibt es was Neues?«

»Kann man wohl sagen.« Er berichtete ihr von Toms Anruf. »Justus ist auch der Meinung, dass Dixon gewarnt wurde. Was hältst du davon?«

»Das bestätigt meinen Verdacht«, antwortete Jelena geheimnisvoll.

»Was für einen Verdacht?«

»Ach, nichts.«

»Komm schon, Jelena. Ich bin nicht Justus! Mir kannst du doch sagen, was du vermutest.«

»Ich will den Verdacht erst prüfen«, antwortete sie ausweichend.

»Na schön. Heute Nachmittag werden wir wahrscheinlich nach Pacific Palisades fahren und Dixon beschatten. Von dir aus ist es gar nicht weit. Willst du mitkommen? Sollen wir dich abholen?«

»Justus würde sich bedanken.«

»Ach, vergiss doch Justus! Was ist, bist du dabei?«

»Nein, ich denke nicht. Ich habe gleich nach der Schule einen Termin.«

»Geigenstunde?«

»Das auch, aber erst später.«

»Und vorher?«

»Sagen wir mal so: Ich muss Ermittlungen anstellen.«

»Ich hatte ja ernsthaft befürchtet, du hättest Jelena heute Morgen angerufen und sie gefragt, ob sie mitkommen will«, sagte Justus, als sie in Peters MG nach Pacific Palisades fuhren.

Bob blickte verlegen zur Seite. »Um ehrlich zu sein: Das habe ich tatsächlich getan.«

»Was?«

»Keine Panik, sie hat Nein gesagt. Keine Zeit.«

»Na, so ein Pech«, sagte Justus ironisch.

»Ich dachte, sie wollte sich nicht die kleinste Kleinigkeit von diesem Fall entgehen lassen«, meinte Peter. »Hat sie denn einen so wichtigen Termin?«

Bob überlegte, ob er seinen Freunden von Jelenas geheimnisvollen Andeutungen erzählen sollte. Doch er konnte sich Justus' Reaktion genau vorstellen und entschied sich gegen eine neue Jelena-Diskussion. Er zuckte mit den Schultern. »Keine Ahnung.«

»Wir sind gleich da«, bemerkte Peter und wies auf das nächste Straßenschild: Washington Drive. Er bog links ein. Der Washington Drive lag in einer typischen amerikanischen Kleinstadtsiedlung mit breiten Gehsteigen, gepflegten Vorgärten und Häusern, die alle gleich aussahen. Ein Zeitungsjunge radelte in irrem Tempo knapp an den Hecken vorbei und warf den Bewohnern der Straße die Wochenzeitung gekonnt vor die Haustür. Hier und da spielten ein paar Kinder in den Garageneinfahrten Basketball und Bob fragte sich, ob Tom unter ihnen war.

»Und was jetzt?«, fragte Peter.

»Jetzt fährst du am Haus Nummer dreizehn vorbei und parkst irgendwo unauffällig.«

»Unauffällig? Ich wusste nicht, dass man auf- oder unauffällig parken kann.«

»Stell dich einfach an den Straßenrand, aber nicht direkt vor das Haus.«

»Na schön.« Peter lenkte den Wagen in den Schatten eines Baumes und hielt an. Sie waren nur etwa zehn Meter von Dixons Haus entfernt. »Ist wohl niemand da«, stellte er fest. »Habt ihr gesehen? Das Garagentor stand offen, aber der Wagen war weg.«

»Dixon ist wahrscheinlich arbeiten«, meinte Bob. »Was immer er tut, wenn er nicht gerade heilige Bücher stiehlt.«

»Warten wir also auf ihn.«

Sie warteten lange. Obwohl Peter sich einen Platz im Schatten ausgesucht hatte, war es heiß im Wagen. Sie wagten jedoch nicht auszusteigen, aus Angst, von Palmer Dixon entdeckt zu werden, der jeden Moment um die Ecke biegen konnte.

»Vielleicht sollten wir die Kinder da drüben befragen«, schlug der Zweite Detektiv nach drei Stunden gelangweilt vor.

»Worüber?«

»Über Dixon beziehungsweise Wilson. Könnte ja sein, dass die irgendwas über ihn wissen.«

»Besser nicht«, widersprach Justus. »Das hier ist ein so

ödes Nest, da kennt jeder jeden. Dixon würde bestimmt sehr schnell mitbekommen, dass sich jemand nach ihm erkundigt hat. Und dann weiß er, dass wir ihm auf den Fersen sind.«

Die Sonne ging unter. Die Kinder verschwanden von der Straße, die Lichter in den Häusern gingen an, doch von Palmer Dixon war noch immer nichts zu sehen. Die Stunden verstrichen endlos langsam.

»Das gibt es doch nicht«, brummte Bob. »Der muss doch irgendwann mal nach Hause kommen!«

»Es ist vielleicht gar nicht so dumm, wenn er es nicht tut«, überlegte Justus und zupfte an seiner Unterlippe.

»Was meinst du damit?«, fragte Peter lauernd. »Du hast schon wieder so einen Unterton in deiner Stimme, Justus Jonas.«

»Was für einen Unterton?«

»Du weißt schon. Einen Ich-habe-einen-Plan-der-euch-nicht-gefallen-wird-Unterton.«

Der Erste Detektiv grinste. »Bin ich schon so leicht zu durchschauen? Also schön, mein Plan ist ganz einfach: Palmer Dixon ist noch nicht wieder zurück und es ist inzwischen dunkel. Was liegt da näher als sich sein Haus mal aus geringerer Entfernung anzusehen?«

»Wie gering?«

»Na ja, so minus zwei bis zehn Meter.«

»Du willst da einsteigen?«, rief Peter. »Ich hab's geahnt. Gib es zu, das war von Anfang an dein Plan!«

Justus schüttelte den Kopf. »War es nicht. Aber die Gelegenheit ist günstig. Warum sollten wir sie uns entgehen lassen?«

»Justus hat Recht«, stimmte Bob zu. »Mit etwas Glück liegt das Popol Vuh einfach in Dixons Arbeitszimmer herum und der Fall ist gelöst.«

»Das glaubst du doch wohl selbst nicht. Wie wollt ihr überhaupt ins Haus kommen?«

»Das ist doch wohl klar: mit deiner Hilfe!«

»Hervorragend!«, beschwerte sich der Zweite Detektiv. »Immer bleibt alles an mir hängen!«

»Du bist nun einmal derjenige, der ständig ein Dietrichetui mit sich herumträgt. Und noch dazu der Einzige, der damit umgehen kann.«

»Ich bin ein Volltrottel«, murrte Peter. »Warum nehme ich diese blöden Dietriche jedes Mal mit? Das gibt immer bloß Ärger! Das nächste Mal vergesse ich sie absichtlich.«

»Kommt schon, es ist gerade niemand auf der Straße!« Justus öffnete die Tür und stieg aus, Bob und Peter folgten ihm. Inzwischen war es ganz dunkel geworden, aus der Ferne hörte man ein paar Autos, ein Hund bellte, sonst war es still. Ungesehen betraten sie den Vorgarten. »Macht einen Bogen um die Haustür!«, raunte Justus. »Sonst schaltet der Bewegungsmelder womöglich das Licht an. Wir sehen uns erst mal hinten um!« Die drei ??? umrundeten das Haus. Alle Fenster waren dunkel und geschlossen. Sie versuchten durch die Scheiben zu spähen, erkannten jedoch nichts. Auf der Rückseite hatte das Haus eine Terrasse. Die Tür war zwar geschlossen, doch Justus war zuversichtlich:

»Eine Terrassentür ist doch kein Problem für dich, oder, Peter?«

»Eigentlich nicht«, antwortete er zögernd.

»Dann an die Arbeit!«

Der Zweite Detektiv schlich aus dem Schatten der Büsche und betrat die vom Mond beschienene Terrasse. Peter kam es vor, als wäre ein blendend heller Scheinwerfer auf ihn gerichtet. Bestimmt würde er jeden Moment von einem Nachbarn entdeckt, der vom oberen Stockwerk aus in Mr Dixons Garten blickte. Eilig zückte er sein Dietrichetui, dann betrachtete er das Schloss. Er brauchte nur eine Sekunde, um das Desaster zu erkennen. Enttäuscht und gleichzeitig auch erleichtert lief er geduckt zurück zu seinen Freunden. »Ein Spezialschloss. Das kriege ich mit meinem normalen Werkzeug nicht auf.«

»Sieht so aus, als hätte der gute Palmer Dixon ziemliche Angst vor Einbrechern«, meinte Justus. »Liegt wohl daran, dass er ein paar äußerst kostbare Kunstobjekte in seinem Haus lagert.«

»Und was machen wir jetzt?«, flüsterte Bob.

»Ganz einfach. Wir fahren zurück zur Zentrale und holen passendes Werkzeug für diese Tür.«

»Und was ist mit Dixon? Er könnte jeden Moment zurückkommen.«

»Deshalb wird auch einer von uns Wache halten und das Haus weiter beobachten.«

»Ich weiß auch schon wer«, grinste Bob. »Du, Justus!«

»Meinetwegen.«

»Also schön. Peter und ich fahren nach Rocky Beach. Was meinst du, wie lange es dauern wird, das Werkzeug zu holen, Zweiter?«

»Ich weiß, was ich brauche, und ich weiß, wo es liegt. In spätestens einer Stunde sind wir zurück. Hoffentlich verpassen wir nichts.«

Sie liefen zurück zum Wagen und fuhren los. »Schon zehn«, meinte Peter nach einem Blick auf die Uhr. »Ich will heute auf gar keinen Fall so spät ins Bett wie sonst, damit ich morgen ausnahmsweise mal pünktlich zur Schule komme. Aber wenn wir es tatsächlich bis ins Haus schaffen, wird Justus wahrscheinlich jeden einzelnen Raum von oben bis unten durchsuchen wollen. Das kann dauern. Ich hätte gar nichts dagegen, wenn mein Versuch, das Schloss zu knacken, einen Alarm auslösen würde oder so was. Dann müssten wir schnell abhauen und könnten nach Hause fahren.«

Als sie den Schrottplatz erreichten, war das große Tor zum Gelände schon geschlossen. Doch das machte nichts, denn die drei ??? hatten den Holzzaun, der den Platz umschloss, mit geheimen Zugängen ausgestattet. Eine dieser Geheimtüren, das Rote Tor, verbarg sich in einem Bild, das auf die Holzlatten gemalt war: der große Brand von San Francisco. Das Auge eines kleinen Hundes, der dem Feuer ängstlich zusah, war in Wirklichkeit ein Astloch, durch das man einen Riegel aufziehen konnte. Dann ließen sich zwei Latten zur Seite schieben. Peter und Bob zwängten sich hindurch und gingen zur Zentrale hinüber.

Während Peter in der Freiluftwerkstatt nach seinem Werkzeug suchte, klingelte im Büro das Telefon. Als Bob den Wohnwagen betrat, bemerkte er, dass schon mehrere Leute angerufen hatten: Der Anrufbeantworter blinkte. Er nahm ab.

»Bob Andrews?«

Ein Mann mit stark russischem Akzent war am Apparat: »Hallo, Bob, hier ist Mr Charkov. Endlich ist jemand da, ich hatte es schon ein paar Mal versucht. Sag mal, ist Jelena bei euch?«

»Nein.«

»Nicht?« Mr Charkov klang entsetzt. »Weißt du, wo sie ist?«

»Ich habe keine Ahnung«, gestand Bob. »Ist etwas passiert?«

»Ich ... ich hoffe nicht!«, stammelte Mr Charkov. »Aber Jelena ist spurlos verschwunden!«

»Was soll das heißen?«

»Sie ist heute von der Schule nicht nach Hause gekommen. Das Essen, das sie sich warm machen sollte, steht immer noch im Kühlschrank.«

»War sie denn in der Schule?«

»Ja. Du hast ja heute Morgen noch mit ihr telefoniert, daher dachte ich, ihr hättet euch vielleicht verabredet.«

»Nein, sie sagte, sie hätte keine Zeit.«

»Hat sie dir erzählt, was sie heute vorhatte?«

Bob spürte Hitze in sich aufsteigen. »Nein. Äh, das heißt ... Geigenunterricht, glaube ich.«

»Ja. Ich habe bei ihrem Lehrer angerufen. Sie ist dort gar nicht aufgetaucht. Ich mache mir solche Sorgen! Sie ist sonst nie so spät noch unterwegs! Jedenfalls nicht ohne mir Bescheid zu sagen.«

»Beruhigen Sie sich erst mal, Mr Charkov! Ihr wird schon nichts passiert sein!« Bob hörte sich selbst zu und bemerkte, wie wenig er von seinen eigenen Worten überzeugt war.

»Ich werde am besten sofort die Polizei rufen«, meinte Mr Charkov.

»Ich denke nicht, dass das jetzt schon nötig ist. Wenn sie morgen früh noch nicht zu Hause –«

»Morgen früh? Du ... du meinst also auch, dass ihr etwas passiert ist!«

»Nein, das meine ich nicht. Ich kenne Jelena inzwischen ganz gut. Sie kann sehr gut auf sich aufpassen.«

»Sie sitzt im Rollstuhl!«, widersprach Mr Charkov. »Sie kann sich vielleicht mit ihrem Mundwerk verteidigen, aber sonst ... Ich werde die Polizei rufen!«

»Die wird nichts tun können«, sagte Bob. »Als vermisst melden kann man jemanden erst, wenn er seit mindestens vierundzwanzig Stunden weg ist. Passen Sie auf, Mr Charkov: Beruhigen Sie sich und gehen Sie schlafen. Jelena ist bestimmt nur bei einer Freundin und hat vergessen Ihnen Bescheid zu sagen. Ich bin sicher, sie taucht bald wieder auf.«

»Wenn du meinst«, antwortete Mr Charkov wenig überzeugt. »Na schön, vielen Dank, Bob.«

»Gern geschehen. Gute Nacht!« Bob legte auf. Ein eiskalter Schauer durchfuhr ihn.

Peter stürmte herein. »Ich habe mein Werkzeug! Wir können los!«

»Jelena ist weg.«

»Was?«

Bob erzählte ihm die Geschichte. »Denkst du das Gleiche wie ich?«

»Was? Dass sie bei einer Freundin ist?«

»Nein. Dass ihr wirklich etwas passiert ist.«

»Wie kommst du darauf?«

»Stimmt, du kannst es ja nicht wissen«, erinnerte sich Bob. »Jelena sagte mir heute Morgen am Telefon, sie müsse Ermittlungen anstellen.«

»Was denn für Ermittlungen?«

»Wenn ich das wüsste. Sie wollte es mir nicht sagen,

klang aber sehr geheimnisvoll. Ich glaube, sie war sauer, weil wir sie beim Diebstahl des Popol Vuh nicht sofort angerufen hatten. Jetzt will sie auf eigene Faust ermitteln.«

»Wie könnte sie schon ermitteln?«, überlegte Peter. »Sie weiß genauso viel wie wir.«

»Genau das glaube ich nicht. Sie redete, als hätte sie ein Geheimnis, als wüsste sie mehr als wir.«

»Vielleicht hat sie Palmer Dixon vor uns aufgespürt und ihn zur Rede gestellt«, schoss es Peter durch den Kopf. »Und dann hat er sie entführt, damit sie nicht auspackt.«

»Oder Schlimmeres. Los, wir müssen zurück zu Justus!«

Justus trat gelangweilt von einem Fuß auf den anderen. Das Auto war für die Beobachtung von Dixons Haus bequemer gewesen. Und wärmer. Nachdem die Sonne untergegangen war, hatte es sich empfindlich abgekühlt und Justus trug nur ein dünnes T-Shirt. Fröstelnd verschränkte er die Arme.

Ein Wagen bog in den Washington Drive. Der Erste Detektiv blickte auf die Uhr. Peter und Bob waren erst seit gut einer halben Stunde weg. Wenn sie jetzt schon zurückkehrten, hatten sie sich sehr beeilt.

Das Auto wurde langsamer und hielt direkt unter einer Laterne vor dem Haus Nummer dreizehn. Ein grüner Ford. Justus zuckte zusammen und wich noch etwas weiter in den Schatten des Baumes zurück. Ein kleiner, schmächtiger Mann mit Halbglatze stieg aus und verschwand eilig im Haus. Justus verließ seine

Deckung und ging auf das Auto zu. Als Erstes notierte er sich das Kennzeichen, das nun gut zu lesen war. Dann näherte er sich dem Haus. Nirgendwo brannte Licht. Doch dann entdeckte Justus den fahlen, bläulichen Schimmer eines Bildschirms hinter einem der Fenster. Vorsichtig riskierte er einen Blick. Es war das Wohnzimmer. Dixon saß an einem kleinen Schreibtisch und war gerade dabei, den Computer hochzufahren. Er tippte in die Tastatur, während er auf den Bildschirm starrte. Sein Gesicht leuchtete in unheimlichem Grün. Justus konnte kaum etwas erkennen, doch es sah so aus, als würde Dixon seine eingegangenen E-Mails lesen. Viel schien es nicht zu sein, denn schon nach zwei Minuten schaltete er das Gerät aus, erhob sich und verließ den Raum. Kurze Zeit später hörte Justus die Tür, dann einen Automotor. Gerade als der Erste Detektiv die Hausecke erreichte, fuhr der grüne Ford davon.

»So ein Mist!«, fluchte Justus leise. »Ausgerechnet jetzt sind Bob und Peter nicht da!«

Es dauerte jedoch nicht lange, bis sie zurückkehrten. Justus wartete auf sie unter dem Baum. »Da seid ihr ja endlich. Ihr kommt leider zu spät. Dixon war eben hier, ist aber sofort wieder abgedüst. Ich hätte ihn zu gerne verfolgt, aber das hat sich nun wohl erledigt. Habt ihr –« Justus brach ab, als er ihre verstörten Gesichter bemerkte. »Ist irgendwas?«

»Jelena ist entführt worden«, sagte Peter.

»Nicht so voreilig. Bis jetzt ist sie einfach nur verschwunden«, korrigierte Bob. »Aber wir befürchten, dass man sie entführt hat.«

»Langsam, langsam, langsam! Jelena? Was hattet ihr in der kurzen Zeit denn schon wieder mit ihr zu schaffen?«

Bob berichtete ihm von Jelenas geheimnisvollen Andeutungen und Mr Charkovs Anruf. »Natürlich hat er etwas überreagiert«, versuchte er sich selbst zu beruhigen. »Immerhin ist es noch gar nicht so spät. Aber ich mache mir trotzdem Sorgen.«

»Meinst du, Dixon hat etwas mit ihrem Verschwinden zu tun, Just?«, fragte Peter.

»Könnte schon sein. Wenn sie wirklich so leichtsinnig war, etwas auf eigene Faust zu unternehmen. Bei Jelena weiß man nie! Vielleicht finden wir etwas heraus, wenn wir uns bei Mr Dixon ein wenig umsehen. Hast du das Werkzeug eingepackt, Zweiter?«

»Alles dabei.«

»Gut. Dann mal los!«

Sie kehrten zurück zur Terrassentür und Peter versuchte das Schloss zu knacken. »Mist! Hier ist zu wenig Licht, ich sehe kaum etwas!«

»Die Taschenlampen können wir auf keinen Fall nehmen, sonst sehen uns die Nachbarn«, flüsterte Bob. »Schaffst du es nicht auch so?«

»Machst du Witze? Natürlich schaffe ich es. Es dauert nur länger und ich muss mich konzentrieren.«

Er fuhr fort, mit kleinen Drähten und Haken im Schloss zu bohren. Ein paar Minuten später gab der Riegel mit einem Klick nach und die Tür schwang knarrend auf. »Hereinspaziert!«

In völliger Dunkelheit schlichen sie ins Haus. »Sehen wir uns erst mal um«, schlug Justus vor.

»Sehen? Ich würde sagen, wir fühlen uns erst mal um!«, spottete Peter.

Etwas rumpelte.

»Pst!«, zischte Bob und hielt den Atem an. »Habt ihr das gehört? Hier ist jemand!«

»Keine Panik, das war ich. Ich bin gegen irgendwas gestoßen.«

»Schmeiß bloß keine millionenschwere Ming-Vase runter, Peter!«

»Können wir nicht die Vorhänge zuziehen und Licht anmachen?«, schlug der Zweite Detektiv vor. »Dann sieht es von draußen keiner.«

»Zu gefährlich«, widersprach Justus. »Ein bisschen Licht schimmert trotzdem durch und Dixon könnte jeden Moment zurückkommen. Ich glaube es zwar nicht, aber einer von uns sollte am Fenster Wache halten.«

»Ich melde mich freiwillig«, sagte Peter. »Dann kann ich wenigstens nichts kaputtmachen.«

Während Peter auf die verlassene Straße blickte, wanderten Justus und Bob durch das Haus. Langsam gewöhnten sie sich an das Dämmerlicht und sahen etwas mehr als nur schwarze Schatten. Das Haus war klein, die vier Räume schnell erkundet. Nirgendwo entdeckten sie etwas Außergewöhnliches.

»Kein Popol Vuh, keine Ming-Vasen und auch sonst keine Kunstgegenstände«, stellte Justus fest.

»Und keine entführte Jelena«, fügte Bob hinzu. »Palmer Dixon scheint ein ganz normaler Mann mit ganz normalen Interessen zu sein. Das hier ist jedenfalls nicht gerade das, was man sich unter dem Wohnsitz eines Verbrechers vorstellt.«

»Sehen wir uns mal den Computer an«, schlug Justus vor. »Dixon hatte es ziemlich eilig, als er hier war. Er las nur schnell seine eingegangene elektronische Post, dann dampfte er wieder ab. Vielleicht war ja etwas Wichtiges dabei.« Sie gingen ins Wohnzimmer, wo der Erste Detektiv sich an den Schreibtisch setzte und den Computer einschaltete. Nun zog Bob die Vorhänge doch zu, damit der matte Schein des Monitors nicht nach draußen drang. »Da haben wir ihn schon«, sagte Justus zufrieden. »Dixons Briefkasten. Mal sehen, ob ich ihn öffnen kann.« Mit geübter Hand ließ er mit der Maus den Cursor über die Oberfläche gleiten, klickte hier und da etwas an und brummte schließlich unwillig.

»Was ist los?«

»Er will ein Passwort von mir haben. War ja zu erwarten.«

»Und was jetzt? Kannst du das umgehen?«

»So einfach ist das nicht. Aber ich könnte ein paar Passwörter ausprobieren.«

»Wie wäre es mit Popol Vuh?«, schlug Bob vor.

»Glaube ich zwar nicht, aber einen Versuch ist es wert.« Justus gab den Namen ein, doch der Computer gab ein empörtes Piepsen von sich. »Das war es schon mal nicht.« Er zupfte an seiner Unterlippe. »Dixon wohnt hier unter dem Namen Parker Wilson. Vielleicht hat er seinen Decknamen als Passwort benutzt.« Nun tippte er ›Palmer Dixon‹ ein, doch ein erneutes Piepsen war die einzige Antwort. »Und wie wäre es mit

›Palmer‹? Nein, auch Fehlanzeige. Dann probiere ich es mal mit ›Dixon‹.« Diesmal blieb das Piepsen aus und ein neues Fenster öffnete sich. »Ha! Bingo!«

»Du bist drin, Justus! Du bist drin!«, rief Bob begeistert.

»Schhht! Nicht so laut!«

»Ist was passiert?« Peter hatte seinen Beobachtungsposten verlassen und stand neugierig in der Tür zum Wohnzimmer.

»Wir sind gerade dabei, Dixons Post zu lesen«, erklärte Justus. »Seht mal, hier ist eine Liste der E-Mails, die er bekommen hat. Die meisten Mails haben den Absender ›Melody‹. Gestern kam die letzte. Ich öffne sie mal!« Justus klickte den Eintrag an und eine Schrift erschien auf dem Monitor:

›Ihr Leichtsinn, Dr. Arroways Haus am helllichten Tag zu besuchen, hat dazu geführt, dass Sie entdeckt wurden. Man ist Ihnen und Ihrem Wagen auf den Fersen. Ändern Sie die Farbe des Ford und verbringen Sie die nächsten Tage in einem Hotel! Das Projekt ›Popol Vuh‹ ist auf Eis gelegt. Warten Sie auf weitere Instruktionen! Melody‹.

»Das gibt's ja nicht!«, keuchte Bob. »Dixon ist wirklich gewarnt worden!«

»Von seinem geheimnisvollen Auftraggeber: Melody.«

»Aber … aber woher weiß dieser Melody das alles?«, stammelte Peter und blickte sich unwillkürlich um. »Werden wir beobachtet?«

»Sieht ganz danach aus«, sagte Justus unbehaglich. »Oder aber unsere Telefonlawine hat uns diesmal selbst ein Bein gestellt und unsere Suchmeldung ist versehentlich bei Melody gelandet. Dixon hat auf diese Mail etwas geantwortet, mal sehen, was das war.« Justus rief die Nachricht auf:

›Melody, danke für die Warnung! Ich werde sofort verschwinden. Habe Dr. Arroway, ihre Assistentin und vier Kinder bei meinem Besuch belauscht: Das Popol Vuh ist verschwunden! Wie ist das möglich? Erbitte weitere Anweisungen! Dixon‹.

»Aha«, murmelte Justus. »Dixon ist also nicht der Dieb.«

»Oder aber er versucht seinen Auftraggeber zu hintergehen, indem er behauptet, das Popol Vuh sei von jemand anderem gestohlen worden«, überlegte Bob. »Dann stellt sich allerdings die Frage, was er in Dr. Arroways Garten zu suchen hatte.« Nachdenklich schwiegen sie eine Weile.

»Ich finde, wir sollten langsam verschwinden«, sagte Peter schließlich. »Mir ist die Sache mit diesem Melody unheimlich. Ich fühle mich plötzlich so beobachtet.«

»Sag mal, wieso bist du eigentlich hier?«, fragte Justus. »Solltest du nicht am Fenster stehen und die Straße im Auge behalten?«

»Oh«, machte Peter. »Bin schon weg!«

Plötzlich drang ein leises Geräusch zu ihnen.

»Habt ihr das gehört?«, hauchte Bob.

Sie hielten den Atem an.

Etwas knarrte.

Peter riss entsetzt die Augen auf. »Das war die Haustür! Dixon kommt zurück!«

Die Angst vor dem Unbekannten

Blitzschnell sprang Justus auf und schaltete den Monitor aus. Es blieb keine Zeit mehr, den Computer herunterzufahren. Panisch blickten sie sich um. Um zur Terrassentür zurückzukehren, mussten sie durch den Flur. Doch auf dem näherten sich bereits Schritte! In Windeseile versteckten sie sich: Peter presste sich neben die Tür an die Wand, Justus huschte in den Schatten eines Bücherregals und Bob duckte sich hinter das Sofa. Einen Augenblick später trat Dixon ein.

Wie beim ersten Mal machte er kein Licht. Er warf seine Jacke auf das Sofa, riss ein Päckchen Zigaretten auf und griff nach dem Feuerzeug, das auf dem Schreibtisch lag. Peter konnte jede seiner Bewegungen beobachten. Die kleine Flamme schien den Raum taghell zu erleuchten, doch Dixon hatte ihm den Rücken zugewandt. Seufzend ließ er sich auf den Stuhl sinken, schaltete den Monitor ein – und stutzte. Einen Augenblick starrte er auf das Bild: die Nachricht, die er an Melody geschickt hatte. Dann saß er plötzlich stocksteif auf seinem Stuhl und drehte ganz langsam den Kopf, als suchte er den Raum ab.

»Ist da jemand?« Seine Stimme war nur ein heiseres Krächzen. »M . . . Melody?«

Niemand rührte sich. Jeden Augenblick würde Dixon das Licht einschalten, jeden Moment würde er sie entdecken!

»Melody, sind Sie das?« Die Angst in seiner Stimme war unüberhörbar. »Hören Sie, ich … ich habe mich an Ihre Anweisungen gehalten, ich habe die letzte Nacht im Hotel verbracht, ich bin nur kurz zurückgekehrt, um zu sehen, ob Sie mir eine neue Nachricht geschickt haben. Ich –«

Bob verlor in seiner hockenden Position das Gleichgewicht und krallte sich an die Rückenlehne des Sofas. Dabei zog er an einer darauf liegenden Decke. Dixon keuchte erschrocken und tastete nach dem Lichtschalter. Dann flammte das Licht der Schreibtischlampe auf. Entsetzt starrten Bob und Palmer Dixon einander an.

Dixon war der Erste, der die Sprache wiederfand: »Sie sind … du bist Melody?«

»Ich … äh … nein. Ich bin …«

»Wir sind die drei Detektive«, schaltete sich Justus ein und trat aus dem Schatten hervor.

Jetzt erst bemerkte Dixon, dass Bob nicht der einzige Fremde im Raum war, und zuckte zusammen. Er schien immer kleiner zu werden – bis er die drei ??? erkannte. Empört richtete er sich auf. »Ihr … ihr seid doch die drei Jungs, die … Ich kenne euch! Was habt ihr hier zu suchen?«

»Wo ist das Popol Vuh?«, fragte Peter geradeheraus.

»Und wo ist Jelena?«

»Wie bitte? Wovon redet ihr da?«

»Wir wissen alles, Mr Dixon«, behauptete Justus, obwohl das ganz und gar nicht der Wahrheit entsprach.

»Oder soll ich Sie lieber mit Mr Wilson anreden? Ganz wie Sie wünschen.«

»Woher …« Dixon sah sie einen Moment lang überrascht an, dann wandte er sich zornig um und griff nach dem Telefon. »Ich werde die Polizei rufen.«

Bob und Justus sahen einander verblüfft an. Damit hatten sie nicht gerechnet. Doch Peter sagte ungerührt: »Gute Idee. Dann können Sie der Polizei gleich sagen, dass Sie das Popol Vuh im Auftrag von Melody gestohlen und Jelena entführt haben, weil sie Ihnen auf den Fersen war.«

Dixon hielt in der Bewegung inne. Langsam legte er den Hörer auf und wandte sich Peter zu: »Was wisst ihr über Melody?«

»Äh … er ist Ihr Auftraggeber.«

»Was habt ihr mit ihm zu tun?«

»Nichts. Wir …«

»Wir sollten uns in Ruhe hinsetzen und ein paar Informationen austauschen«, schlug Justus vor. »Ich denke, hier liegen einige Missverständnisse vor. Auf beiden Seiten. Es wird Zeit, dass wir sie aus dem Weg räumen.«

»Ihr seid also hier eingebrochen, weil ihr glaubtet, ich hätte das Popol Vuh gestohlen und etwas mit dem Verschwinden dieses Mädchens zu tun. Nun, ich muss euch enttäuschen. Weder das eine noch das andere ist der Fall.«

Sie saßen in Palmer Dixons Wohnzimmer im schwachen Schein des Computermonitors, über den ein Bildschirmschoner flimmerte. Dixon hatte darauf bestanden, das Licht wieder zu löschen. »Wir könnten gesehen werden«, hatte er gesagt. Wer immer dieser Mann war und was er getan hatte, eines war sicher: Er hatte große Angst. Daher hatte er auch darauf bestanden, dass die drei ??? mit ihrer Geschichte den Anfang machten, bevor er ihnen seine erzählte.

Justus hatte bereitwillig ausgepackt. Schließlich hatten sie nichts zu verlieren. »Aber Sie hatten es auf das Popol Vuh abgesehen, nicht wahr? Oder warum waren Sie sonst gestern bei Dr. Arroway im Garten?«

»Ich wollte mir das Haus ansehen und Dr. Arroway beschatten, um herauszufinden, wann der beste Zeitpunkt für den Einbruch ist. Ihr habt Recht, ich sollte das Popol Vuh stehlen. Was glaubt ihr, wie überrascht ich war, als ich euch belauschte und hörte, dass es bereits gestohlen worden ist!«

»Wer ist Melody?«, fragte Justus.

»Ich weiß es nicht. Ich hatte gehofft, ihr könntet mir das sagen. Aber jetzt weiß ich ja, dass ihr vollkommen zufällig in die Sache hineingeraten seid. Aber vielleicht sollte ich euch die Geschichte von Anfang an erzählen.«

»Das wäre von Vorteil«, stimmte Justus zu, der immer noch nicht sicher war, wie er Dixon einschätzen sollte.

»Also schön: Es begann vor zwei Jahren. Ich hatte ein paar große Dummheiten gemacht und stand plötzlich ohne Job da. Außerdem hatte ich einen Haufen Schulden. Spielschulden.« Er senkte beschämt den Kopf. »Das Grausame an Spielschulden ist, dass es immer mehr werden. Man glaubt irgendwann, man könne sie nur tilgen, indem man weiterspielt. Schließlich kann so eine Pechsträhne nicht ewig andauern. Eines Tages muss der große Hauptgewinn kommen und dann ist man all seine Sorgen los. Aber der Hauptgewinn kam nie, stattdessen wurde der Schuldenberg immer größer und größer und am Ende hatte ich richtig großen Ärger am Hals. Meine Gläubiger begannen mir zu drohen und ich musste dringend, wirklich dringend an Geld kommen. An viel Geld. Also habe ich Anzeigen in Zeitungen geschaltet, in denen ich mich als Arbeitskraft anbot. ›Mache alles gegen entsprechende Bezahlung‹, habe ich geschrieben. Das war ein Fehler. Neben meiner Telefonnummer habe ich meine E-Mail-Adresse angegeben. Einige Tage später meldete sich ein gewisser ›Melody‹. Er wollte seinen wahren Namen nicht nennen, doch das war mir egal, denn er bot mir einen sehr lukrativen Job an: Ich sollte für ihn zu Auktionen gehen und bestimmte Kunstgegenstände ersteigern. Das klang nach einer leichten Arbeit und ich nahm an. Das Geld, das ich für die Versteigerung brauchte, wurde mir auf mein Konto überwiesen, zusammen mit einer ansehnlichen Provision. Und die ersteigerten Objekte schickte ich an ein Postfach, wo Melody sie abholte.«

»Wenn Sie so dringend Geld brauchten, war da nicht die Versuchung groß, mit der gesamten Summe abzuhauen?«, fragte Bob.

»Schon. Aber Melody drohte mir von Anfang an. Ich sollte nicht einmal daran denken, schrieb er, sonst würde es mir schlecht ergehen.«

»Und wenn Sie behauptet hätten, der Preis für das Objekt hätte höher gelegen?«, überlegte Bob weiter.

»Dann hätten Sie die Differenz in die eigene Tasche verschwinden lassen können.«

»Als einer meiner Gläubiger mich besonders hartnäckig verfolgte, habe ich das versucht«, gestand Dixon. »Aber Melody hat es sofort herausgefunden. Das Interessante daran war, dass Melody in den meisten Fällen genau wusste, wie hoch ich bei den Auktionen gehen musste, um den Zuschlag zu erhalten.«

»Lassen Sie mich raten«, sagte Justus. »Ihr hartnäckigster Gegner bei den Versteigerungen war Dr. Lou Ann Arroway.«

»Richtig. Manchmal kam es mir so vor, als ginge es Melody einzig und allein darum, Dr. Arroway auszustechen. Er wusste immer, wie hoch sie gehen würde, und hat mir die Möglichkeit gegeben, mit meinem Gebot ein paar Dollar darüber zu liegen.«

»Aber beim Popol Vuh hat es nicht geklappt«, stellte Justus fest.

»Nein. Melody sagte mir, ich könne bis zweiundzwanzigtausend Dollar gehen, aber Dr. Arroway bot fünfundzwanzigtausend und damit war ich aus dem Rennen.«

»Was sagte Melody dazu?«

»Dass die Dinge sich anders entwickelt hätten als geplant, er dieses Buch aber unbedingt haben müsse.«

»Also hat er Sie angewiesen es zu stehlen«, folgerte Justus.

»Richtig. Erst lehnte ich ab, schließlich war von Einbruch und Diebstahl nie die Rede gewesen. Kunstgegenstände zu ersteigern ist eine Sache. Ein Buch zu stehlen aber eine ganz andere. Doch dann bot Melody mir so viel Geld, dass ich nicht Nein sagen konnte. Ich wäre auf einen Schlag all meine Schulden losgeworden.«

»Wie viel?«

»Dreißigtausend Dollar.«

»Dreißigtausend?«, rief Peter und schnappte nach Luft. »Aber Dr. Arroway hat nur fünfundzwanzig dafür bezahlt!«

»Das hat mich auch gewundert, aber mir war es egal. Melody wollte das Buch unbedingt haben und war bereit, mir so viel Geld zu zahlen, wenn ich es ihm beschaffe. Er wusste, dass Dr. Arroway Sonntagabend nicht zu Hause sein würde, und wies mich an, an diesem Abend bei ihr einzusteigen.«

»Doch dann wurde das Popol Vuh bereits eine Nacht zuvor gestohlen«, stellte Justus fest und knetete seine Unterlippe. »Sehr rätselhaft.«

»Woher weiß Melody nur so viel über Dr. Arroway?«, fragte sich Peter. »Wer ist er? Und warum hat er es auf sie abgesehen?«

»Dr. Arroway selbst hat offenbar auch keine Ahnung«, meinte Justus. »Denn der einzige Gegner, der ihr einfiel, waren Sie, Mr Dixon.«

»Soweit wir es bis jetzt wissen, kommt eigentlich nur eine einzige Person infrage, die genügend Informationen haben könnte, um das alles zu veranstalten«, sagte Bob.

»Nämlich wer?«

»Dr. Arroways Assistentin, Janet.«

»Janet?«, echote Justus. »Das glaubst du doch wohl selber nicht. Sie arbeitet schon seit Jahren für Dr. Arroway. Warum sollte sie sie hintergehen? Das ergibt keinen Sinn. Janet geht täglich bei ihr ein und aus. Wenn sie es auf das Popol Vuh abgesehen hätte, hätte sie es selbst stehlen können anstatt Mr Dixon darauf anzusetzen.«

Bob nickte nachdenklich. »Du hast ja Recht. Also gibt es nur eine Möglichkeit: Wir haben es mit einem noch völlig Unbekannten zu tun, jemandem, der seine Finger offenbar überall im Spiel hat.«

»Einem sehr gefährlichen Unbekannten«, fügte Palmer Dixon hinzu und senkte unwillkürlich seine Stimme. »Er beobachtet mich. Er kennt jeden meiner Schritte. Er wusste sogar, dass ihr meinen Wagen sucht. Das geht nicht mit rechten Dingen zu. Um ehrlich zu sein: Ich bekomme es mit der Angst zu tun. Melody hat mich in der Hand, er weiß über alles, was ich tue, Bescheid.«

»Sie haben ihn nie gesehen?«, fragte Justus.

»Nein. Der Kontakt lief immer nur über E-Mail. Und wenn Geld auf mein Konto überwiesen wurde, war der Absender stets Melody.«

»Moment mal!«, sagte Bob misstrauisch. »Sie haben doch mit ihm telefoniert. Das Gespräch, das Jelena zufällig belauscht hat!«

»Das habe ich nicht mit Melody geführt, sondern mit meinem letzten Gläubiger, um ihm zu versprechen, dass ich das Geld bald haben werde.«

»Sehr verzwickt«, sagte Justus kopfschüttelnd. »Die

Rätsel häufen sich und wir haben noch keine einzige Antwort. Wer hat das Popol Vuh wirklich gestohlen? Und was ist an diesem Buch so wertvoll?«

»Wie meinst du das, Just?«

»Mir kam gerade der Gedanke, dass es nicht sehr logisch ist, für ein antikes Buch so viel Geld zu bieten, wenn der von Dr. Arroway geschätzte wirkliche Wert gerade mal zwanzigtausend Dollar beträgt. Nein, inzwischen glaube ich, dass es gar nicht um das Buch selbst geht, sondern um etwas ganz anderes. Vielleicht um etwas, das darin versteckt ist. Oder das darin steht.«

»Oder es geht nicht darum, dass Melody das Buch besitzt, sondern dass Dr. Arroway es nicht besitzt«, überlegte Bob weiter.

»Interessante Theorie. Die einzige Person, die uns in dieser Frage weiterhelfen kann, ist Dr. Arroway selbst. Wir werden sie morgen fragen.«

»Und Jelena«, fügte Bob besorgt hinzu. »Ich bin sicher, dass sie etwas herausgefunden hat. Vielleicht weiß sie, wer Melody ist, und war so leichtsinnig, ihn aufzusuchen.«

»Alle Fäden laufen bei diesem mysteriösen Melody zusammen. Er scheint überall zu sein. Wir müssen herausfinden, wer er ist.«

»Wir haben doch Melodys E-Mail-Adresse!«, rief Peter. »Hilft uns das nicht weiter?«

Bob schüttelte den Kopf. »Leider nicht. Diese Adressen sind absolut anonym. Niemand kann nachvollziehen, wer wirklich dahinter steckt.«

»Unter normalen Umständen nicht«, bestätigte Justus.

»Allerdings ...«

»Was allerdings?«

Justus bearbeitete seine Unterlippe und schwieg.

»Was allerdings, Just? Raus mit der Sprache!«

»Kollegen, ich habe eine Idee! Zugegeben eine ziemlich komplizierte Idee, aber mit etwas Glück könnte sie vielleicht funktionieren.«

»Was denn?«

»Wir werden Melody mit seinen eigenen Waffen schlagen und ihm eine Falle stellen!«

»Was denn für eine Falle?«

»Jeder, der das Internet benutzt, erhält für die Dauer seines Aufenthaltes im Netz von seinem Provider eine IP-Adresse.«

»Was für'n Ding?«

»Eine Internet-Protokoll-Adresse. Wenn du im Internet surfst, müssen die Seiten, auf denen du landest, ja wissen, an wen sie ihre Informationen schicken sollen. Dafür gibt es die IP-Adresse. Das hat nichts mit der E-Mail-Adresse zu tun, man bekommt jedes Mal eine neue von seinem Provider.«

»Seinem was?«

»Seinem Provider, der Gesellschaft, über die man sich ins Internet einwählt.«

»Aha«, sagte Peter verständnislos. »Und?«

»Wenn wir Melodys IP-Adresse herausfinden können, haben wir eine Chance, ihn zu erwischen.«

»Und wie willst du das machen?«, fragte Bob.

»Ich habe schon einige Male versucht Melodys wahre Identität zu entschlüsseln«, sagte Mr Dixon. »Jedes Mal ohne Erfolg. Man kommt nicht so einfach an die IP-Adresse heran.«

»Ich habe auch nicht behauptet, dass es einfach ist«, erwiderte Justus und lächelte wissend. »Aber es ist möglich.«

»Und wie?«

»Indem wir Melody ein kleines Geschenk machen: ein Trojanisches Pferd.«

»Du sprichst immer noch in Rätseln«, beschwerte sich Peter. »Könntest du dich bitte bemühen einem Trottel wie mir zu erklären, was du vorhast?«

Justus seufzte. »Ich will es mal versuchen. Kennst du die griechische Sage von Odysseus und seiner List im Trojanischen Krieg?«

»Schon mal gehört«, sagte Peter lakonisch. »Aber wie sollen uns griechische Sagen bei unserem Problem helfen?«

»Die Griechen belagerten zehn Jahre lang die Stadt Troja, doch sie schafften es nicht, ihre Mauern zu überwinden. Bis schließlich Odysseus eine List anwandte: Er veranlasste, ein riesiges hölzernes Pferd zu bauen, das vor die Tore Trojas gestellt wurde. Dann ließ er die griechischen Truppen abziehen. Die Menschen in der belagerten Stadt glaubten, ihre Gegner hätten endlich aufgegeben und das Pferd sei eine Art Opfergeschenk. Sie öffneten die Tore und zogen das Pferd herein.«

»Und?«

»Das Pferd war innen hohl. In der Nacht kletterten die Soldaten heraus, die sich darin versteckt hatten, öffneten das Tor von innen und ließen das heimlich zurückgekehrte Heer in die Stadt ein. Troja wurde erobert, Ende der Geschichte.«

»Schlauer Plan. Aber ich verstehe immer noch nicht ganz. Willst du auch ein Holzpferd bauen und es Melody schicken?«

Justus nickte. »Exakt. Und zwar ein virtuelles Holzpferd. Passt auf: Wir werden Melody eine E-Mail schicken. Irgendetwas ganz Unverfängliches. Und daran hängen wir ein kleines, von mir programmiertes Spion-Programm, das Trojanische Pferd. Melody wird die Mail öffnen und damit das versteckte Mini-Programm aktivieren.«

»Und was tut dieses Programm?«, fragte Mr Dixon neugierig nach.

»Es sucht Melodys IP-Adresse und schickt diese automatisch an uns zurück, ohne dass Melody etwas davon bemerkt. Es öffnet uns sozusagen die Stadttore.«

»Und dann haben wir die Adresse und können Melody ausfindig machen!«, rief Peter. »Ich hab's verstanden. Genial, Just!«

»Ganz so einfach ist es leider nicht«, widersprach der Erste Detektiv. »Denn mit der IP-Adresse selbst können wir noch nicht allzu viel anfangen. Das ist nur eine Reihe von Zahlen, die uns erst mal gar nichts sagt.«

»Und was sollen wir dann damit?«

»Anhand der ersten Ziffern der IP können wir ablesen, welchen Provider Melody benutzt. Und dann müssen wir uns dort irgendwie einhacken und versuchen an die Benutzerliste zu kommen, in der dann mit etwas Glück Melodys Telefonnummer zu finden ist. Das Problem an der Sache: Sobald Melody das Internet verlässt, verfällt die IP-Adresse und wird jemand anderem zugeteilt. Mit der IP können wir also nur so lange etwas anfangen, wie Melody am Computer sitzt. Wenn wir Pech haben, bleiben uns nur ein paar Minuten.«

»Völlig unmöglich«, meinte Bob entschieden. »Du schaffst es niemals, dich in die Benutzerliste des Providers reinzuhacken. Das schaffen nicht einmal Profis! Die sind zigfach gesichert, du brauchst Passwörter und wer weiß was, um da reinzukommen. Vielleicht schaffst du es, wenn du ein paar Tage Zeit hast, aber in ein paar Minuten? Tut mir Leid, Just, die Idee war gut, aber ich fürchte, das kannst du vergessen.«

Justus verzog das Gesicht. »Ich gebe zu, das ist der Haken an meinem Plan. Aber ich bin sicher, da fällt mir noch was ein. Mr Dixon, können Sie mir sagen, wann Melody Ihnen bevorzugt Mails schickt?«

»Wann? Ich verstehe nicht.«

»Ich meine, zu welcher Uhrzeit.«

Dixon runzelte die Stirn. »Unterschiedlich, denke ich. Ich habe nie darauf geachtet.«

»Haben Sie seine Nachrichten gespeichert?«

»Nicht alle, aber die der letzten Wochen schon.«

»Das wird reichen.« Justus setzte sich an den Computer, der immer noch eingeschaltet war, und rief den Briefkasten auf. Hier waren Melodys Nachrichten aufgeführt, zusammen mit dem Datum und der Uhrzeit des Empfangs. Justus überflog die Liste. »Interessant. Von ein paar Ausnahmen abgesehen verschickt Melody meistens um die Mittagszeit Nachrichten. Wir können also davon ausgehen, dass er sich dann an den Computer setzt und nachsieht, ob Post gekommen ist.«

»Um die Mittagszeit«, wiederholte Bob. »Dann haben wir ein Problem. Denn morgen Mittag sitzen wir in der Schule. Wir werden den Augenblick verpassen, wenn das Trojanische Pferd zu uns zurückkehrt.«

»Och, ich hätte gar nichts dagegen, dafür die Schule zu schwänzen«, meinte Peter. »Leider gibt das garantiert Ärger. Und Ärger kann ich mir bei meinen Noten nicht leisten. Wie wäre es mit dir, Just? Du bist sowieso der Einzige, der mit dieser komischen IP-Adresse etwas anfangen kann. Und als größte Intelligenzbestie der Rocky Beach Highschool machen dir ein paar versäumte Stunden nichts aus. Du weißt ja sowieso schon alles.«

Der Erste Detektiv schüttelte den Kopf. »Schule schwänzen ist nicht drin. Es muss noch eine andere Möglichkeit geben. Lasst mich nur machen, mir fällt was ein, versprochen.« Er sah auf die Uhr. »Schon halb zwölf. In spätestens einer halben Stunde müssen wir zu Hause sein. Besser, wir machen uns langsam auf den Weg.«

»He! Und das Trojanische Pferd? Willst du das nicht eben noch schnell zusammenbasteln?«

Justus lachte auf. »Du beliebst zu scherzen, Peter. Dafür brauche ich mindestens zwei Stunden!«

»Zwei Stunden?«, echote Peter. »So lange? Ich denke, das wäre nur ein Mini-Programm. So klein, dass niemand es entdeckt.«

»Stimmt ja auch. Aber ich habe so was noch nie gemacht. Könnte sein, dass es etwas komplizierter wird.«

»Dann schaffen wir es aber nicht mehr rechtzeitig nach Hause.«

»Ich mache das von der Zentrale aus.« Justus seufzte. »Wird eine lange Nacht.«

Der Zweite Detektiv runzelte die Stirn. »Aber … aber Mr Dixons Computer steht doch hier!«

»Na und?« Als Justus Peters verständnislosen Gesichtsausdruck bemerkte, verdrehte er die Augen. »Es ist egal, welchen Computer ich benutze, Peter, solange ich Mr Dixons E-Mail-Adresse habe.«

»Tatsächlich?«

»Tatsächlich.«

»Das werde ich nie begreifen. Ist aber auch egal. Du machst das schon, Just.«

Sie verabschiedeten sich von Mr Dixon mit dem Versprechen, ihn zu informieren, sobald sie Melodys Identität herausgefunden hatten.

»Bis dahin halten Sie sich am besten weiterhin an seine Anweisungen, damit er keinen Verdacht schöpft.«

»In Ordnung.« Palmer Dixon sah sie nacheinander an. »Ich hoffe, ihr habt Erfolg, Jungs. Selbst wenn ich am Ende Ärger mit der Polizei bekomme, weil ich das Popol Vuh stehlen wollte: Ich bin froh, wenn dieses Versteckspiel endlich ein Ende hat.«

»Ich gebe zu, dass wir lange davon überzeugt waren, Sie seien der Bösewicht«, antwortete Justus. »Aber Tatsache ist, dass Sie sich keiner Straftat schuldig gemacht haben. Ein Einbruchsplan ist schließlich kein Verbrechen, wenn man ihn nicht in die Tat umsetzt. Nein, Melody ist derjenige, der Ärger mit der Polizei bekommen wird. Großen Ärger sogar. Und zwar schon morgen.«

»Ob Jelena wohl doch noch nach Hause gekommen ist?«, fragte Bob besorgt, während sie durch die dunkle Nacht zurück zum Schrottplatz fuhren. »Ich glaube, ich werde gleich noch mal bei Mr Charkov anrufen, auch wenn es schon sehr spät ist.«

»Meinst du, das ist eine gute Idee? Vielleicht ist er gerade eingeschlafen«, warf Peter ein.

»Wenn sie noch nicht zurück ist, schläft er garantiert nicht. Und wenn sie doch nur bei einer Freundin war, wird er es mir nicht übel nehmen.«

Auch Justus machte sich Sorgen. Er mochte Jelena nicht besonders, das stimmte, aber wenn ihr wirklich etwas zugestoßen war ... Doch der Erste Detektiv behielt seine Gedanken für sich. »Ich habe mir inzwischen etwas überlegt, wie wir morgen unbesorgt zur Schule gehen können ohne etwas zu verpassen«, sagte er, um sich und seine Freunde abzulenken.

»Und wie?«

»Sobald Melody die Mail erhält und das Trojanische Pferd unwissentlich aktiviert, lassen wir uns über unser Handy anrufen.«

»Aha«, sagte Peter wenig überzeugt. »Klar. Und von wem?«

»Vom Computer. Ich kann ihn so programmieren, dass er eine Nachricht an das Handy sendet, sobald das Trojanische Pferd zurückkehrt.«

»Jetzt spinnst du«, war Peter überzeugt. »Ich glaube dir ja, dass ein Computer eine ganze Menge Dinge tun kann, aber anrufen? Was sagt er denn so? Hallo, hier ist dein Computer, mein trojanisches Haustier ist gerade von seinem Spaziergang zurückgekommen und hat mir eine tolle kleine IP-Adresse mitgebracht?«

»Ich glaube, Justus meint eher eine SMS«, sagte Bob belustigt. »Eine schriftliche Nachricht, die auf dem Display des Handys erscheint.«

»Richtig, Bob. Ich kann dem Computer sagen, dass er mir Melodys IP-Adresse über das Handy schicken soll, sobald er sie hat. Dann brauche ich nur noch schnellstmöglich Zugang zum Computerraum der Schule, um beim Provider einzubrechen.«

Peter hatte immer noch Zweifel. »Klingt alles ganz einfach. Aber die wahren Probleme entdeckt man immer erst, wenn sie vor einem stehen.«

»Alter Pessimist.«

Als sie die Zentrale erreichten, blinkte der Anrufbeantworter. Mr Charkov hatte zehn Minuten zuvor draufgesprochen: Jelena war immer noch nicht zu Hause. Die Nachricht versetzte allen einen Dämpfer.

»Dein Plan muss funktionieren, Just«, sagte Bob eindringlich. »Wenn wir Melody finden, wissen wir auch, was mit Jelena passiert ist, da bin ich hundertprozentig sicher!«

»Er wird funktionieren«, versprach Justus und versuchte sich seine Unsicherheit nicht anmerken zu lassen. Die Idee mit dem Trojanischen Pferd war so genial wie einfach. Doch das war nur die erste Hälfte der Lösung. Er hatte noch keinen Schimmer, wie er an die Benutzerliste des Providers herankommen sollte. Das würde eine harte Nuss werden. Und er hatte nur noch zwölf Stunden Zeit, um einen Plan zu entwickeln.

»In Ordnung, Kollegen: Bevor eure Eltern auch noch anfangen sich Sorgen zu machen, fahrt besser nach Hause. Ich werde mich jetzt an die Arbeit machen und das Programm schreiben. Dabei könnt ihr mir sowieso nicht helfen.«

»Gut, Justus.« Peter hob drohend den Zeigefinger. »Und mach das bloß richtig mit deinem virtuellen Holzpferd!«

Der Erste Detektiv winkte lässig ab. »Keine Sorge. Eine meiner leichtesten Übungen.«

Als Bob und Peter gegangen waren, stand Justus einen Moment vor dem Schreibtisch und blickte den Computer herausfordernd an. Hier würde er die nächsten Stunden verbringen, wenn es sein musste, die ganze Nacht. Und er war jetzt schon müde. »Ich krieg dich, Melody«, murmelte er. »Ich krieg dich!«

Die Falle schnappt zu

»Wir kriegen dich! Wir kriegen dich!«, brüllten seine Verfolger und lachten hämisch. Das Lachen hallte durch finstere Gänge. Justus blickte sich panisch um. Riesige Zahlen jagten ihn durch ein schwarzes Labyrinth. Er rannte und rannte, doch die Zahlen waren schneller. Da vorn! Da war der Ausgang! Er sprang darauf zu – und prallte gegen ein gigantisches Holzpferd. Es drehte den Kopf und grinste ihn an. »Jetzt kriegen sie dich«, wieherte es. Und plötzlich packte eine unsichtbare Hand seine Schulter und riss ihn herum. Justus schrie auf und versuchte sich loszureißen, doch der Griff war eisern.

»Justus! Justus!« Das war Tante Mathilda.

Er wachte auf.

Das besorgte Gesicht seiner Tante schwebte über ihm. Sie berührte sanft seine Schulter. »Justus, ich glaube, du hast verschlafen. Oder musst du heute erst zur zweiten Stunde?«

»Was? Ich, äh ... nein.« Mühsam versuchte er den Alptraum abzuschütteln und drehte den Kopf in Richtung Wecker. Er hätte längst klingeln müssen. Entweder er hatte ihn nicht gehört oder vergessen ihn am Abend einzuschalten. Am Abend? Es war gerade mal vier Stunden her, dass er ins Bett gegangen war. Bis halb vier hatte er in der Zentrale gesessen und über dem Trojanischen Pferd und allem anderen gebrütet. Ein

Wunder, dass er es noch bis ins Bett geschafft hatte und nicht gleich am Schreibtisch eingeschlafen war.

»Dann aber schnell! Wenn du auf das Frühstück verzichtest, schaffst du es noch pünktlich.«

»Frühstück?«, murmelte er. Er war immer noch nicht ganz wach.

»Glaub mir, es schadet dir nicht, wenn du mal eine Mahlzeit ausfallen lässt«, beruhigte ihn Tante Mathilda. »Und nun raus aus den Federn!«

Pünktlich mit der Schulklingel betrat Justus den Klassenraum. Beinahe hätte er das Handy vergessen, das wichtigste Utensil überhaupt. In den ersten Stunden tastete er immer wieder danach, um sicherzugehen, dass es auch wirklich da war. Er hatte das Klingeln abgestellt. Wenn er die Nachricht vom Computer erhielt, würde das Telefon in seiner Tasche vibrieren, so dass niemand außer ihm etwas mitbekam. Selten war Justus im Unterricht so unaufmerksam wie an diesem Morgen. Er war viel zu nervös, um dem langweiligen Gerede der Lehrer zuzuhören. In jeder Pause traf er sich mit Bob und Peter, die in einer anderen Klasse waren, auf dem Flur.

»Und?«

»Noch nichts.«

Dann, mitten in der fünften Stunde, Englisch bei Mrs Cheeseman, zitterte das Handy in seiner Hosentasche. Wie elektrisiert richtete sich Justus kerzengerade auf. Er hob die Hand. »Ja, Justus?«

»Ich müsste mal auf die Toilette, Mrs Cheeseman.«

Sie sah ihn vorwurfsvoll an. »Dass euch das aber auch

nie während der Pause einfällt.« Dann nickte sie ihm zu.

Justus stand auf und hastete mehr zur Tür, als dass er ging, was für Gekicher in der Klasse sorgte. Auf dem Flur begann er zu rennen. Er lief zum Klo, schloss sich in einer Kabine ein und zückte das Handy. Mit flinken Fingern rief er die Nachricht ab. Da war sie: Die achtstellige IP-Adresse von Melody! Er hatte die Mail, die Justus ihm letzte Nacht im Namen von Mr Dixon geschickt hatte, geöffnet und das Trojanische Pferd damit eingelassen ohne es zu merken. Die Falle war zugeschnappt!

Justus notierte die Nummer, dann zückte er einen Zettel aus der Hosentasche und faltete ihn auseinander: Bevor er gestern todmüde ins Bett gefallen war, hatte er alle wichtigen Provider samt ihrer Kennnummern aufgeschrieben. Er verglich die ersten Ziffern der IP mit denen auf der Liste. Da hatte er es: Melodys Provider war die Firma Datacom. Justus hatte sich den Kopf zerbrochen, wie es ihm gelingen sollte, ohne jede Hackererfahrung in einen gesicherten Computer einzudringen. Bob hatte Recht gehabt: Es war schier unmöglich. Also blieb ihm nur eine Möglichkeit: Er musste lügen, dass sich die Balken bogen.

Justus schaltete das Handy ein und wählte die Nummer von Datacom, die er gestern in weiser Voraussicht zusammen mit den Kennungen herausgesucht hatte. Nervös wartete er das Klingelzeichen ab. »Willkommen bei Datacom«, sagte eine freundliche Stimme vom Band. »Unsere Leitungen sind zurzeit leider alle belegt.

Legen Sie nicht auf! Sie werden gleich bedient.« Justus stöhnte auf, während irgendein Beatles-Song gespielt wurde, um die Anrufer in der Warteschleife bei Laune zu halten. Er hatte keine Zeit für Warteschleifen! »Willkommen bei Datacom. Unsere Leitungen sind zurzeit leider alle belegt. Legen Sie nicht auf! Sie werden gleich bedient.«

»Ja, ich weiß!«, fauchte Justus wütend.

Er wartete geschlagene zwei Minuten, die ihm wie eine Ewigkeit vorkamen. Dann wurde er endlich durchgestellt: »Datacom, guten Tag, mein Name ist Shirley Keaton, was kann ich für Sie tun?«

Tut mir Leid, Shirley, dachte Justus. Sie müssen jetzt leider einiges aushalten. Aber es geht nicht anders. Dann senkte er seine Stimme und legte los: »Das ist eine bodenlose Unverschämtheit, mich so lange warten zu lassen! Wir haben hier einen Notfall! Ich brauche sofort eine Identifikation aus Ihrer Benutzerliste!«

»Entschuldigen Sie, wer spricht dort?«

»Jonas von der Firma Jonas & Co. in Rocky Beach! Wir hatten schon einige Male das Vergnügen!«

»Tut mir Leid, Sir, aber da haben Sie wohl mit einer Kollegin gesprochen. Darf ich fragen, mit wem –«

»Dürfen Sie nicht, Schätzchen!«, brüllte Justus. »Ich bin es langsam leid, ständig mit jemand anderem verbunden zu werden und jedes Mal die Geschichte von vorne zu erzählen! Wir haben hier einen Notfall, einen Hackerangriff! Ich habe seine IP-Adresse, er ist über Datacom im Netz. Sehen Sie sofort in der Benutzerliste nach!«

»Sir, es tut mir wirklich aufrichtig Leid, aber die Daten aus der Benutzerliste unterliegen dem Datenschutz! Wir können nicht so einfach eine IP überprüfen.«

»Ich weiß!«, brüllte Justus. »Das hatten wir alles schon mal! Hören Sie zu, es ist jetzt das vierte Mal, dass ich bei Ihnen anrufe! Das vierte Mal! Jedes Mal hat es eine halbe Ewigkeit gedauert, bis ich zu Ihrem obersten Boss durchgestellt wurde, der schließlich die Genehmigung erteilte, die Benutzerliste durchzugehen! Und jedes Mal war es zu spät und der Hacker hatte sich aus dem Staub gemacht! Also wäre ich Ihnen sehr verbunden, wenn Sie das Verfahren diesmal abkürzen und sofort in der Liste nachsehen könnten!«

Shirley wurde unsicher. »Ich kann das nicht so einfach machen, ich muss mir erst eine Genehm-«

»Eine Genehmigung holen, ich weiß! Meine liebe Shirley, mir werden hier Daten gestohlen! Wertvolle Daten! Irgendein Internet-Verbrecher ist in das Computersystem meiner Firma eingedrungen und hat Zugang zu allen geheimen Informationen! Jede Minute, die Sie verstreichen lassen, kostet mich Tausende von Dollar! Und ich werde nicht die Firma Datacom dafür verantwortlich machen, sondern Sie persönlich! Haben Sie mich verstanden?«

Shirley schwieg.

»Verdammt noch mal! Sind Sie noch dran?«

»Einen Augenblick bitte!« Es klickte in der Leitung und Justus war wieder in der Warteschleife. Jetzt war es aus! Shirley würde den Chef von Datacom anrufen, der selbstverständlich noch nie von der Firma Jonas & Co.

gehört hatte. Oder noch schlimmer: Sie stellte Justus gleich zu ihm durch. Während Justus wartete, versicherten die Beatles ihm ›sie liebt ihn, yeah, yeah, yeah‹. Ihm rann der Schweiß über den Rücken. Dann klickte es erneut.

»Mr Jonas?«

»Ja?«

»Wenn ich selbst in der Benutzerliste nachsehe, kostet mich das meinen Job. Wenn ich Ihnen den Zugangscode für die Liste gebe, kostet mich das ebenfalls meinen Job, aber es fällt weniger auf. Daher darf niemand davon erfahren! Haben Sie mich verstanden?«

»Absolut«, antwortete Justus verdattert.

»Mit dem Code können Sie selbst in der Liste nachsehen. Falls Sie auf die Idee kommen sollten, ihn zu missbrauchen: Er wird täglich geändert.«

»Ich habe nicht vor, ihn zu missbrauchen.«

»Das wollte ich hören. Haben Sie was zu schreiben?«

»Ja.«

»Gut.« Sie gab ihm eine Zahlenkombination durch. »Zu niemandem ein Wort, verstanden?«

»Ja. Vielen Dank!«

Justus schaltete das Handy aus und atmete auf. Er hatte die geheime Kennung für die Benutzerliste. Jetzt brauchte er nur noch einen Computer! Er riss die Kabinentür auf und stürzte aus der Toilette. Der Computerraum war im Keller der Schule. Der Erste Detektiv rannte durch den Flur bis zur Treppe, stolperte hinunter und betete, dass der Raum nicht abgeschlossen war. Ohne anzuklopfen drückte er die Klinke herunter.

Die Tür schwang auf. Der Computerraum war voller Schüler, die an den Rechnern saßen und arbeiteten. Irgendeine Klasse hatte hier gerade einen Informatikkurs. Alle sahen auf und starrten ihn an.

»Justus! Was tust du denn hier?« Bob und Peter liefen auf ihn zu.

»Keine Zeit für Erklärungen! Ich muss an einen Computer!«

»Was geht hier vor?« Ein streng dreinblickender Lehrer war wie aus dem Nichts neben ihnen aufgetaucht.

»Tut mir Leid, Mr Kent, aber es handelt sich um einen Notfall!« Justus setzte sich an den nächsten freien Monitor und begann wie wild auf der Tastatur herumzuhacken.

»Justus Jonas«, sagte Mr Kent empört. »Könntest du mir erklären, was das zu bedeuten hat? Warum bist du nicht in deiner Klasse?«

Der Erste Detektiv antwortete nicht.

»Wenn mich nicht alles täuscht, hast du gerade Englisch bei Mrs Cheeseman! Was fällt dir ein hier hereinzuplatzen und meinen Unterricht zu stören?« Inzwischen hatten alle anderen Schüler ihre Plätze verlassen und sahen Justus neugierig über die Schulter.

»Bitte, Mr Kent, ich brauche nur zwei Minuten, dann bin ich wieder verschwunden! Ich erkläre es Ihnen später!«

»Was ist denn los, Just?«, fragte Peter aufgeregt. »Hast du Melody?«

»Noch nicht ganz. Aber gleich. Vorausgesetzt, er ist noch im Netz.«

»Peter Shaw und Bob Andrews! Zurück auf eure Plätze! Und alle anderen auch! Ein bisschen schnell, wenn ich bitten darf.« Zögernd kehrten die Schüler zurück ohne jedoch Justus' Bildschirm aus den Augen zu lassen. »Und was dich angeht, Justus Jonas: Ich hoffe, deine Erklärung ist gut. So gut, dass sie mich davon überzeugt, dein Verhalten nicht beim Direktor zu melden.«

Justus wusste, dass es gewaltigen Ärger geben würde, doch darauf konnte er jetzt keine Rücksicht nehmen. Inzwischen hatte er sich bei Datacom eingeloggt. Fieberhaft suchte er nach einem Zugang zur Benutzerliste. Schließlich forderte der Computer ihn auf, den geheimen Code einzugeben. Er fischte den Zettel aus der Tasche und tippte die Zahlenkombination ein.

»Was tust du denn da?«, fragte Mr Kent irritiert. »Ein Zugangscode für Datacom? Woher hast du den?«

»Streng geheim«, antwortete Justus knapp. Dann tauchte die Liste vor ihm auf: Eine endlose Zahlenreihe. Jeder, der in diesem Moment über Datacom im Internet war, war hier mit der IP-Adresse, der genauen Uhrzeit seines Eintritts und seiner Telefonnummer aufgeführt. Der Erste Detektiv ließ mit der Maus die Zahlen über den Bildschirm rasen, um die notierte IP-Adresse zu finden.

Da Mr Kent inzwischen ebenso fasziniert auf den Monitor starrte und seine Schüler offenbar für den Moment vergessen hatte, waren Bob und Peter wieder aufgestanden, um das Geschehen zu verfolgen.

»Da ist sie!«, rief Justus und tippte auf die IP-Nummer. »Melody ist seit genau einundzwanzig Minuten im Internet! Und hier haben wir seine Telefonnummer!« Bevor sie in letzter Sekunde verschwinden konnte, schrieb er sie schnell auf seinen Zettel.

»Mein Gott!«, keuchte Bob. »Ich kenne die Nummer!«

»Was?«, rief Peter. »Woher?«

»Das da«, sagte Bob fassungslos, »ist die Telefonnummer von Dr. Arroway!«

Im Haus des Feindes

»Es gab noch richtig Ärger mit Mr Kent«, sagte Peter, als sie sich in der nächsten großen Pause auf dem Schulhof trafen. »Ich glaube, er kann mich sowieso nicht leiden. Jetzt hatte er natürlich einen Grund, mich richtig fertig zu machen. Aber was kann ich dafür, wenn du plötzlich in unseren Unterricht platzt?«

»Du wirst auch noch Stress mit ihm bekommen«, warnte Bob. »Hat er jedenfalls gesagt: Und was Justus Jonas angeht, er soll nicht glauben, dass ich ihm dieses unverschämte Verhalten durchgehen lasse, weil er ein guter Schüler ist. Nimm dich also in Acht!«

Justus winkte ab. »Das Schlimmste, was mir passieren kann, ist ein Gespräch mit dem Direktor. Das werde ich überleben. Viel wichtiger ist, dass es funktioniert hat! Wir haben Melody geschnappt!«

»Dr. Arroway steckt also hinter der ganzen Sache«, fasste Peter zusammen. »Vielleicht bin ich mal wieder zu blöd und verstehe nur die Hälfte. Aber kann mir jemand erklären, wie das zusammenhängt? Das ergibt doch keinen Sinn! Warum sollte sie Palmer Dixon beauftragen bei Auktionen gegen sie zu bieten? Immerhin kostet sie das eine Stange Geld!«

»Ich habe auch schon darüber nachgedacht«, sagte Bob. »Mir ist nur eine Lösung eingefallen: Sie hat dadurch eine größere Kontrolle über den Verlauf der

Versteigerung und kann damit möglicherweise andere Mitbewerber einschüchtern. Aber so richtig logisch ist das leider auch nicht, denn wie du schon sagtest: Den Preis für die Objekte muss sie am Ende trotzdem zahlen, daran führt kein Weg vorbei.«

»Es geht ihr also nicht um Geld, sondern um etwas anderes: Vielleicht ist es ihr wichtig, dass niemand weiß, dass sie die wahre Besitzerin der Stücke ist. Sie will jemanden täuschen, aus welchem Grund auch immer.«

»Aber dann müsste sie selbst nicht auf den Versteigerungen erscheinen«, warf Bob ein. »Es würde reichen, wenn sie einfach Dixon schickt.«

»Wenn sie selbst erscheint, mitbietet und als frustrierte Verliererin den Saal verlässt, ist es aber glaubwürdiger«, widersprach Justus.

»Und wie passt der Diebstahl des Popol Vuh da hinein?« Bob runzelte die Stirn. »Das ergibt doch keinen Sinn!«

»Vielleicht doch: Dr. Arroway wollte aus irgendeinem Grund, dass jemand glaubt, das Buch sei gestohlen worden. Damit die Täuschung so echt wie möglich ist, engagiert sie den unwissenden Mr Dixon, um bei ihr einzubrechen. Womit sie allerdings nicht gerechnet hat, ist Jelenas Lauschangriff per Telefon und unser Auftauchen. Sie wusste, dass wir versuchen würden den Diebstahl in der folgenden Nacht zu verhindern. Also hat sie das Popol Vuh schnell selbst verschwinden lassen. Schließlich konnte sie sicher sein, dass wir sie niemals selbst verdächtigen würden. Sie hat Palmer Dixon über

E-Mail rechtzeitig gewarnt, da sie selbstverständlich nicht wollte, dass wir ihn aufspüren.«

»Und Jelena ist ihr auf die Schliche gekommen«, fuhr Bob fort. »Sie ist gestern zu ihr gefahren und hat sie zur Rede gestellt. Aber Dr. Arroway ist skrupelloser, als sie dachte. Anstatt klein beizugeben hat sie Jelena gefangen genommen.«

»Klingt logisch«, gab Peter zu. »Aber wozu das alles? Wen will Dr. Arroway täuschen und warum?«

»Das ist das noch ungeklärte Rätsel. Ich bin sicher, dass es etwas mit dem Popol Vuh zu tun hat. Das Buch ist der Schlüssel zu diesem Fall.«

»Und wie gehen wir jetzt weiter vor?«, wollte Bob wissen.

»Wir werden Dr. Arroway unter die Lupe nehmen«, beschloss der Erste Detektiv. »Sie sagte, dass sie immer bis zum späten Nachmittag in der Universität ist. Am besten fahrt ihr beide direkt nach der Schule zu ihr und steigt bei ihr ein. Durchsucht das Haus, stöbert in ihren Unterlagen, irgendwo muss ein Hinweis zu finden sein! Vielleicht findet ihr sogar Jelena.« Die Klingel unterbrach die Diskussion. Die drei Detektive trotteten über den Schulhof zurück in ihre Klassen.

»Und was ist mit dir?«

»Ich werde nachkommen, sobald ich kann«, versprach Justus. »Dummerweise habe ich Tante Mathilda fest zugesagt sie heute für eine Stunde auf dem Schrottplatz zu vertreten. Sie hat einen Arzttermin und Onkel Titus ist auch nicht da.«

»Blöd«, maulte Peter. »Kann sie den Termin denn nicht verschieben?«

»Geht nicht. Und ich kann den Schrottplatz nicht unbeaufsichtigt lassen. Aber ich beeile mich, sobald sie wieder da ist!«

Im Nachhinein überlegte Justus, dass es gar nicht geschadet hätte, den Schrottplatz für eine Stunde zu schließen. Er machte nur ein paar Dollar Umsatz und ärgerte sich obendrein, nicht bei Bob und Peter zu sein. Während sie in diesem Moment wahrscheinlich die spannendsten Entdeckungen machten, war er dazu verdammt, hier zu stehen und auf Kunden zu warten, die nicht kamen.

Er blickte auf die Uhr: Tante Mathilda war nun schon seit fast einer Stunde weg. Wie lange mochten die Vorlesungen an der Uni dauern? Ob Dr. Arroway wohl schon auf dem Weg nach Hause war? Glücklicherweise war um diese Uhrzeit auf den Straßen so viel Verkehr, dass man mit dem Auto leicht eine Stunde von Los Angeles bis nach Rocky Beach brauchen konnte. Das verschaffte Bob und Peter noch etwas mehr Zeit. Justus hörte ein entferntes Klingeln: das Telefon in der Zentrale! Das waren bestimmt Bob und Peter, die ihm erste Erfolge melden wollten! Der Erste Detektiv rannte über den staubigen Platz zum Wohnwagen, riss die Tür auf und nahm den Hörer ab. »Justus Jonas von den drei Detektiven?«

»Justus, hier ist Mr Charkov!« Er klang sehr aufgeregt. »Es ist etwas Schreckliches passiert, ich weiß mir nicht mehr zu helfen!«

»Was ist denn geschehen, Mr Charkov? Ist etwas mit Jelena?«

»Sie ist entführt worden!«

»Sie meinen, sie ist noch nicht zurückgekehrt?«

»Nicht nur das. Ich habe ... ich habe heute einen Brief bekommen. Einen anonymen Brief. Von ihrem Entführer. Aus Zeitungsbuchstaben ausgeschnitten.«

»Wie bitte?« Justus fühlte, wie Angst in ihm hochstieg. Entführt! Zwar hatten sie das selbst schon vermutet, aber insgeheim hatte Justus die ganze Zeit gehofft, dass es für Jelenas Verschwinden eine simple Erklärung gab.

»Da steht, dass ich auf gar keinen Fall die Polizei rufen soll. Ich ... ich weiß nicht mehr weiter! Was soll ich denn jetzt bloß tun?«

»Sie müssen die Polizei informieren«, sagte Justus bestimmt. »Auf jeden Fall! Mit einer Entführung ist nicht zu spaßen!«

»Aber da steht, dass er Jelena etwas antun wird, wenn ich mich nicht ruhig verhalte!«, rief Mr Charkov aufgebracht. Sein russischer Akzent war jetzt so stark, dass Justus kaum noch etwas verstand. »Ich wusste nicht, an wen ich mich wenden sollte. Deine Freunde und du, Justus, ihr seid doch Detektive! Könnt ihr nicht ... Bitte helft mir! Helft meiner Tochter!«

»Ich ...« Justus wusste nicht, was er sagen sollte. Wie sollte er diesen Mann beruhigen? Wie sollte er ihm klar machen, dass Entführungen eine Nummer zu groß für sie waren? »Ich komme vorbei«, sagte er schließlich. »Jetzt gleich. Bitte bleiben Sie ruhig und unternehmen Sie erst mal nichts, ich bin in einer halben Stunde da.«

»Danke, Justus!«

Der Erste Detektiv legte auf. Nun mussten seine Freunde endgültig ohne ihn zurechtkommen. Hoffentlich machten sie keine Dummheiten! Aber Mr Charkov war jetzt wichtiger. Wenn Justus verhindern wollte, dass der arme Mann völlig zusammenbrach, musste er ihm jetzt beistehen. Er schrieb Bob und Peter eine kurze Nachricht und verließ die Zentrale.

»Justus Jonas! Du sollst den Schrottplatz bewachen anstatt in deinem Wohnwagen zu sitzen.« Tante Mathilda kam gerade mit energischen Schritten durch das Tor.

»Es war nur ein ganz kurzes Telefonat!«, versicherte Justus. »Gut, dass du kommst, Tante Mathilda! Ich muss nämlich sofort weg!«

»War was Besonderes?«

»Nein, nein.«

Justus schloss sein Fahrrad auf, schwang sich auf den Sattel und radelte los.

»Aber sei zum Abendessen wieder zurück!«

»Ja, ja!«

»Sie ist nicht da«, stellte Bob fest, als sie das Haus von Dr. Arroway erreichten. »So ein Glück.«

»Hoffentlich bleibt sie auch noch eine Weile weg«, meinte Peter. »Ich möchte nicht noch mal dabei überrascht werden, wie ich in fremder Leute Häuser herumschnüffle. Das hat mir gestern Abend voll und ganz gereicht.«

»Wir haben bestimmt noch eine Stunde Zeit«, meinte Bob zuversichtlich. »Und bis dahin haben wir längst Beweise gefunden, mit denen wir sie festnageln können.«

»Wollen wir's hoffen.«

Für Peter war es kein Problem, die Haustür zu knacken. Diesmal mussten sie keine Angst haben, beobachtet zu werden: Die Oakroad war vollkommen verlassen. Bevor sie in Dr. Arroways Arbeitszimmer gingen, schlichen sie einmal durch das ganze Haus, um sicherzugehen, dass auch wirklich niemand da war. Bob ging in den Keller hinunter. Insgeheim hatte er gehofft Jelena hier zu finden, doch in den wenigen Räumen standen nur Regale mit Weinflaschen und Konserven und ein paar Umzugskartons. Neugierig öffnete er sie und warf einen Blick hinein. Doch statt der vermuteten Kunstgegenstände, die Dr. Arroway hier versteckte, enthielten die Kisten nur stapelweise Bücher und Klamotten. Enttäuscht kehrte Bob zurück. Er traf Peter im Arbeitszimmer. Ratlos standen sie vor dem überfüllten Schreibtisch und blickten sich um.

»Wo soll man denn hier anfangen?«, dachte Peter laut nach. »Wenn wir das alles durchackern, sind wir morgen noch nicht fertig.«

»Sie muss irgendwo Notizen gemacht haben«, meinte Bob.

»Im Computer wahrscheinlich.«

»In Ordnung. Ich setze mich an den Rechner und gehe ihre Dateien durch, du kümmerst dich um den Rest.«

Peter sah die Bücher durch, die auf dem Schreibtisch lagen: In den meisten ging es um die Kultur der Maya-Indianer, einige waren uralte spanische Schriften, die er nicht lesen konnte. Es gab Wörterbücher, Karten aus Südamerika und Mappen voller Kopien, die mit handschriftlichen Notizen versehen waren. Lagepläne von alten Maya-Kultplätzen, Reiseberichte und lose Fotos. »Sieht alles ganz normal aus«, murmelte der Zweite Detektiv. »Nach Arbeit halt. Ich habe nicht das Gefühl, als hätte Dr. Arroway etwas zu verbergen.«

»So ein Mist!«, murmelte Bob. »Ich komme nicht an ihre Dateien heran, mir fehlt der Zugangscode!«

»Hast du es schon mit Popol Vuh probiert?«

»Ja. Und auch mit allem anderen, was mir einfiel. Nichts passt.«

»Wenn Justus nur hier wäre. Ihm würde bestimmt das richtige Kennwort einfallen. Er ist wirklich gut in solchen Sachen.«

Bob probierte noch eine Weile herum, doch nach zwanzig Minuten gab er frustriert auf, schaltete den Rechner aus und half Peter beim Durchsuchen der Unterlagen. »Wir müssen etwas finden! Niemandem gelingt es, jahrelang ein Doppelleben zu führen ohne Spuren zu hinterlassen!«

»Du hast Recht. Ich habe hier etwas Interessantes.« Peter hielt ein Buch in die Höhe.

»Was ist das?«

»Das ist ein Buch über Geheimschriften.«

»Und? Ist doch nicht so ungewöhnlich, wenn eine Übersetzerin so etwas auf ihrem Tisch liegen hat.«

»Nein, keine geheimen Schriften, sondern Geheimschriften! So wie Jelenas Zauberstifte! In diesem Buch stehen tausend althergebrachte und brandneue Methoden, um unsichtbare Tinte herzustellen und sie wieder sichtbar zu machen, angefangen beim Zitronensaft über der Kerzenflamme bis hin zu höchst komplizierten chemischen Experimenten. Was hat das noch mit Übersetzungsarbeit zu tun?«

»Vielleicht ein Hobby von ihr«, überlegte Bob, nahm das Buch jedoch neugierig zur Hand.

Die beiden Detektive entwickelten eine neue Strategie: Sie suchten nicht mehr nach Unterlagen, die etwas mit dem Popol Vuh zu tun hatten, sondern nach Aufzeichnungen, in denen es um etwas ganz anderes ging. Schon bald wurde Bob fündig. »Hier ist noch etwas: ein Stapel mit Chemie-Büchern. Und ein Band über versunkene Städte, verschollene Schätze und so'n Zeug. Dr. Arroway hat einiges darin angestrichen.«

»Was denn?«

»Es geht um eine alte Legende, in der von einem Maya-Friedhof in Guatemala die Rede ist. Die Indianer erzählen sich noch heute von diesem Ort, obwohl er nie gefunden wurde und nicht sicher ist, dass er je existiert hat. Klingt alles sehr vage und fantastisch. Auf jeden Fall sehr unwissenschaftlich. Das passt gar nicht zu den anderen Büchern hier.«

»Meinst du, sie ist auf der Suche nach diesem Friedhof?«

Bob setzte zu einer Antwort an, hielt jedoch inne. Er hatte etwas gehört. »Da kommt ein Auto!«, flüsterte er.

Peter rannte zum Fenster und spähte vorsichtig hinaus. »Dr. Arroway! Sie kommt zurück!« Er warf einen Blick auf den Schreibtisch, auf dem nichts mehr so aussah wie vor einer Stunde. »Was machen wir jetzt?«

»Gar nichts«, erwiderte Bob nach einigem Zögern.

»Aber sie wird sofort merken, dass jemand hier war! Sieh dir das Chaos an, das wir angerichtet haben!«

»Sie wird es vor allem deshalb merken, weil wir uns nicht verstecken werden.«

»Nicht?«

»Nein. Wir kennen ihr Geheimnis: Sie ist Melody. Und sie wird uns erklären, was das alles zu bedeuten hat.«

Sie hörten die Tür des Autos.

»Meinst du ... meinst du nicht, wir sollten damit warten, bis Justus wieder hier ist?«

»Zu spät. Aber keine Sorge: Mit Dr. Arroway werden wir auch allein fertig!«

Das Geheimnis des heiligen Buches

Mr Charkov stand schon in der Tür, als Justus mit dem Fahrrad auf den Hof der Villa fuhr. Er hatte offenbar auf ihn gewartet. »Gut, dass du kommst, Justus!«

Als der Erste Detektiv näher trat, sah er, dass Charkovs Gesicht fast so bleich war wie sein weißer Bart. Dunkle Ringe zeichneten sich unter seinen Augen ab, er hatte wohl tatsächlich keine Sekunde geschlafen.

»Das war doch selbstverständlich, Mr Charkov.«

»Komm rein, komm rein!« Er führte den Ersten Detektiv durch das vornehme Haus in die Küche. Dort lag auf dem Tisch der Brief des Entführers: ein großer, weißer Zettel, beklebt mit bunten, aus Zeitungsschlagzeilen ausgeschnittenen Buchstaben. »Da ist der Brief. Oh, was soll ich bloß tun, Justus? Ich kann die Polizei unmöglich informieren, aber ich kann auch nicht tatenlos abwarten!«

»Lassen Sie mich mal sehen«, bat Justus und setzte sich an den Tisch, um den Brief zu lesen:

Ich habe Ihre Tochter entführt! Es geht ihr gut. Wenn das so bleiben soll, schalten Sie nicht die Polizei ein! Sonst werden Sie Jelena nie wiedersehen. Keine Polizei!!! Warten Sie auf weitere Instruktionen!

Darunter war mit einem Klebestreifen eine dunkelblonde Haarsträhne befestigt.

»Jelenas?«, erkundigte sich Justus und wies auf das Haar.

Mr Charkov nickte betroffen. »Was sagt dir das, Justus? Der Kerl meint es ernst, nicht wahr?«

Justus zögerte. »Dem Brief ist nicht viel zu entnehmen. Ist er mit der Post gekommen?«

»Nein. Er steckte heute Morgen im Tor zur Straße.«

»Dann hat ihn also der Entführer persönlich vorbeigebracht. Haben Sie schon die Nachbarn befragt?«

Charkov nickte. »Niemand hat ihn gesehen. Es muss letzte Nacht gewesen sein, denn der Brief war heute schon ganz früh hier.«

»Da hat es jemand sehr eilig«, stellte Justus fest. »Normalerweise lassen Entführer die Angehörigen ihrer Opfer ein paar Tage zappeln, um zu demonstrieren, wie ernst sie es meinen. Erst dann schicken sie einen Erpresserbrief. Diesem Entführer scheint es jedoch vor allem darum zu gehen, dass Sie nicht die Polizei rufen. Er fühlt sich offenbar nicht sehr sicher. Das könnte ein gutes Zeichen sein. Ein unsicherer Verbrecher begeht Fehler.«

»Oder er ist übervorsichtig«, warf Mr Charkov ein.

Justus nahm einen Stift zur Hand, der auf dem Tisch lag, und spielte damit herum. Dabei las er den Brief ein zweites Mal. Und ein drittes Mal. Da war diese Formulierung. Dieser letzte Satz: ›Warten Sie auf weitere Instruktionen!‹ Genau den gleichen Befehl hatte Palmer Dixon zwei Tage zuvor von Melody bekommen. Justus hielt das für mehr als einen Zufall, doch er wollte Mr Charkov keine Hoffnungen machen, die er am Ende vielleicht doch nicht erfüllen konnte. Was, wenn Jelenas Entführung ein dummer Zufall war und in keinem Zusammenhang mit Melody und dem Popol Vuh stand?

Am liebsten wäre Justus sofort aufgebrochen und zu Peter und Bob gefahren. Doch dann rief er sich zur Ordnung. Die beiden konnten selbst auf sich aufpassen. Es hätte nichts gebracht, ihnen bei der Hausdurchsuchung zu helfen. Hier hingegen gab es ein neues Beweisstück, eine neue Spur, die er weiterverfolgen konnte: den Brief des Entführers.

Justus fasste einen Entschluss: »Ich muss Ihnen etwas sagen, Mr Charkov.«

Jelenas Vater horchte auf. »Was denn?«

»Meine Freunde und ich haben derzeit einen Fall in Arbeit, den Jelena uns beschafft hat. An sich war die Sache völlig ungefährlich, doch wir vermuten, dass Ihre Tochter auf eigene Faust weiter ermittelt hat und dabei einen Schritt zu weit gegangen ist.«

»Was redest du da? Davon weiß ich nichts!«

Justus versuchte ihm in wenigen Worten zu erklären, worum es ging. »Bob und Peter sind gerade bei der Hauptverdächtigen. Möglicherweise hat sie Jelena entführt. Ich betone: möglicherweise! Wenn ja, dann hält sie sie nicht in ihrem Haus fest, denn sonst hätten Bob und Peter sie schon längst befreit. Und ich gehe davon aus, dass Jelena in diesem Fall sofort bei Ihnen angerufen hätte. Aber wir können trotzdem herausfinden, ob Dr. Arroway, unsere Verdächtige, die Entführerin ist.«

»Wie denn?«

Justus tippte auf den Brief. »Indem Bob und Peter ihren Papiermüll durchsuchen. Wenn sie hinter der Sache steckt, werden sie wahrscheinlich zerschnittene Zeitungen finden.«

»Worauf wartest du noch?«, fragte Mr Charkov aufgeregt. »Ruf sofort dort an!«

»Das geht nicht so einfach. Wenn Bob und Peter noch allein sind, werden sie nicht ans Telefon gehen. Ich könnte auf den Anrufbeantworter sprechen, in der Hoffnung, dass sie das mitbekommen. Aber vielleicht ist Dr. Arroway auch schon zu Hause und dann verrate ich die beiden möglicherweise.« Justus zupfte nachdenklich an seiner Unterlippe. »Warten Sie!« Er stand auf und griff nach dem Telefon, das an der Wand hing. »Ich werde in der Universität anrufen und nachfragen, ob Dr. Arroway noch dort ist.«

Mr Charkov nickte. »Das ist eine gute Idee.«

Justus wählte die Nummer der Auskunft. »Ich brauche die Nummer der Universität von Los Angeles, Abteilung Kulturgeschichte, falls es so was gibt.«

Es dauerte eine Weile, dann klickte es und eine Computerstimme leierte die Telefonnummer herunter.

Justus griff nach dem nächstbesten Zettel und schrieb mit. Dann drückte er auf die Gabel, um sofort die neue Nummer zu wählen – und stutzte. Die Schrift des Filzschreibers, mit dem er die Namen ohne hinzusehen notiert hatte, war verschwunden. Irritiert fuhr er mit dem Stift über das Papier. Der Zettel blieb weiß.

»Ist das Jelenas Stift?«, fragte er und zeigte ihn Mr Charkov.

»Ja, ihre Erfindung, auf die sie so stolz war. Sie hat ihre Geheimtinte in alle möglichen Filzstifte gefüllt und im ganzen Haus verteilt. Du brauchst das passende Gegenstück. Moment!« Mr Charkov griff nach einem weiteren Filzstift und reichte ihn Justus.

Als Justus das Papier schraffierte und die Telefonnummer langsam sichtbar wurde, dachte er an Jelenas stolze Präsentation ihrer so genannten Erfindung zurück. Was hatte sie damals gesagt? Sie würde immer einen Geheimstift bei sich tragen – für den Notfall.

Der Erste Detektiv zuckte zusammen. »Der Brief!«, rief er. »Wo ist der Brief des Entführers?«

»Hier. Was ist denn los, Justus?«

»Ich hatte gerade eine Idee. Vielleicht ist es völliger Blödsinn, aber . . .«

Er begann den Zettel mit den aufgeklebten Buchstaben zu schraffieren. Nichts passierte. Keine Botschaft von Geisterhand. Enttäuscht ließ Justus die Schultern sinken. »Es hätte ja sein können.«

Ohne viel Hoffnung probierte er den Filzschreiber auch noch auf dem Umschlag aus.

Eine Schrift schälte sich heraus.

»Oh, mein Gott!«, keuchte Justus. »Das war Jelena! Sie muss unbemerkt an den Umschlag herangekommen sein, bevor der Entführer ihn hier abgeliefert hat. Und dann hat sie mit der Geheimtinte eine unsichtbare Botschaft draufgeschrieben, in der Hoffnung, dass wir sie entdecken!«

»Was steht drauf?«, fragte Mr Charkov aufgeregt.

»Einen Augenblick, das haben wir gleich.« Justus schraffierte großzügig den gesamten Umschlag. Es war nur ein einziges Wort, geschrieben in großen, klaren Buchstaben.

»Mr Charkov, wir lagen die ganze Zeit falsch. Ich weiß jetzt, wo Ihre Tochter ist.«

Dr. Arroway fuhr zusammen, als sie das Arbeitszimmer betrat und Bob und Peter erblickte. »Himmel, habt ihr mich erschreckt!«, keuchte sie. »Wie kommt ihr denn hier herein? War Janet da und hat euch aufgemacht?«

»Nein«, antwortete Bob kühl. »Wir sind von selbst reingekommen.«

»Von selbst? Wie denn?«

Peter zückte sein Dietrichetui und hielt es ihr unter die Nase. »Damit.«

»Ihr seid bei mir eingebrochen?«, fragte sie verwundert. Dann sah sie das Durcheinander auf dem Schreibtisch und die Verwunderung verwandelte sich in Empörung. »Was hat das zu bedeuten?«

»Es war gar kein Problem, Ihre Haustür zu knacken«, wich Peter aus. »Der Dieb des Popol Vuh hätte leichtes Spiel gehabt. Wenn es einen Dieb gegeben hätte, nicht wahr?«

»Aber es gab nie einen«, fuhr Bob fort. »Sie selbst haben das Buch verschwinden lassen.«

»Wie bitte? Was redest du da, Junge?«

»Dann haben Sie uns auf eine falsche Fährte gelockt und alles so aussehen lassen, als wäre Palmer Dixon der

Täter. Doch in Wirklichkeit hat er die ganze Zeit in Ihrem Auftrag gearbeitet ohne es selbst zu wissen.«

»Palmer Dixon?«, rief Dr. Arroway ungläubig und verärgert. »Hört zu, ihr beiden, wenn das ein Scherz sein soll – ich finde ihn nicht lustig! Und wenn ihr mit dieser Show kaschieren wollt, dass ihr nach wie vor im Dunkeln tappt: Spart euch die Mühe. Ich nehme es euch nicht übel. Es war von Anfang an keine gute Idee, euch drei und dieses Mädchen an die Sache heranzulassen. Ich hätte gleich die Polizei rufen sollen. Und genau das werde ich gleich auch tun, wenn ihr mir nicht auf der Stelle sagt, was in euch gefahren ist!«

»Sie ... Sie wollen die Polizei rufen?«, fragte Peter verunsichert.

Die Situation entglitt ihnen. Dr. Arroways Reaktion war nicht so, wie sie erwartet hatten. Und sie war alles andere als entlarvend. Irgendetwas war gehörig schief gelaufen.

»Sicher. Schließlich habe ich einen Diebstahl anzuzeigen. Und obendrein gerade zwei Einbrecher auf frischer Tat ertappt.«

»Es wird die Polizei sicher interessieren, dass Sie seit zwei Jahren geheime Geschäfte tätigen«, unternahm Bob einen letzten Versuch. »Und zwar unter dem Decknamen Melody.«

»Ich weiß nicht, wovon ihr sprecht«, erwiderte Dr. Arroway gereizt. »Mir reicht es jetzt langsam.«

»Sie haben uns nicht die Wahrheit gesagt!«, beharrte Bob. »Es ging Ihnen nie um das Popol Vuh selbst, nicht wahr? Sie wollten das Buch nicht neu übersetzen. Sondern Sie haben etwas darin gesucht. Eine Geheimschrift!«

Dieser Schuss ging ins Schwarze. Dr. Arroway erstarrte und blickte Bob mit großen Augen an. »Woher wisst ihr davon?«

»Wir wissen es eben.« Bob wagte einen weiteren Schuss: »Und wir wissen auch von der Grabstätte.«

Wieder ein Treffer. Nun wurde sie bleich. »Wer hat euch davon erzählt?«

»Niemand. Wir haben es selbst herausgefunden. Was hat es mit dem Popol Vuh wirklich auf sich?«

»Wie habt ihr es herausgefunden?«, fragte sie zornig.

»Erzählen Sie uns Ihre Geheimnisse, dann verraten wir unsere«, forderte Bob.

Dr. Arroway starrte ihn eine Weile finster an, dann nickte sie.

»Also schön.« Sie setzte sich auf die Schreibtischkante, senkte den Kopf und fuhr fort: »Die Quiché-Maya, deren Kultur ich seit Jahren erforsche, beherrschten jahrhundertelang das Hochland Guatemalas. Es gibt viele Legenden, die sich um dieses geheimnisvolle Volk ranken, unter anderem ist von einer sagenhaften Grabstätte die Rede, in der viele ihrer Könige beerdigt wurden. Diese Grabstätte ist jedoch nie gefunden worden und inzwischen halten die meisten Historiker und Archäologen sie für ein Märchen. Aber ich habe bei meiner Forschung immer wieder Hinweise darauf gefunden, dass der Friedhof doch existiert. Aus keiner der alten Schriften ging jedoch klar hervor, wo er sich genau befindet. Das Hochland von Guatemala ist riesig und unwegsam, weite Teile sind noch völlig unerforscht, er könnte also überall sein.

Es war im letzten Jahr, als ich in einer Urkunde einen Hinweis darauf fand, dass Bernardino de Valencia, der Übersetzer des Popol Vuh, die genaue Lage der Grabstätte kannte. Es heißt, er habe das Versteck in seiner Übersetzung verschlüsselt angegeben. Also setzte ich alles daran, an das Buch heranzukommen. Wenn ich mit seiner Hilfe den Friedhof finde, wäre das eine ungeheure archäologische Entdeckung!«

»Deshalb war Ihnen das Buch so viel wert!« Peter war fasziniert. »Aber ist es nicht schon Dutzende Male gelesen und untersucht worden? Wenn sich da ein Hinweis versteckt, hätte man ihn doch bestimmt schon längst gefunden.«

»Sollte man annehmen«, meinte Dr. Arroway lächelnd. »Aber in der Urkunde, von der ich sprach, war von einer unsichtbaren Botschaft die Rede. Was kaum jemand weiß, ist, dass Bernardino de Valencia neben seinem Leben als Priester und Übersetzer auch ein begeisterter Naturwissenschaftler war. Das war für die damalige Zeit sehr ungewöhnlich. Er hat sich viel mit dem Studium der Chemie beschäftigt. Ich glaube, dass der Hinweis wörtlich zu verstehen ist: Die Botschaft ist nicht nur in seiner Übersetzung versteckt, sondern sie ist tatsächlich unsichtbar! Ein mit irgendeiner Art von Geheimtinte gezeichneter Lageplan der Grabstätte! Deshalb war es auch so wichtig, dass ich die Originalübersetzung bekomme, nicht bloß eine Kopie oder Abschrift.«

Bob hatte sofort das Abenteuerfieber gepackt: ein verschollener Maya-Friedhof! »Aber warum haben Sie das alles denn geheim gehalten?«

Dr. Arroway lachte auf. »Die Welt ist voller schlechter Menschen. Wenn meine Entdeckung bekannt geworden wäre, hätte ich gar nicht so schnell blinzeln können, wie ich Ärger am Hals gehabt hätte. Ich wollte erst an die Öffentlichkeit gehen, wenn ich die Grabstätte wirklich gefunden hatte.«

»Und hatten Sie schon Erfolge beim Untersuchen des Buches?«, fragte Peter neugierig.

»Kleine. Ich glaube inzwischen zu wissen, welche Art von Geheimtinte Bernardino de Valencia damals verwendete. Es ist bloß nicht so einfach, sie nach so langer Zeit wieder sichtbar zu machen. Das Papier ist Hunderte von Jahren alt, ich kann nicht einfach wahllos Experimente damit anstellen ohne es zu zerstören. Erst mal muss ich herausfinden, auf welchen Seiten die unsichtbare Botschaft verborgen sein könnte. Damit habe ich die letzten Wochen zugebracht. So.«

Sie stand auf und blickte Bob und Peter herausfordernd an.

»Das war mein Teil der Abmachung. Jetzt kennt ihr das Geheimnis des Popol Vuh. Und nun raus mit der Sprache: Was hat das alles zu bedeuten? Was habt ihr mit Palmer Dixon zu schaffen, wer ist Melody und warum verdächtigt ihr mich?« Peter sah unsicher zu Bob hinüber. Inzwischen glaubten beide nicht mehr, dass wirklich Dr. Arroway hinter all dem steckte. Sie hatten sich getäuscht. Zögernd begann Bob mit seinem

Bericht. Je mehr er von ihren Nachforschungen und Entdeckungen erzählte, desto größer wurden Dr. Arroways Augen.

»Und die Telefonnummer, die in der Benutzerliste des Providers angegeben war, war Ihre. Daher sind wir davon ausgegangen, dass Sie Melody sind. Es kommt niemand anderes infrage!«

»Doch«, antwortete Dr. Arroway düster. »Es gibt noch jemanden, der infrage kommt. Die einzige Person, die außer mir über das Popol Vuh Bescheid weiß. Die einzige Person, die bereits vorher wissen konnte, wie viel ich bei der Auktion für das Buch bieten würde. Und wie viel ich für all die anderen Kunstschätze in der Vergangenheit auszugeben bereit war. Die einzige Person, der ich seit Jahren uneingeschränkt vertraut habe.« Sie wandte ihren Blick zu dem kleinen, unbesetzten Schreibtisch in der anderen Ecke des Raumes.

Janets Schreibtisch.

Im Keller

Justus hatte lange überlegt, wie er vorgehen sollte. Bob und Peter informieren? Die Polizei anrufen? Doch er hatte sich während der Ermittlungen in diesem Fall schon zu oft geirrt. Was, wenn er am Ende wieder falsch lag und der Name auf dem Umschlag ein dummer Zufall war? Wenn Dr. Arroways Assistentin unschuldig und er einer weiteren falschen Spur gefolgt war? Nein, bevor er die Pferde scheu machte, wollte er sich selbst von seinem Verdacht überzeugen. Also hatte er Mr Charkov eingeschärft vorerst nichts zu unternehmen und auf seine Rückkehr oder einen Anruf zu warten. Dann hatte er Janets Adresse aus dem Telefonbuch herausgesucht, sich aufs Fahrrad gesetzt und war nach Santa Monica gefahren, wo Dr. Arroways Assistentin wohnte.

Das Haus war klein und schlicht. Dennoch fragte sich Justus, wie sich eine einfache wissenschaftliche Assistentin von einem wahrscheinlich bescheidenen Gehalt ein eigenes Haus leisten konnte.

Er schloss das Rad an einen Laternenpfahl, ging auf die Tür zu und klingelte. Nichts rührte sich. Er klingelte ein weiteres Mal, wartete eine Minute – doch es schien niemand zu Hause zu sein. Umso besser. Wenn Jelena hier war, befreite er sie lieber ungestört. Doch dazu musste er erst mal irgendwie ins Haus gelangen.

Der Einstieg wurde ihm leicht gemacht: An der rechten Wand war ein Fenster nicht ganz geschlossen. »Sehr leichtsinnig von Ihnen, Janet«, murmelte Justus, während er sich sichernd umblickte und schließlich das Fenster ganz öffnete, um hindurchzuklettern. Ungeschickt landete er mit einem Poltern in ihrem Schlafzimmer. Er lauschte einen Moment. Nichts war zu hören. Er sah sich um. Es war ein ganz normales Schlafzimmer, nichts deutete darauf hin, dass hier eine Frau lebte, die durch Betrug unzählige Kunstschätze in ihren Besitz gebracht hatte. Eine Verbrecherin, die nicht davor zurückschreckte, ein Mädchen zu entführen.

Der Erste Detektiv lauschte an der Tür, bevor er sie öffnete und in den kleinen Flur trat. Einen Moment später sah er seinen Verdacht bestätigt: Unter der Treppe, die ins Obergeschoss führte, stand ein zusammengeklappter Rollstuhl. Jelena war hier! Er überlegte einen Moment. Wo würde er in diesem Haus jemanden festhalten, der auf einen Rollstuhl angewiesen war?

Justus öffnete die Kellertür. Eine steile Betontreppe führte ins Dunkel. Er tastete nach einem Lichtschalter, fand jedoch keinen. In einer kleinen Nische in der Wand lag eine Taschenlampe. Er schaltete sie ein und stieg nach unten. An die Treppe schloss sich ein langer, dunkler Gang an. Es gab nur wenige Türen, die davon abzweigten.

»Jelena?« Justus' Ruf hallte unheimlich von den nackten Wänden wider.

Einen Moment lang herrschte Stille, dann antwortete jemand: »Hier bin ich!«

Die Stimme kam von der Tür am Ende des Ganges. Justus ging darauf zu. Es war eine einfache, aber robuste Holztür mit einem schweren Stahlriegel, der durch ein Vorhängeschloss gesichert war. Der Schlüssel steckte. Janet hatte wohl nicht damit gerechnet, dass der Verdacht jemals auf sie fallen könnte. Justus öffnete das Schloss, nahm es ab und zog die quietschende Tür auf.

Dahinter lag ein kahler Kellerraum, der nur vom matten Schein einer Kerze erhellt wurde. Auf einer auf dem Boden liegenden Matratze saß Jelena. Sie war blass, sah verängstigt aus und blinzelte unsicher gegen das Licht der Taschenlampe. Der Erste Detektiv richtete den Strahl auf sich.

»Justus?«

»Ja, ich bin es. Justus Jonas rettet Jelena Charkova aus der Gefangenschaft. Damit hättest du wohl in deinem ganzen Leben nicht gerechnet, was? Ist alles in Ordnung?«

»Ich sitze in einem kalten, dunklen Kellerloch mit nichts als einer Kerze und einer Matratze als Gesellschaft und mein Rollstuhl ist weg«, fasste Jelena verbittert zusammen. »Und du fragst, ob alles in Ordnung ist. Sicher, klar, mir geht es blendend, komm doch rein, darf ich dir was anbieten?«

»Deinen Sarkasmus hast du jedenfalls noch nicht verloren, allzu schlecht kann es dir nicht gehen. Aber ich schlage vor, wir diskutieren weiter, wenn wir hier draußen sind.«

»Das ist der erste vernünftige Vorschlag, den ich von

dir höre.« Justus betrat den Keller. Er beugte sich zu Jelena hinunter, um ihr hochzuhelfen.

Plötzlich sah sie mit geweiteten Augen über seine Schulter hinweg. »Justus! Vorsicht!«

Der Erste Detektiv wirbelte herum. Ein Schatten war hinter ihm aufgetaucht. Etwas sauste herab und traf ihn am Kopf. Doch der dumpfe Schmerz hielt nur eine Sekunde an, bevor er von der Dunkelheit verschluckt wurde.

Jelenas Stimme bohrte sich wie ein akustischer Kopfschmerz in sein Gehirn. Sie redete auf ihn ein, doch er verstand nicht, was sie sagte. Nur langsam lichteten sich seine Gedanken. Er war nicht lange ohnmächtig gewesen, das spürte er, doch der Schlag auf den Kopf hatte eine mächtige Beule hinterlassen. Wenn Jelena doch nur aufhören würde zu reden!

»Ich bin wach«, murmelte er, damit sie endlich Ruhe gab. Dann versuchte er die Augen zu öffnen, doch sofort begann sich alles zu drehen, also schloss er sie schnell wieder. »Was ist passiert?«

Langsam ergaben Jelenas Worte einen Sinn: »Janet ist aufgetaucht. Das war wirklich eine hervorragende Rettungsaktion, Justus. Hättest du dich nicht vorher vergewissern können, ob jemand im Haus ist?«

»Sie hat nicht auf mein Klingeln reagiert.«

»Weil sie dich vom Fenster aus gesehen und geahnt hat, warum du hier bist«, erklärte Jelena wütend. »Also hat sie sich versteckt und ist dir in den Keller gefolgt. Jetzt sitzen wir hier zu zweit fest. Großartig.«

Vorwürfe. Nichts als Vorwürfe. Das war das Letzte, was Justus brauchte. Er versuchte erneut die Augen zu öffnen. Diesmal verzichtete der Kellerraum darauf, Karussell zu fahren. Er blickte zur Decke. Sein Kopf lag auf der Matratze. Jelena hockte neben ihm. »Warum tust du das?«, stöhnte er.

»Was?«

»Warum machst du mich schon wieder fertig? Ich habe immerhin versucht dich zu befreien!«

»Genau. Und du warst zu blöd. Oder zu selbstgefällig. In deiner gnadenlosen Überheblichkeit ist dir natürlich nie der Gedanke gekommen, dass Janet oder irgendjemand anders schlauer sein könnte als du. Schließlich bist du der unfehlbare Erste Detektiv Justus Jonas. Und was ist das Ende vom Lied? Du lässt dir eins über den Schädel ziehen und dich einsperren. Ein toller Plan!«

»Deiner war auch nicht besser«, gab Justus wütend zurück. »Du bist zu Janet gefahren und hast sie zur Rede gestellt. Dabei hast du natürlich nicht im Traum daran gedacht, dass ihr das vielleicht nicht passen und sie dich einsperren könnte. So war es doch, oder?«

Jelena schwieg eine Weile. »Ja, so war es«, gab sie kleinlaut zu. »So ähnlich wenigstens.«

Justus versuchte sich aufzurichten. Sein Kopf begann sofort zu pochen, doch er wollte Jelena gegenübersitzen und nicht neben ihr liegen. Ächzend rutschte er in eine einigermaßen bequeme Position und tastete vorsichtig über die Beule. »Wie hast du es eigentlich herausbekommen? Dass Janet die Täterin ist, meine ich?«

»Das war nicht weiter schwierig«, erklärte Jelena großspurig. »Ich habe sie einfach genau beobachtet, das war alles. Sie hat sich selbst verraten.«

»Wann? Und wodurch?«

»Als Palmer Dixon im Garten von Dr. Arroway auftauchte. Peter wollte ihn verfolgen und rannte zum Fenster. Dort prallte er mit Janet zusammen. Das war kein Zufall. Sie wollte ihn am Rausklettern hindern, das hat man sofort gesehen. Ihr habt bloß alle nicht darauf geachtet. Und dann war da noch ihr merkwürdiges Verhalten, als ihr die Telefonlawine gestartet habt. Erinnerst du dich? Anstatt sich an der Lawine zu beteiligen hatte sie es plötzlich furchtbar eilig, sich an den Computer zu setzen. Sie müsse noch etwas Arbeit erledigen, hat sie gesagt. Eine sehr fadenscheinige Behauptung in dieser Situation! Ich habe einen Blick auf ihren Bildschirm werfen können. Sie war gerade dabei, jemandem eine E-Mail zu schreiben. Ich habe sie zwar nicht lesen können, aber mir war klar, dass das nichts mit Arbeit zu tun hatte. Sie wollte jemanden warnen!«

»Und warum hast du uns nichts von deinen Beobachtungen erzählt?«

Sie verzog das Gesicht. »Da fragst du noch? Ihr habt mich schließlich auch nicht in alles eingeweiht.«

»Und da wolltest du uns beweisen, dass du es auch auf eigene Faust schaffst«, folgerte Justus vorwurfsvoll. »Sehr leichtsinnig von dir!«

»Ich gebe zu, ich hätte mich absichern sollen. Aber wer rechnet denn damit, dass Janet durchdrehen, mich aus dem Rollstuhl zerren und in den Keller sperren würde!«

»Wie hast du es eigentlich geschafft, ihren Namen auf den Briefumschlag zu schreiben?«

»Ach, ihr habt die Nachricht entdeckt? Damit hatte ich gar nicht gerechnet.«

»Ich habe deine geheime Botschaft entdeckt, als ich heute bei deinem Vater war.«

»Janet dachte, es würde reichen, mir den Rollstuhl wegzunehmen und mich in den Keller zu setzen. Sie hatte die Tür nicht abgeschlossen, da sie sich wohl nicht vorstellen konnte, dass ein querschnittgelähmtes Mädchen sich trotzdem fortbewegen und sogar Treppen emporziehen kann, auch wenn es etwas mühselig ist. Ich kam bis nach oben und habe ein Telefon gesucht, aber sie hat wohl nur ein Handy. Dann sah ich den Erpresserbrief auf dem Tisch. Natürlich hatte ich meinen Geheimstift dabei und habe schnell ihren Namen draufgeschrieben. Dann wollte ich fliehen, aber kurz vor der Tür hat sie mich entdeckt und wieder runtergeschleift. Jetzt sag bloß, du hättest ohne die Botschaft auf dem Umschlag nicht gewusst, wo ich stecke.«

Justus schüttelte den Kopf. »Wir hatten die ganze Zeit Dr. Arroway in Verdacht.«

»Dr. Arroway? Was ist denn das für eine bescheuerte Idee?« Justus erzählte ihr von ihrer Begegnung mit Palmer Dixon und dem Trojanischen Pferd.

»Mit ein bisschen Kombinationsgabe hättet ihr auch schneller auf die richtige Lösung kommen können«, sagte Jelena abfällig.

Justus schnaubte wütend. »Siehst du! Das meine ich! Du tust es schon wieder!«

»Was tue ich schon wieder?«

»Du putzt mich runter! Bei jeder Gelegenheit! Was habe ich dir getan? Warum verachtest du mich so?«

»Ich dich?« Jelena lachte auf. »Das soll wohl ein Scherz sein! Du bist derjenige, der mich verachtet, Justus Jonas! Und zwar vom ersten Tag an! Seit wir uns kennen, hast du mich keine Sekunde lang ernst genommen.«

»Das ist nicht wahr«, widersprach Justus.

»Natürlich ist es wahr! Das beste Beispiel ist die Sache mit den Geheimstiften! Als ich dir erzählte, dass ich für den Notfall immer einen bei mir trage, hast du dich über mich lustig gemacht. Und? Wer hatte Recht? Ohne meine geheime Nachricht wärst du völlig aufgeschmissen gewesen.«

»Das meine ich!«, begehrte Justus auf. »Du bist so gnadenlos überheblich und selbstgerecht! Ich reagiere doch bloß auf dein Verhalten mir gegenüber.«

»So ein Blödsinn. Wenn du mich nicht so herablassend behandeln würdest, wäre ich auch netter zu dir. Aber eigentlich verbirgst du hinter deiner Überheblichkeit nur deine Angst.«

Nun war es Justus, der lachte. »Wovor sollte ich denn Angst haben? Vor dir etwa?«

»Da war er wieder!«, rief Jelena. »Da war wieder dieser arrogante Unterton.«

»Da war kein Unterton. Du hörst, was du hören willst. Ich habe ganz sachlich gefragt, wovor ich Angst haben sollte.«

»Erstens war das nicht sachlich und zweitens: vor mir. Du hast Angst vor mir, weil ich ein Mädchen im Rollstuhl bin. Meine Behinderung ist dir unheimlich. Das kannst du natürlich nicht zugeben, also distanzierst du dich von mir.«

»Das ist doch Kinderkram, Jelena. Hobbypsychologenmist aus irgendwelchen Frauenzeitschriften.«

»Und du hast Angst vor mir, weil ich dir ebenbürtig bin«, fuhr sie ungerührt fort. »Ich bin nämlich genauso intelligent wie du. Mindestens. Und damit kommst du nicht klar. Kein Wunder. Deine beiden einzigen Freunde sind dir intellektuell unterlegen.«

»Lass Peter und Bob aus dem Spiel! Die beiden haben mit unserem Streit absolut nichts zu tun!«

»Ich will dir nur klar machen, dass ich nicht wie sie bin. Mich kannst du nicht herumkommandieren.«

»Nichts liegt mir ferner als irgendjemanden herumzukommandieren. Im Gegenteil! Du bist doch diejenige, die ständig versucht das Kommando an sich zu reißen. Die ganze alberne Geschichte mit deiner Geheimtinte diente doch nur einem Zweck: uns kleinzukriegen. Du wolltest von Anfang an klarstellen, wer hier das Sagen hat. Und da wunderst du dich, wenn ich das Spiel nicht mitspiele und mich quer stelle?«

»Ich wehre mich nur gegen deine Überheblichkeit«, behauptete Jelena.

»Falsch. Ich wehre mich gegen deine.«

»Ich gegen deine.«

»Ich gegen deine.«

Jelena grinste. »Mein Papa ist viel stärker als deiner.«

»Und mein Eis ist größer.«

»Meins schmeckt besser.«

»Und ich kriege mehr Taschengeld als du.«

»Nein, ich! Außerdem kann ich Geige spielen!«

»Und ich Schach.«

»Ich auch.«

»Aber ich bin viel besser als du.« Justus wollte nicht grinsen, aber er konnte nicht anders. Er senkte den Blick, um Jelena nicht in die Augen sehen zu müssen. »Vor ein paar Tagen hat Bob etwas gesagt, wofür ich ihn am liebsten umgebracht hätte.«

»Was denn?«

»Er sagte, dass wir beide uns deshalb nicht ausstehen können, weil wir uns so ähnlich sind.«

»Das ist ja wohl das Allerletzte!«, rief Jelena in gespielter Empörung.

»Nicht wahr?«

»Wie kommt er nur auf so eine absurde Idee?«

»Völlig an den Haaren herbeigezogen.«

»Aber komplett.«

Justus seufzte. »Da wir das nun geklärt haben, sollten wir uns vielleicht langsam überlegen, wie wir hier rauskommen.«

Das letzte Rätsel

»Hier wohnt die Verräterin«, sagte Dr. Arroway düster, als sie ihren Wagen abbremste. Sie stiegen aus und gingen langsam auf Janets Haus zu. Inzwischen war es Abend geworden, die Straße lag verlassen im Dunkeln.

»Ich habe ein etwas mulmiges Gefühl«, gestand Peter. »Wenn Justus doch nur hier wäre! Ich frage mich, warum er nicht gekommen ist.«

»Wahrscheinlich war Tante Mathilda nicht rechtzeitig zurück«, vermutete Bob. Dann wandte er sich Dr. Arroway zu, die immer langsamer wurde, je näher sie der Tür kamen. »Was ist los?«

»Ich weiß nicht. Ich bin nicht sicher, ob ich wirklich mit Janet sprechen möchte.«

»Warum denn nicht?«

»Wenn ich es nicht tue, besteht immer noch die Hoffnung, dass wir uns geirrt haben.«

»Ich weiß nicht«, zweifelte Bob. »Immerhin haben wir in ihrem Computer Dateien gefunden, die den Namen ›Melody‹ tragen. Das ist wohl kaum ein Zufall.«

Dr. Arroway schien ihm gar nicht zugehört zu haben. »Ich kann einfach nicht glauben, dass ich jahrelang der falschen Person mein Vertrauen geschenkt habe.«

»Lassen Sie uns reingehen, Dr. Arroway«, sagte Bob. »Dann haben Sie Gewissheit.« Er ging die letzten Schritte bis zur Tür und klingelte.

Einen Moment später öffnete Janet. »Peter und Bob! Dr. Arroway!«, rief sie freudig überrascht. »Was tun Sie denn hier? Gibt es etwa Neuigkeiten über das Popol Vuh?«

»In der Tat«, gab Bob zurück und drängte sich an Janet vorbei ins Haus. »Darf ich?«

»He! Was soll denn das werden?«

»Sie wollten doch die Neuigkeiten über das Popol Vuh hören! Ich mache Ihnen einen besseren Vorschlag: Ich zeige Ihnen das Buch!« Bob schritt durch den Flur, öffnete jede Tür und warf einen Blick in die dahinter liegenden Räume.

»Du bist wohl von allen guten Geistern verlassen!«, empörte sich Janet. »Dr. Arroway, was hat das zu bedeuten?«

»Hoffentlich nichts«, antwortete sie tonlos.

»He! Weg von der Tür da! Dahinter ist mein ... mein Schlafzimmer!« Janet trat zornig auf Bob zu, doch bevor sie ihn erreichte, öffnete der dritte Detektiv die Tür. Er stieß einen erstaunten Pfiff aus.

»Aha! Da haben wir ja schon, was wir suchen!« Er betrat den Raum und kehrte einen Augenblick später triumphierend lächelnd zurück. Siegesgewiss hielt er ein Buch in den Händen: das Popol Vuh. »Mehr Beweise brauchen wir wohl nicht.« Einen Moment lang herrschte Totenstille.

»Das ... das muss ein Missverständnis sein!«, beteuerte Janet. »Ich weiß nicht, wie –«

»Sie sind eine schlechte Lügnerin«, unterbrach Dr. Arroway sie grimmig.

Janet wich unmerklich zurück.

Dann machte Lou Ann Arroway zwei schnelle Schritte auf Janet zu, holte aus und versetzte ihr eine schallende Ohrfeige. »Wie konnten Sie nur! Jahrelang haben Sie mich missbraucht!«

»Haben Sie wirklich geglaubt, Sie könnten den ganzen Ruhm allein einheimsen, wenn Sie die Grabstätte in Guatemala finden, Dr. Arroway?«, fauchte Janet, während sie sich die Wange rieb. Ihre Fassade war zusammengebrochen. Nun leuchtete blanker Hass in ihren Augen.

»Darum ging es mir nie, Janet, und das wissen Sie ganz genau«, verteidigte sie sich. »Ich wollte einzig und allein die Kultur der Maya erforschen, während Sie nur hinter Geld und Ruhm her waren!«

»Die Diskussion sollten Sie vielleicht fortsetzen, wenn die Polizei hier ist«, schlug Bob vor. »Ich bin sicher, sie wird Ihnen interessiert zuhören.« Er suchte das Telefon. »Könnte ich mal telefonieren?«

»Vergiss es!«, zischte Janet, wirbelte herum und lief den Flur hinunter.

»Peter! Sie will abhauen!«

Der Zweite Detektiv setzte zum Sprint an, doch in diesem Moment flog eine Tür auf und Janet rannte mit voller Wucht dagegen. Sie stöhnte kurz auf, dann taumelte sie und kippte zu Boden. Regungslos blieb sie liegen.

»K. o. in der ersten Runde«, sagte Justus feierlich und tauchte hinter der Tür auf.

»Just!«, rief Peter. »Was machst du denn hier?«

»Überrascht?«

»Kann man wohl sagen. Wie ... wie kommst du –«

»He!«, wurde Peter von einer Stimme hinter der Tür unterbrochen. »Was geht denn da oben vor? Kann mir mal jemand die Treppe raufhelfen? Und dann hätte ich gerne meinen Rollstuhl zurück! Und eine Tasse heißen Tee!«

Zwei Tage später waren die drei ??? und Jelena bei Dr. Arroway eingeladen. Es gab indianischen Tee und selbst gebackenes Brot nach einem alten Maya-Rezept. Sie ließen es sich schmecken, während sie die Ereignisse der letzten Tage noch einmal Revue passieren ließen.

»Janet hat also von Anfang an nur deshalb für Sie gearbeitet, um an Informationen über die Maya-Kunstschätze zu kommen«, sagte Peter. »Und zwar im Auftrag einer Gruppe von dubiosen Kunsthändlern, die lieber andere Leute für sich arbeiten lassen anstatt sich selbst die Hände schmutzig zu machen.«

Dr. Arroway nickte. »Leider wird man diesen Händlern nichts nachweisen können. Sie haben nichts Verbotenes getan.«

»Sie haben lediglich Janet ganz legal beauftragt die Maya-Artefakte für sie zu besorgen«, stimmte Justus zu. »Janet war so gerissen, sich in den Dienst der berühmten Maya-Forscherin Dr. Lou Ann Arroway zu begeben, um so aus erster Hand Informationen zu erhalten, die sie sonst nie bekommen hätte. Palmer Dixon war von Anfang an nur ihr Handlanger, den sie brauchte, um den Schwindel so lange wie möglich aufrechtzuerhalten.« Er schüttelte den Kopf. »Diese Dreistigkeit, direkt von Ihrem Haus aus die E-Mails an Dixon zu schicken! Unfassbar!«

Dr. Arroway nickte. »Und ich habe nie etwas gemerkt. Aber dann kam das Popol Vuh. Janet hatte ja mitbekommen, dass ich in dem heiligen Buch eine Geheimschrift vermutete. Also war sie besonders scharf darauf, es in die Finger zu bekommen. Natürlich wollte sie selbst die Grabstätte entdecken und damit eine Menge Geld machen. Aber bei der Versteigerung überbot ich Palmer Dixon, da ich höher ging, als ich ursprünglich geplant hatte. Und so beauftragte Janet ihn, das Popol Vuh zu stehlen. Damit er den Auftrag auch wirklich gewissenhaft ausführte, bot sie ihm eine Riesensumme. Schließlich wusste sie, dass das Popol Vuh wegen der geheimen Botschaft viel mehr wert war als der Preis, den ich gezahlt hatte.«

»Warum hat sie mit dem Diebstahl denn so lange gewartet?«, wollte Peter wissen. »Immerhin hatten Sie das Buch schon seit einigen Wochen.«

»Ganz einfach. Ich habe wochenlang geforscht und experimentiert, wie ich die Geheimschrift sichtbar machen konnte. Janet bekam tagtäglich meine Fortschritte mit. Sie wartete so lange, bis ich erste Erfolge erzielte. Damit habe ich ihr eine ganze Menge Arbeit abgenommen.«

»Und warum hat sie das Buch dann nicht von Anfang an selbst gestohlen?«, fragte der Zweite Detektiv weiter.

»Das war ihr zu riskant. Sie wollte, dass es nach einem echten Einbruch aussieht und dass die Polizei echte

Spuren verfolgt – die im Zweifelsfall jedoch zu Palmer Dixon geführt hätten, nicht zu ihr.«

»Doch dann kam ich ihr in die Quere«, sagte Jelena. »Durch das zufällig belauschte Telefonat war sie zum Handeln gezwungen. Sie wusste, dass wir Dixon in der kommenden Nacht auflauern würden. Also kam sie ihm zuvor und hat trotz des Risikos das Popol Vuh selbst gestohlen.«

»Da sie wegen der Arbeit einen Schlüssel zu meinem Haus hat, war das kein Problem für sie«, fügte Dr. Arroway hinzu. Bob seufzte und lehnte sich im Sessel zurück. »Eine komplizierte Geschichte! Aber jetzt sind ja alle Rätsel gelöst. Gott sei Dank!«

»Na ja, eigentlich nicht«, sagte Jelena. »Das Haupträtsel bleibt, denn wir haben das Popol Vuh zwar wiedergefunden, aber die Geheimschrift ist nach wie vor unsichtbar. Sind Sie denn schon weitergekommen, Dr. Arroway?«

Die Kulturhistorikerin lachte. »Nein, leider nicht. Ich hatte in den letzten beiden Tagen genug damit zu tun, Aussagen bei der Polizei zu machen und den Schock zu überwinden, dass meine langjährige Mitarbeiterin mich hintergangen hat. Für das Entschlüsseln der versteckten Botschaft blieb da keine Zeit.«

»Wie wäre es, wenn ...«, begann Jelena und räusperte sich verlegen. »Was halten Sie davon, wenn ich Ihnen dabei helfe? Ich habe in letzter Zeit ziemlich viel mit Geheimschriften herumexperimentiert. Ich denke, dass Sie von meinen Erfahrungen profitieren können.«

»Jetzt redest du schon wie Justus!«, grinste Peter.

Dr. Arroway nickte lächelnd. »Ich lasse es mir durch den Kopf gehen.«

»Und wenn Sie die unsichtbare Botschaft sichtbar gemacht haben und wissen, wo der Indianerfriedhof ist, dann gehen wir alle zusammen auf eine Expedition ins Hochland von Guatemala!«, rief Bob begeistert. »Die drei ??? als berühmte Entdecker!«

»Bevor ihr nun alle in Euphorie ausbrecht, habe ich noch eine Frage«, sagte Dr. Arroway. »Eines habt ihr mir nämlich noch nicht verraten, Justus und Jelena: Janet hatte euch doch in den Keller eingesperrt! Wie habt ihr es geschafft, die Tür von innen zu öffnen?«

Die beiden sahen einander grinsend an und schwiegen.

»Genau, Justus, in dieses Geheimnis hast du uns auch noch nicht eingeweiht!«, fiel es Peter ein.

»Ganz einfach«, behauptete Justus. »Teamarbeit!«

»Teamarbeit?«, fragte Bob ungläubig und blickte von einem zum anderen. »Ihr beide?«

Jelena grinste. »Ganz recht.«

»Geht es vielleicht etwas präziser?«

»Aaaalso«, begann Jelena und beugte sich verschwörerisch vor. »Ich mache euch einen Vorschlag: Ich erzähle euch eine Rätselgeschichte und ihr müsst die Lösung finden. Ihr könnt mir Fragen stellen, aber ich antworte nur mit Ja oder Nein. Los geht's: Jelena und Justus sind in einem Keller eingesperrt. Vor der Tür ist ein Riegel. Wie schaffen es die beiden, trotzdem auszubrechen?«

Die drei ???

Insektenstachel

Erzählt von André Minninger

Inhalt

Hitze

Justus erwachte. Um ihn herum herrschte absolute Dunkelheit. Nur die Digitalanzeige des Radioweckers auf seinem Nachtschrank verbreitete ein schwaches, grünliches Licht. Es war genau Mitternacht. Justus' Kopf fühlte sich schwummrig an. Gerade hatte er etwas Merkwürdiges geträumt. Er versuchte sich daran zu erinnern, aber die Gedanken waren wie weggeblasen. Er schloss die Augen und versuchte sich mit aller Anstrengung auf den Traum zu konzentrieren. Es war vergeblich.

»Verdammt, das gibt es doch nicht …«, murmelte er vor sich hin. »Sind dies die ersten Anzeichen dafür, dass ich unter Gedächtnisschwund leide?«

Er drehte sich auf die andere Seite und schob das Kissen unter seinem Kopf zurecht. Wieder versuchte er die Traumbilder vor seinem geistigen Auge entstehen zu lassen. Nichts. Die verschiedensten Erinnerungen zogen in seinem Geist vorüber, aber keine von ihnen wollte sich in seinen eben erlebten Traum einfügen. Warum war er überhaupt aufgewacht? Erst jetzt bemerkte er, dass er am ganzen Körper schwitzte. Sogar seine Bettdecke fühlte sich feucht an. Hatte er einen Alptraum gehabt? Er richtete sich auf und wischte sich über die Stirn. Im ganzen Raum herrschte eine hohe Temperatur.

Justus stieg aus dem Bett und ging zum geöffneten Fenster. Am Außenrahmen war ein Thermometer angebracht. Im ersten Moment wollte er der Anzeige nicht trauen. Deshalb kniff er die Augen zusammen und vergewisserte sich erneut. Es war kaum zu glauben: Draußen betrug die Temperatur neunundzwanzig Grad! In seinem Zimmer war es kaum kühler. Mit einem Ächzen streifte er das nass geschwitzte T-Shirt vom Körper, dann ging er zu seinem Schreibtisch und setzte den Tischventilator in Betrieb. Die umherwirbelnden Propeller erzeugten einen angenehmen Luftzug. Mit einem Gähnen kehrte er zurück ins Bett. Unter der Bettdecke war es nicht auszuhalten, deshalb schob er sie zur Seite, legte sich auf den Rücken und starrte gedankenversunken an die Zimmerdecke. Es war Hochsommer. Justus konnte sich nicht daran erinnern, jemals solchen unzumutbaren Temperaturen ausgesetzt gewesen zu sein. Sein Gaumen fühlte sich trocken an. Er wollte etwas trinken. Tastend griffen seine Hände nach der Mineralwasserflasche neben dem Bett. Die prickelnde Kohlensäure erfrischte. Wieder blickte er auf die Leuchtanzeige des Weckers. Null Uhr vier. Er spürte, wie er allmählich wieder müde wurde. Langsam schloss er die Augen und dämmerte vor sich hin. Schemenhaft entstand das Bild von seinen beiden Freunden Peter und Bob. In Gedanken stand er mit ihnen zusammen in einem Maisfeld. Und plötzlich kehrten die Erinnerungen an seinen Traum zurück. Sie hatten zusammen in einem Auto gesessen, das einen steilen Abhang hinabgerutscht war. Auf einem Maisfeld war es zum Stehen gekommen. Sie waren ausgestiegen, als plötzlich ein Mann aus dem Gebüsch hervorsprang! An dieser Stelle hatte der Traum abrupt geendet. Justus versuchte einzuschlafen, um an den Traum anzuknüpfen. Langsam und wie durch eine Nebelwand kehrte er zum Geschehen zurück.

Da vernahm er plötzlich ein Summen an seinem rechten Ohr. Eine Stechmücke! – schoss es ihm durch den Kopf. Er fuhr in die Höhe und zog ruckartig an der Kette der Nachttischlampe. Wo war das Insekt? Er schaute sich suchend um. Wenn er etwas nicht ausstehen konnte, war es, von einem Insekt gestochen zu werden. Aber nichts war zu sehen. Justus fragte sich, ob eine Stechmücke über Intelligenz verfügen mochte und sich bewusst den Blicken ihres Opfers entzog? Nochmals musterte er seine Bettdecke und die Tapete neben seinem Bett. Dann entschied er schnell wieder die Lampe auszuknipsen. Das Licht würde sonst noch mehr Insekten anlocken.

Er legte sich auf den Bauch und versuchte einzuschlafen. Nach einigen Sekunden zuckte er abermals zusammen. Da war es wieder! Jetzt näherte sich das Summen seinem Ohr von der anderen Seite. Justus schlug mit der Hand um sich. Er lauschte. Nun war nichts mehr zu hören. Gereizt griff er nach der Bettdecke und zog sie sich bis über die Ohren hoch. Es wurde unangenehm warm, doch das nahm er allemal lieber in Kauf als von der Stechmücke gestochen zu werden. Nach einiger Zeit war er endlich eingeschlafen …

Die Nachrichten aus dem Radiowecker rissen Justus um sieben Uhr aus seinen Träumen. Er schwitzte noch immer. Da klopfte es von außen an die Tür.

»Herein, wenn es kein Pauker ist!« Justus rieb sich die verschlafenen Augen. Im Türspalt erschien das Gesicht seines Onkels.

»Guten Morgen, Junge! Wie ich sehe, hast auch du eine heiße Nacht hinter dir! Deine Tante und ich sind im Schlafzimmer unter dem Dach vor Hitze beinahe umgekommen. Und auch jetzt ist es kaum kühler geworden, eher schwüler. Die hohe Luftfeuchtigkeit macht meinem Kreislauf gehörig zu schaffen. Deshalb auch mein Tipp an dich: Stell dich unter die kalte Dusche! Das belebt, erfrischt und härtet deinen Körper ab!«

Mit einem Pfeifen auf den Lippen schlüpfte Justus aus dem Bett. Vor dem kleinen Wandspiegel verstummte seine Melodie. »Dieses verdammte Miststück!«

»Von wem sprichst du?« Neugierig trat sein Onkel näher.

»Sieh dir das an, Titus!« Er deutete auf sein linkes Ohrläppchen. Es war rot angeschwollen. »Diese verflixte Stechmücke hat mich doch noch zu fassen gekriegt, obwohl ich wegen ihr die ganze Nacht unter der warmen Bettdecke verbracht habe!« Onkel Titus konnte sich ein Schmunzeln nicht verkneifen. »Nun krieg dich mal wieder ein! Von einem Mückenstich stirbt man nicht gleich.«

»Ist mir schon klar, aber mein Körper ist keine Selbstbedienungs-Zapfsäule für bluthungrige Insekten.« Justus rieb das juckende Ohrläppchen.

»Apropos hungrig: Tante Mathilda hat den Frühstückstisch schon gedeckt. Zu den Cornflakes mit Milch gibt es heute frisch gepflückte Erdbeeren. Ich habe schon eine probiert. Sie sind saftig und süß.« Mit der Zunge fuhr er sich über den Schnurrbart. »Köstlich! Wenn wir dir noch welche übrig lassen sollen, musst du dich beeilen!« Er wandte sich zum Gehen, drehte sich aber noch mal um. »Ach übrigens, vergiss bitte nicht, dass wir heute um vierzehn Uhr einen Termin bei einer Kundin haben. Wenn das, was Sie meinem Gebrauchtwarenhandel anbieten will, interessant für mich ist, können wir es gleich mit meinem Lastwagen mitnehmen. Dafür bräuchte ich dich gegebenenfalls als Helfer.«

»Geht klar, Onkel. Du kannst dich wie immer auf mich verlassen!«

Um dreizehn Uhr dreißig stieg Justus zu Onkel Titus in den Lastwagen. Als sie Rocky Beach verließen und Beverly Hills entgegensteuerten, zeichneten sich auf Justus' T-Shirt, das er sich vor Fahrtantritt extra frisch angezogen hatte, bereits mehrere Schweißflecken ab. Er stöhnte laut auf.

»Dieses Wetter kann man wohl ohne Übertreibung als Jahrtausendsommer bezeichnen.«

Onkel Titus betätigte den Blinker. »Auch ich muss zugeben solch einen Sommer noch nie erlebt zu haben. Und dabei bin ich etliche Jahre älter als du. Die Prognosen des Wetterdienstes verheißen nichts Gutes. Vorerst ist keine bedeutende Temperaturschwankung in Sicht. Es bleibt weiter unangenehm stickig.«

Justus atmete auf. Nun fuhren sie durch eine Schatten spendende Palmenallee, den Milton Drive. »Weißt du eigentlich etwas Genaueres über die mögliche Kundin, der wir jetzt einen Besuch abstatten?«, wechselte er das Thema.

»Nicht das Geringste.« Onkel Titus zuckte die Schultern. »Wir haben nur ein sehr kurzes Telefonat geführt. Dabei hielt sie sich ziemlich bedeckt. Die Einzelheiten wollte sie mir erst vor Ort mitteilen.«

»Das klingt aber spannend!«

»Ich bin skeptisch. Vermutlich handelt es sich bei der Ware nur um einen Haufen mottenzerfressener Kleider. In Beverly Hills wohnen hauptsächlich steinreiche Leute. Und die sind in der Regel recht geizig. Wenn sie sich freiwillig von etwas trennen, hat das allermeistens einen Haken.«

Schwindel

›Janet Hazelwood‹ stand auf dem angelaufenen Messingschild. Justus drückte auf den Klingelknopf und blickte seinen Onkel fragend an. Dieser erwiderte den Blick, während er nervös an seinem Schnurrbart zupfte. Unruhig verharrten die beiden vor der Haustür, doch im Haus rührte sich nichts. »Ob sie den Termin vergessen hat?« Justus drückte erneut auf den Klingelknopf.

»Das kann ich mir nicht vorstellen. Mrs Hazelwood hat sehr großen Wert darauf gelegt, dass wir pünktlich um vierzehn Uhr bei ihr eintreffen.« Onkel Titus zog seinen Strohhut tiefer in die Stirn und warf einen prüfenden Blick auf die Armbanduhr. »Am Telefon machte sie einen sehr zuverlässigen Eindruck auf mich. Vielleicht ist ihr etwas Wichtiges dazwischengekommen.«

»Dann hätte sie uns zumindest eine Nachricht hinterlassen können.« Justus trat einige Schritte zurück und besah sich das Grundstück genauer. Das zweigeschossige Landhaus mitten in Beverly Hills lag versteckt hinter hohen Hibiskusbüschen und war von Efeu überwuchert. Es machte einen verlassenen, beinahe unbewohnten Eindruck. An der Eingangstür blätterte die dunkelgrüne Farbe ab und an einigen Stellen rieselte der Putz aus dem Mauerwerk. Die Fenster waren blind vor Schmutz, so dass man kaum noch hindurchsehen konnte. Wenn man ganz genau hinblickte, waren jedoch hinter den Scheiben Topfpflanzen zu erkennen, deren farbige Blüten deutlich machten, dass im Haus jemand leben musste, der sich um die Gewächse kümmerte.

»Schau mal, dort drüben!« Onkel Titus wies mit der Hand in den verwilderten Garten. »Vielleicht ist Mrs Hazelwood in der alten Laube. Die Tür steht offen.«

Justus wollte gerade über das angrenzende Blumenbeet springen, um einen Blick in das windschiefe Gartenhaus zu werfen, als es im Türschloss rumorte. Kurz darauf öffnete sich die Eingangstür und eine Frau trat auf die Schwelle. »Mr Jonas?«

»Der bin ich.« Onkel Titus ging einen Schritt auf die Dame zu und streckte ihr zur Begrüßung die Hand entgegen. »Und das ist mein Neffe Justus. Ich habe ihn als Helfer mitgebracht.«

Justus stutzte. Die Dame zeigte keine Reaktion und rückte stattdessen ihre dunkle Sonnenbrille zurecht, so dass Onkel Titus verunsichert seine Hand zurückzog.

»Ich bin Mrs Hazelwood. Entschuldigen Sie, dass ich Sie warten ließ, aber ich war gerade im ersten Stock in der Bibliothek. Leider bin ich nicht mehr so gut zu Fuß. Treten Sie doch ein.« Sie lächelte und drehte den Kopf zur Seite. »Merkwürdig. Wo ist Laura nur?«

Justus folgte Mrs Hazelwood und Onkel Titus in die große Vorhalle und schloss die Haustür hinter sich. Am Ende der Halle führte eine breite Steintreppe, eingesäumt von zwei Marmorsäulen, ins Obergeschoss.

»Wer ist Laura?«, versuchte Justus in Erfahrung zu bringen.

Die Dame blieb am Treppenabsatz stehen. »Meine Haushaltshilfe.« Sie formte die Hände zu einem Trichter. »Laura!« Es erfolgte keine Reaktion. Mrs Hazelwood trat hinter die Treppe, wo eine metallene Kellertür verborgen war. Sie zog an dem Knauf. Mit einem Quietschen öffnete sich die Tür und Mrs Hazelwood rief in die Dunkelheit hinab. »Laura!«

»Vielleicht ist sie draußen im Schuppen«, schlussfolgerte Justus. »Vorhin jedenfalls stand die Tür des Gartenhäuschens offen.«

»Dann wird sie sicher den Gartenschlauch holen und die Pflanzen sprengen. Es hat seit Wochen nicht geregnet. Diese tropische Hitze bringt mich noch um.« Mit einem schweren Seufzer trat Mrs Hazelwood an eine der Marmorsäulen und fasste sich an den Hals. »Ich lag viele Wochen im Krankenhaus. Seitdem ist in diesem Haus eine Menge liegen geblieben. Nun hilft mir Laura. Sie ist erst den zweiten Tag bei mir.«

»Mrs Hazelwood.« Onkel Titus blickte sich fragend in der kargen Vorhalle um. Außer einer riesenhaften Steinvase, aus der mehrere Sonnenblumen stolz ihre Köpfe emporreckten, befanden sich keine weiteren Einrichtungsgegenstände im Raum. »Sie hielten sich am Telefon recht bedeckt und sprachen lediglich von Hausinventar, welches Sie meinem Alt- und Gebrauchtwarenhandel zu einem Spottpreis überlassen wollten. Um was für Inventar handelt es sich konkret?«

»Sie kommen gleich zur Sache, Mr Jonas. Das gefällt mir.« Mrs Hazelwood tastete nach dem Treppengeländer und schritt langsam die Stufen ins Obergeschoss hinauf. »Laura und ich haben die Sachen bereits zusammengepackt. Folgen Sie mir bitte.«

Als Justus und Onkel Titus den ersten Stock erreicht hatten, erwartete sie auch hier Leere. Die Wände des Flures, von dem vier Türen abgingen, waren kahl. Kein einziges Bild zierte die Umgebung. Lediglich ein geflochtener Bastteppich bedeckte den Gang, der bei jedem ihrer Schritte knirschte. Mrs Hazelwood öffnete eine Tür und führte die beiden in ein geräumiges Zimmer, in dem drei Regale standen, die bis unter die Decke reichten. Sie waren leer. »Meine Bibliothek«, entwich es Mrs Hazelwood verbittert. Dabei stieß sie mit ihrer Schuhspitze an einen monströsen Stapel Umzugskisten, der die gesamte rechte Zimmerseite gegenüber der Fensterfront in Anspruch nahm. Justus überflog die Anzahl der Kisten und stellte fest: Es waren genau siebenundzwanzig.

Onkel Titus näherte sich dem Stapel und sah Mrs Hazelwood interessiert an. »In den Kisten sind Bücher?«

Die Dame nickte. »Bildbände, Lexika, Romane, Kinderbücher und Sachbücher.« Sie öffnete den Deckel einer Umzugskiste und winkte ihre beiden Besucher zu sich heran. »Sehen Sie sich ruhig alles an.«

Justus' Augen begannen zu leuchten. Auf einem Buchrücken las er ›Fremdwörterlexikon‹, auf einem anderen ›Die größten Verbrechen der Weltgeschichte‹ und gleich daneben entdeckte er ›Alfred Hitchcocks Filmarchiv‹. Ehrfurchtsvoll zog er den in Leder gebundenen Bildband heraus, auf dessen Umschlag ein Foto des berühmten Filmregisseurs abgebildet war. Justus kannte dieses Buch. Er hatte es schon mehrmals im Bücherantiquariat in den Händen gehalten. Doch der Verkäufer wollte nicht mit sich handeln lassen; er war nicht bereit, den seltenen Prachtband unter dreihundert Dollar herzugeben.

»Alle Kisten sind nach Themen- und Sachgebieten sortiert«, erklärte Mrs Hazelwood. Sie öffnete eine weitere Kiste, fuhr mit den Fingern über die Buchrücken und zog ein Exemplar hervor, welches sie Onkel Titus entgegenhielt. »Van Gogh – Die frühen Werke des Meisters. Es ist eine Erstausgabe von 1946.«

Onkel Titus nahm das Buch des begnadeten Malers vorsichtig entgegen. Er wusste, dass er einen kostbaren Schatz in den Händen hielt.

»Von ›Die Geschichte des Dritten Reiches‹ über die ›Vertreibung der Indianer‹ bis zur ›Eroberung des Weltraums‹ ist alles vorhanden«, fuhr Mrs Hazelwood fort. »Von Mark Twain bis Albert Einstein. Von Mozart bis zu den Beatles. Diese Bibliothek umfasst exakt eintausendundvierzig Bücher. Ohne Eselsohren und Fettflecke.«

»Das glaube ich Ihnen aufs Wort.« Justus blätterte noch immer fasziniert in dem Hitchcock-Band. Er konnte seinen Blick kaum von den zahlreichen Fotos lösen. »Der Zustand dieses Buches ist um ein Vielfaches besser als der des Exemplars in Mr Dummers Antiquariat.«

Mrs Hazelwood stieß einen verächtlichen Laut aus. »Diesem elenden Halsabschneider werde ich kein einziges Buch mehr zukommen lassen. Als er hier vor Jahren seinen Laden eröffnete, war ich so töricht ihm eine Enzyklopädie der amerikanischen Geschichte zu verkaufen. Eine Erstausgabe aus dem Jahre 1904. Ich hatte nämlich das Glück, zwei von ihr zu besitzen. Du weißt, was eine Enzyklopädie ist, junger Mann?«

Justus richtete sich zu voller Größe auf und blickte Mrs Hazelwood klar ins Gesicht. Ihre Augen waren hinter den dunklen Gläsern der Sonnenbrille nicht zu erkennen. Stattdessen spiegelte sich darin sein strahlendes Konterfei. »Im allgemeinen Sprachgebrauch versteht man darunter die Gesamtheit des Wissens. Ein Nachschlagewerk über alle Wissensgebiete in alphabetischer oder systematischer Form.«

Ein anerkennendes Lächeln umspielte die Mundwinkel der Dame, ehe sie in zornigem Tonfall fortfuhr. »Wie dem auch sei. Mr Dummer war von dem seltenen Exemplar hellauf begeistert! Er teilte mir aber zugleich mit, dass er mir dafür höchstens fünfzig Dollar zahlen könne. Das Buch sei zwar kostbar, aber es sei schwierig, einen neuen Käufer zu finden.«

»Haben Sie es ihm trotzdem für fünfzig Dollar überlassen?«, wollte Justus wissen.

Mrs Hazelwood nickte. »Allerdings, das habe ich. Um dann von Freunden zu erfahren, dass sie es in seinem Schaufenster wiederentdeckt haben. Mr Dummer hatte es zu einem Preis von vierhundertzwanzig Dollar zum Verkauf angeboten!«

»Eine Frechheit«, kommentierte Onkel Titus und legte den Van-Gogh-Bildband in die Kiste zurück.

»Natürlich wusste ich, dass das Buch wertvoll war«, erregte sich die Dame noch immer. »Aber ich dachte, Mr Dummer wäre eine ehrliche Haut und würde das Exemplar an einen geschichtsinteressierten Kunden günstig weiterverkaufen.«

»Es geht mich zwar nichts an«, formulierte Justus vorsichtig, »aber wenn ich all diese kostbaren Bücher hier sehe, gibt es für mich keinen nachvollziehbaren Grund, diese zum Teil seltenen Ausgaben an einen Gebrauchtwarenhandel zu veräußern. Diese fantastische Bibliothek! Wie können Sie sich nur davon trennen? Selbst wenn Sie sich in einer finanziellen Notlage befinden sollten, verstehe ich Sie nicht.«

Mrs Hazelwood zuckte zusammen. Dann senkte sie ihre Stimme. »Du bist noch jung. In deinem Alter kann man sich noch nicht vorstellen, dass es auch andere Gründe gibt, sich von seiner innig geliebten und akribisch zusammengestellten Sammlung, die einem im Laufe der Jahre ans Herz gewachsen ist, zu trennen.«

Justus fühlte sich von Mrs Hazelwoods Worten verletzt. Ihm passte es gar nicht, dass ihn die Dame wie ein kleines Kind behandelte. Er ging in die Offensive. »Vielleicht bin ich noch nicht ganz erwachsen. Dennoch sehe ich, mal abgesehen von einem finanziellen Problem, keinen Anlass, diese Kunstschätze komplett zu veräußern. Zumal Ihr Herz daran hängt. Sie sind doch auch noch zu jung, um in ein Altenheim zu übersiedeln.«

Mrs Hazelwoods Finger begannen zu zittern. »Willst du den wahren Grund wirklich wissen?«

Justus nickte. Stumm nahm die Dame die Sonnenbrille vom Gesicht und öffnete ihre Augen. Als Justus hineinsah, spürte er, wie der Boden unter ihm wegzusacken drohte. Ihm wurde schwindelig. Mrs Hazelwoods Augen waren als solche nicht mehr zu erkennen. Sie hatten keine Pupillen und keine Iris. Nur zwei weiße Kugeln, die ins Nichts zu starren schienen. Mrs Hazelwood war blind.

Entsetzen

Justus konnte den Anblick nicht lange ertragen. Er ging ihm durch Mark und Bein. Für einige Sekunden schloss er die Augen. Als er sie wieder öffnete, hatte sich Mrs Hazelwood die Sonnenbrille bereits wieder aufgesetzt. Er atmete tief durch und blickte zu Onkel Titus hinüber. Seinem Onkel schien die schonungslose Demonstration ebenfalls die Sprache verschlagen zu haben.

»Verzeihung«, flüsterte die Dame in die eingetretene Stille. »Aber ich bin verbittert und fühle mich so machtlos. Die Ärzte konnten mein Augenlicht nicht mehr retten. Ich werde für den Rest meines Lebens blind sein.« Sie schluckte. »Ich kann mich so schwer damit abfinden.«

Augenblicklich wurde Justus klar, weshalb Mrs Hazelwood die Bücher loswerden wollte. Und als hätte sie seine Gedanken erraten, setzte sie sogleich zur Erklärung an.

»Die Welt der Buchstaben hat sich vor mir verschlossen. Den Schlüssel werde ich nicht zurückerhalten. Nie wieder. Ich kann die Bücher nicht mehr ertragen! Ihr Vorhandensein in diesem Haus macht mich krank.«

Justus musste insgeheim an den kostbaren Hitchcock-Bildband denken. Hier in einer der Umzugskisten wartete das Buch darauf, den Besitzer zu wechseln. In Gedanken malte er sich bereits einen Ehrenplatz in seiner eigenen Bibliothek aus. Dennoch war ihm bewusst, wie schwer es Mrs Hazelwood fiel, sich von den Büchern zu trennen. Er war nicht sicher, ob er unter den gegebenen Voraussetzungen überhaupt Freude über den Erhalt des kostbaren Bildbandes empfinden konnte.

»Das meiste Wissen habe ich mir angelesen.« Die Dame stand in der Mitte des Raumes und deutete auf die Kisten. »Das Alphabet besteht aus nur sechsundzwanzig Buchstaben. Dazu kommen diverse Satzzeichen: Komma, Doppelpunkt, Ausrufungszeichen, Fragezeichen, Punkt und dergleichen mehr. Diese Schriftsymbole genügen, um alles mit ihnen Beschriebene plastisch vor dem geistigen Auge entstehen zu lassen. Jedes geschriebene Wort setzt sich aus verschiedenen Buchstaben des Alphabets zusammen – in unendlichen Variationen. Im Geiste fügt sich beim Lesen ein Bild zusammen. Ein Gemälde. Das kostbarste Gedankengut. Und jetzt bin ich blind. Seit einem halben Jahr. Eine Erbkrankheit. Ich blieb nicht vor ihr verschont. Ich werde nie wieder lesen können!«

Onkel Titus räusperte sich verunsichert. »Aber es gibt doch die Blindenschrift, Madam. Die Finger können das Alphabet ebenso ertasten wie die Augen.«

»Sie wissen, dass diese Art von Schrift ein erbärmlicher Ersatz ist. Die Kommunikation zwischen Blinden und Sehenden funktioniert schlecht.« Mrs Hazelwood rückte ihre dunkle Brille zurecht. »Bis die Medizin so weit ist, uns das Augenlicht zurückzugeben, liege ich längst unter der Erde.«

Erst jetzt besah sich Justus die Dame näher. Er wusste,

dass sich das Alter am ehesten an den Händen ablesen ließ. Er schätzte sie auf Mitte sechzig. »So früh stirbt es sich nicht«, gab er aufmunternd von sich.

Mrs Hazelwood versuchte zu lächeln. Dennoch war ihr Gesicht von Traurigkeit überschattet. »Danke für die Schmeichelei. Ich muss der Tatsache jedoch ins Auge sehen: Mein Schicksal ist unabänderlich. Die Bücher schnüren mir die Luft ab. Nehmen Sie sie mit!«

Onkel Titus zupfte an seinem Schnurrbart. »Gestatten Sie, Madam. Ich betreibe zwar einen Gebrauchtwarenhandel; dabei dreht es sich aber hauptsächlich um Schrott und Trödel. Als solchen kann man diese Bibliothek auf keinen Fall bezeichnen. Ich wage zu bezweifeln, dass ich der richtige Abnehmer für diese Kunstschätze bin. Zumal ich Ihnen nur einen Bruchteil dessen zahlen könnte, was diese Bücher tatsächlich wert sind.«

»Dann nehmen Sie sie in Kommission. Sie brauchen mir das Geld erst zu geben, wenn Sie die Bücher verkauft haben«, erwiderte die Dame. Dabei verschränkte sie die Arme hinter dem Rücken.

»Warum haben Sie sich nicht an ein Buchantiquariat gewandt?«, versuchte Justus in Erfahrung zu bringen. »Es gibt doch schließlich noch einige andere Läden als den von Mr Dummer hier in der Gegend.«

»Die Antiquitätenhändler sind doch alle Verbrecher! Nicht im herkömmlichen Sinne, da sie nicht ungesetzlich handeln; aber vom moralischen Standpunkt aus betrachtet. Einem Anbieter für ein Buch einen Cent in die Hand zu drücken, um es dann für zehn Dollar weiterzuverkaufen, halte ich für mehr als verwerflich. Schließlich reicht der Buchhändler das Buch nur weiter. Dabei den fast hundertfachen Gewinn einzustreichen, ist in meinen Augen Betrug. Ich plädiere für die Hälfte: Fünfzig Prozent für den Besitzer und fünfzig Prozent für den Händler. Mir geht es ums Prinzip, nicht um das Geld. Selbstverständlich habe ich auch daran gedacht, die Bibliothek sozialen Einrichtungen wie Krankenhäusern und Altenheimen zu vermachen. Aber niemand war an den Büchern interessiert. Meine Briefe blieben alle unbeantwortet.« Sie fuhr sich mit der Hand durchs Haar. »Eine Nachbarin hat mir Ihren Gebrauchtwarenhandel wärmstens empfohlen, Mr Jonas. Sie genießen den Ruf, ein aufrichtiger und fairer Geschäftsmann zu sein. Das schätze ich.«

Justus sah deutlich, wie sein Onkel mit sich haderte. An seinem Gesichtsausdruck erkannte er, dass er das Angebot der Dame ablehnen würde. Der Aufwand, die Bücher an Interessenten weiterzuverkaufen, würde sich für ihn nicht lohnen. Schließlich, so wusste Justus, warteten auf dem Schrottplatz zwölf Paletten Kupferrohre, die Onkel Titus gestern Nachmittag aufgekauft hatte. Diese mussten noch gereinigt, sortiert und in der Freiluftwerkstatt verstaut werden.

Justus knetete seine Unterlippe. Das machte er immer, wenn er scharf nachdachte. Er musste seinem Onkel irgendwie zuvorkommen. Sein Blick glitt über die Umzugskisten. Auf einer von ihnen lag eine Ansammlung von Zetteln. Der oberste verriet, dass es sich um eine alphabetische Auflistung aller Bücher handelte, die Mrs Hazelwood so dringend loswerden wollte. Justus überflog das obenauf liegende Blatt, auf dem an erster Stelle ein Buch mit dem Titel ›Genealogie‹ verzeichnet war. Diesem Fachbuch über Ahnenforschung folgten laut Liste noch einige weitere Titel mit dem Anfangsbuchstaben G, bis in der letzten Zeile mit dem Band ›Heraldik – Geschichte der Wappen‹ der Buchstabe H folgte. Zu jedem Buch waren akribisch der jeweilige Autor oder Herausgeber, das Erscheinungsjahr und die Auflage aufgeführt.

Onkel Titus schluckte. Dann trat er einen Schritt auf Mrs Hazelwood zu. »Ich fürchte, ich kann auf Ihr Angebot nicht eingehen, Madam.«

»Was soll das heißen?« Sie zuckte nervös mit den Augenlidern.

»Nun ja ... ich muss gestehen, dass ich in puncto Literatur nicht allzu bewandert bin. Ich verfüge zwar über ein gutes Allgemeinwissen, was ich mir zumindest einrede, aber ehrlich gesagt übersteigt der Weiterverkauf dieser kostbaren Bücher meine Kompetenz. Sie sollten sich lieber jemanden suchen, der über ein fundierteres Fachwissen verfügt, als ich es Ihnen je bieten könnte.«

Mrs Hazelwood verharrte regungslos im Raum. Ihr Mund stand offen. Sie wollte etwas sagen, doch scheinbar fehlten ihr die Worte.

»Ich glaube, ich hätte da eine Idee.« Justus' Miene erhellte sich. Er zupfte seinen Onkel am Ärmel und griff nach der Bücherliste. »Man könnte doch die einzelnen Bücher gegen Höchstgebot versteigern. Mit

Bobs und Peters Hilfe dürfte es anhand dieser Auflistung kein Problem sein, sie an den Meistbietenden zu verkaufen. Sie legen ein Mindestgebot fest, und wer das meiste bietet, erhält den Zuschlag.«

»Und wie soll das Ganze vonstatten gehen? Denkst du an einen Flohmarkt?« Justus' Vorschlag schien Mrs Hazelwoods Lebensgeister wieder zu erwecken. »Und wer sind überhaupt Bob und Peter?«

»Meine Freunde und zugleich Kollegen«, klärte Justus die Dame in wichtigem Tonfall auf. »Zusammen bilden wir nämlich ein Detektivteam und nennen uns die drei ???. Bob ist für die Recherchen und das Archiv zuständig. Damit ist er unser Mann, der die Bücherliste auf eine Auktionsseite im Internet bringt.« Instinktiv griff er in seine Tasche, um Mrs Hazelwood die Visitenkarte der drei Detektive zu überreichen. Doch augenblicklich wurde ihm klar, dass sie sie ja nicht lesen konnte.

»Auktionsseite?«, hakte die Dame nach. »Das Internet ist mir zwar ein Begriff. Aber von einer Auktionsseite habe ich noch nie etwas gehört. Könntest du das näher erklären?«

»Jeder, der einen Internetzugang hat, kann auf einer Auktionsseite, von denen es eine Vielzahl gibt, private Dinge anbieten. Beispielsweise Schallplatten, Möbel, Spielzeug, Zeitschriften, Haushaltsgeräte, Bücher und vieles mehr. Einfach alles, was sich verkaufen lässt. Wir setzen die Bücher in die Auktionsseite, nennen, wie schon gesagt, ein Mindestgebot und verkaufen sie nach einem von uns festgesetzten Zeitraum von beispielsweise vierzehn Tagen an denjenigen, der bis dahin das höchste Gebot abgegeben hat. Mit Ihrer vorgeschlagenen Fünfzig-fünfzig-Regelung wird Ihnen und auch Onkel Titus ein gehöriges Sümmchen zufließen. Peter hatte im vergangenen Monat auf der Auktionsseite eine seltene Beatles-Schallplatte angeboten. Als Mindestpreis hatte er zehn Dollar genannt. Die Scheibe ging schließlich für fünfundvierzig Dollar an einen Interessenten.«

Spontan streckte die Dame Justus die Hand entgegen. »Dann sind wir uns handelseinig. Sie haben doch nichts dagegen, Mr Jonas, oder?«

Onkel Titus blickte zuerst seinen Neffen und dann Mrs Hazelwood entgeistert an. Er fühlte sich überrumpelt, wusste aber in diesem Augenblick überhaupt nicht, wie er reagieren sollte. Da zerriss ein schriller Schrei die Unterhaltung. Justus ortete blitzschnell die Richtung, aus der der Schrei kam, und sprang mit einem Satz zum Fenster, von dem aus man den gesamten Garten überblicken konnte. Eine Frau stürzte wie vom Teufel gejagt aus dem Schuppen und rannte schreiend und wild um sich schlagend auf das Haus zu.

»Laura!« Entsetzen zeichnete sich in Mrs Hazelwoods Gesicht ab. »Das ist Laura!«

In diesem Moment hörte man im Erdgeschoss die Haustür knallen. Gellende Schreie drangen in die Bibliothek hinauf. Mrs Hazelwood reagierte noch vor Justus und eilte, für eine Blinde ziemlich flink, die Treppe hinab in die große Vorhalle. Justus und Onkel Titus folgten.

»Laura!« Mrs Hazelwood stürzte ins Badezimmer, aus

dem die markerschütternden Schreie ertönten. Justus sah, wie sich eine farbige Frau über das Waschbecken beugte und sich immer wieder hysterisch das Gesicht mit Wasser benetzte.

»Laura! Was ist los?« Mrs Hazelwoods Stimme überschlug sich. »Was ist passiert?«

Doch die Hausangestellte war nicht in der Lage zu sprechen. In heftigen Zügen schnappte sie nach Luft. Ihr Körper war schweißgebadet.

Kurz entschlossen ging Onkel Titus in die Offensive. Er schob sich an Justus und Mrs Hazelwood vorbei, trat ans Waschbecken und fasste der wimmernden Frau an die Schulter.

»Sagen Sie uns, was geschehen ist! Sollen wir einen Arzt rufen?«

Bei diesen Worten hob die Hausangestellte ihren Kopf aus dem Waschbecken und schaute entsetzt in den Spiegel. Bei ihrem Anblick spürte Justus an diesem Tag zum zweiten Mal, wie seine Knie wegzusacken drohten. Drei rot angelaufene Beulen, die zusehends anschwollen, entstellten das Gesicht der Frau zu einer Furcht erregenden Fratze. Es sah so aus, als wäre sie von einer bestialischen Insektenart gestochen worden!

Panik

Während sich Laura immer wieder das Gesicht mit kaltem Wasser kühlte, zitterte Mrs Hazelwood am ganzen Körper. Justus rief sich ins Bewusstsein, dass die Dame auf Informationen angewiesen war. Schließlich konnte sie nicht sehen, was Laura zugestoßen war.

»Irgendetwas hat Laura ins Gesicht gestochen, vielleicht auch gebissen. Wir müssen den Arzt verständigen!« Ohne eine Reaktion abzuwarten lief Justus aufgeregt in die Vorhalle zurück und griff zielstrebig nach dem Telefonhörer. Nachdem er den Notarzt erreicht hatte, kehrte er ins Badezimmer zurück.

Noch immer stand die Hausangestellte mit schmerzverzerrtem Gesicht vor dem Spiegel und blickte panisch auf die anschwellenden Beulen. Onkel Titus hatte in der Zwischenzeit ein Handtuch mit Wasser getränkt und reichte es der Verletzten.

»Halten Sie durch!«, versuchte Justus Laura zu beruhigen. »Der Krankenwagen kommt in wenigen Minuten!«

»Hornissen!«, presste Mrs Hazelwoods Hausangestellte mühsam heraus. »Im Geräteschuppen ist ein Hornissennest! Sie sind über mich hergefallen, als ich den Gartenschlauch aus der Ecke zog! Mein Gesicht brennt wie Feuer!«

»Beruhige dich, Laura.« Mrs Hazelwood trat näher

an die Frau heran und fasste nach ihrer Hand. »Alles wird gut werden. Alles wird gut.«

»Hornissenstiche sind giftig!«, stieß Laura hervor. »Sieben Stiche können ein Pferd töten!« Die Hausangestellte blickte noch immer in den Spiegel. »Ich werde sterben!«

»Unsinn!«, schaltete sich Onkel Titus dazwischen. »Behalten Sie vor allem die Nerven. Sie haben nichts zu befürchten. Der Arzt wird Ihnen gleich helfen.«

»Soll ich dir einen Schnaps bringen, Laura?«

»Auf keinen Fall, Madam! Wer weiß, was für eine Wirkung die Kombination von Hornissengift und Alkohol in meinem Körper hervorruft!«

»Wie viele Stiche sind es?«, erkundigte sich die Dame besorgt.

»Drei«, wimmerte Laura unter Tränen. »Unterm Auge, auf der Wange und über der Lippe. Es tut so wahnsinnig weh!«

»Ein Hornissennest in meinem Geräteschuppen? Wir müssen den Kammerjäger verständigen. Das Nest muss ausgeräuchert werden.« Noch immer hielt sie Lauras Hand. »Wann kommt denn endlich der Krankenwagen?«

Plötzlich vernahm Mrs Hazelwood ein eigenartiges Summen an ihrem linken Ohr. Hastig fuhr sie herum. Dabei stieß sie unkontrolliert mit dem Ellenbogen gegen den Schminktisch. Klirrend fielen einige Cremetöpfchen auf den Kachelboden. »Eine Hornisse!«

Von Panik ergriffen schoss Laura in die Höhe. »Die Haustür ist noch offen! Die Bestien kommen ins Haus!

Sie sind mir gefolgt! Tötet sie! Ihr müsst sie töten!« Sie schwang das nasse Handtuch, um das im Badezimmer umherfliegende Insekt zu erwischen.

»Sie dürfen das Tier nicht reizen, Laura! Sonst sticht es!« Justus blickte sich suchend um. In Windeseile griff er nach einem gläsernen Zahnputzbecher und folgte der Flugrichtung der Hornisse.

Onkel Titus hatte inzwischen das Badezimmer verlassen. Deutlich war zu hören, dass er die Haustür schloss. Argwöhnisch verfolgten Mrs Hazelwood und ihre Hausangestellte Justus' Handeln, während sie sich in die hinterste Ecke neben der Badewanne drängten. Justus wartete, bis das Insekt auf das geschlossene Fenster zuflog und dann auf der Scheibe verharrte. Vorsichtig näherte er sich der Hornisse und stülpte geschickt den Zahnputzbecher mit einem ›Klack‹ über sie.

»Ich brauche etwas zum Unterschieben!«, rief er den beiden Frauen zu. »Eine Postkarte oder ein Stück Papier!«

»In der Vorhalle«, entwich es Mrs Hazelwood knapp. »Auf der Treppe liegt die Post.« Dabei machte sie keine Anstalten, ihren Standort zu verlassen.

»Onkel Titus! Bring mir ein Kuvert oder eine Zeitschrift!«

Schneller als erwartet erschien Justus' Onkel im Türrahmen und reichte seinem Neffen eine Ansichtskarte. Geschickt schob Justus sie unter den Rand des Bechers und beförderte die Falle umgedreht auf die Ablage unter dem Badezimmerspiegel. Erst jetzt wagten sich die beiden Frauen aus der Ecke hervor.

»Gut gemacht, Junge!«, lobte Onkel Titus. Interessiert betrachtete er dabei das Insekt unter dem Glas. Es sah aus wie eine überproportionierte Wespe. Der Körper war etwa dreißig Millimeter lang und am Hinterteil sah man den Ansatz eines Stachels. Das Sonnenlicht, das sich in allen Farben in den Facettenaugen spiegelte, verlieh der Hornisse etwas Bedrohliches. Angewidert warf die Hausangestellte einen kurzen Blick auf das gläserne Gefängnis. Dabei ertasteten ihre Finger vorsichtig die Schwellung unter dem linken Auge. Mittlerweile war es ganz zugeschwollen. »Diese Mörderviecher müssen vernichtet werden. Im Schuppen lauern noch Hunderte von ihnen!«

»Hier im Haus droht Ihnen nun keine Gefahr mehr«, versuchte Onkel Titus die zwei Frauen zu beruhigen. »Ich habe gründlich nachgesehen. Außer diesem Exemplar unter dem Glas hier hat sich keine weitere Hornisse in die Räume verirrt.«

»Diese fliegenden Bestien haben sich nicht verirrt, Mister, sondern Jagd auf mich gemacht! Innerhalb von Sekunden haben sie sich im Geräteschuppen auf mich gestürzt. Solange das Nest nicht vernichtet ist, werde ich keinen Fuß mehr auf dieses Grundstück setzen! Wann kommt denn endlich der Krankenwagen?«

»Ich höre die Sirene!« Mrs Hazelwood legte den Finger an die Lippen. Justus, sein Onkel und Laura verharrten mit gespitzten Ohren. Tatsächlich. Aus der Ferne ertönte ein sich allmählich näherndes Heulen. Mrs Hazelwood schien über einen außergewöhnlichen Gehörsinn zu verfügen.

Die folgenden Minuten brachten keine neuen Erkenntnisse. Der Notarzt entschied nach einem kurzen Check, die Hausangestellte umgehend ins Krankenhaus einzuweisen, da ihr zugeschwollenes Augenlid inzwischen eine ungesunde Färbung angenommen hatte. Außerdem war er sich nicht ganz sicher, welche Auswirkungen drei Hornissenstiche möglicherweise auf den menschlichen Körper hatten.

»Ich hätte sie begleiten sollen«, sagte Mrs Hazelwood, als der Krankenwagen mit Laura davongefahren war.

»Sie werden ihr mehr helfen, Madam, wenn Sie jetzt einen fachkundigen Imker verständigen, der das Nest entfernt und den Hornissenstaat sich in freier Natur wieder ansiedeln lässt.« Justus blickte in den Garten und begutachtete den Geräteschuppen. Die Tür stand noch immer offen. »Da diese Insekten unter Naturschutz stehen, halte ich es für unverantwortlich, den Staat, der sich in Ihrem Schuppen eingenistet hat, durch einen Kammerjäger vernichten zu lassen. Allerdings ist mit Hornissen nicht zu spaßen. Gut, dass ich eine von ihnen gefangen habe. Vielleicht kann der Fachmann uns etwas Aufschlussreiches über diese Spezies mitteilen.«

»So lange können wir aber nicht mehr warten, Justus.« Onkel Titus setzte seinen Strohhut wieder auf. »Vergiss nicht: Um sechzehn Uhr müssen wir in Beverly Hills sein, um ein paar alte Büromöbel abzuholen.«

»Und was ist mit meinen Büchern?«, erkundigte sich die Dame. »Ich kann doch davon ausgehen, dass wir uns einig geworden sind?«

»Ich werde die Kisten morgen Nachmittag mit Bob und Peter abholen, Madam, falls Sie nichts dagegen haben.«

»Werde ich vielleicht auch noch einmal gefragt, Justus?« Onkel Titus bemühte sich um einen strengen Ton. Dennoch konnte er ein Lächeln nicht unterdrücken.

»Sie werden Justus sein Vorhaben doch nicht ausschlagen, Mr Jonas«, flehte Mrs Hazelwood. »Ich zähle auf Sie.«

Onkel Titus drückte der Dame die Hand. »Also gut. Ich bin einverstanden. Mein Neffe und seine Freunde werden die Sache in die Hand nehmen.«

Erleichtert atmete Mrs Hazelwood auf.

Alpträume

Die Zentrale der drei Detektive befand sich auf dem Schrottplatz des Gebrauchtwarenhandels T. Jonas in einem ausrangierten Campingwagen. Hier trafen sich am nächsten Nachmittag Justus, Peter und Bob. Es war drückend schwül. Über der ganzen Stadt lag eine Hitzeglocke. Der kleine Tischventilator lief auf Hochtouren, konnte jedoch nicht für die erwünschte Erfrischung sorgen. Peter wischte sich den Schweiß von der Stirn, während Bob die Zettel studierte, auf denen Mrs Hazelwood, vermutlich mit Lauras Hilfe, die Buchtitel aufgelistet hatte. Justus hatte seinen beiden Freunden die gestrigen Erlebnisse haargenau geschildert und spielte nun nervös mit der Visitenkarte in seinen Händen. Auf ihr stand geschrieben:

»Ich stelle es mir schrecklich vor, blind zu sein. Nichts als Dunkelheit um einen herum.« Der Zweite Detektiv zog die Stirn in Falten. »Wie kann man sich da noch im Leben zurechtfinden?«

Justus knickte die Visitenkarte in der Mitte und stellte sie auf den Tisch, so dass die Spitze wie ein Dach in die Höhe ragte. »Ich denke mal, dass die anderen vier Sinne, also der Geruchs-, Tast-, Geschmacks- und Gehörsinn im Gehirn den Sehsinn ausgleichen können, indem sie mehr beansprucht werden.«

Bob horchte auf. »Wie ist das denn zu verstehen, Erster?«

»Meiner Meinung nach ist es ein Trugschluss, dass für die räumliche Wahrnehmung unbedingt der Sehsinn vonnöten ist. Ich habe Mrs Hazelwood genau beobachtet. Sie bewegt sich in ihrem Haus ganz normal. Sie war die Erste von uns, die die Treppe hinabraste und zielstrebig zu Laura ins Badezimmer lief. Zum einen mag das an der vertrauten Umgebung liegen, zum anderen aber fiel mir auf, dass sie in ihrem Haus auf Strümpfen herumläuft.«

»Wieso das denn?«, wollte Peter wissen. Dabei ließ er sich das Gesicht vom Ventilator anpusten.

»Hier übernimmt der Tastsinn eben eine größere Rolle als im Leben eines Sehenden. Mit ihren Füßen kann Mrs Hazelwood genau fühlen, auf welchem Terrain sie sich gerade befindet. Jede einzelne Leiste des Parkettbodens, jeder Teppichansatz und jede Fuge einer Bodenkachel lassen sie erkennen, wo sie sich gerade befindet. Mit den Händen ist es bestimmt noch viel intensiver. Überhaupt ist die ganze Haut mit Nervenzellen gespickt, die dem Gehirn den geringsten Luftzug signalisieren. Man muss sich nur dafür sensibilisieren.«

»Wenn man darüber nachdenkt, ist es eigentlich ganz logisch«, überlegte Bob. »Der Geruchssinn scheint auch eine wichtigere Rolle zu übernehmen als für unsereinen. Ob Blinde auch in der Lage sind, einen Menschen nur am Geruch zu erkennen?«

»Durchaus möglich. Auf jeden Fall nehmen sie ihn verstärkt wahr.«

Peter grinste breit. »Wenn das so ist, Just, werde ich mich vor unserem Besuch bei Mrs Hazelwood noch schnell unter die Dusche stellen und mir alle Gerüche vom Körper waschen. Könnte es dann sein, dass sie mich gar nicht wahrnimmt?«

»Völlig witz- und sinnlos, Zweiter«, kommentierte Justus trocken. »Denn erstens hat jeder Mensch einen Eigengeruch, egal wie häufig er sich wäscht, und zweitens kommen wir nun zu dem Sinn, der bei Blinden am ausgeprägtesten ist und der es beinahe unmöglich macht, ihnen deine Anwesenheit zu verbergen.«

Bob spitzte die Ohren. »Ich vermute mal, du sprichst vom Gehörsinn.«

»Ganz recht. Noch bevor ich etwas wahrgenommen hatte, hörte Mrs Hazelwood die Hornisse im Badezimmer und die Sirene des Krankenwagens.«

»Das will bei deinem Supergehör schon was heißen. Und wie sieht es mit dem Geschmackssinn aus?«

»Nicht viel anders, Peter.« Der Erste Detektiv zog aus seiner Hosentasche eine Rolle Karamelldrops hervor und bot sie seinen Freunden an. Anschließend schob auch er sich ein Bonbon in den Mund. Genüsslich ließen sie die Süßigkeit auf der Zunge zergehen. »Und? Wie schmeckt's euch?«

»Ausgezeichnet. Doch was bezweckst du mit dieser kleinen Demonstration?« Bob hatte den Drops bereits zerkaut.

Justus lehnte sich entspannt in den Sessel zurück. »Wenn ihr jetzt eure Augen schließt und euch auf den Karamell im Mund konzentriert, werdet ihr feststellen, dass der Geschmack intensiver ist, als wenn ihr das Bonbon mit offenen Augen lutscht. Auf jeden Fall gaukelt uns das Sehvermögen von allen fünf Sinnen am meisten vor. Ich wage sogar die Behauptung aufzustellen, dass Mrs Hazelwoods Wahrnehmungsvermögen weitaus ausgeprägter ist als das eines Sehenden.«

»Obwohl ich nicht mit ihr tauschen möchte, bin ich dennoch auf eine Begegnung mit ihr sehr gespannt.«

Der Erste Detektiv warf einen Blick auf seine Armbanduhr. »In neunzig Minuten ist es so weit, Bob. Ich habe vereinbart, dass wir um achtzehn Uhr bei ihr eintreffen, um die Bücherkisten abzuholen.«

»Du hast vorhin von siebenundzwanzig Umzugskisten gesprochen?«, vergewisserte sich Peter. »Selbst wenn wir mit unseren zwei Wagen zu ihr fahren, kriegen wir die nicht mit einer Fuhre mit. Da müssen wir wohl zweimal fahren.«

Das Klingeln des Telefons riss die drei ??? aus ihrer Unterhaltung. Justus griff nach dem Telefonhörer und drückte gleichzeitig die Lautsprechertaste.

»Justus Jonas von den drei Detektiven.«

»Ich bin's. Janet Hazelwood.«

Justus beschlich ein eigenartiges Gefühl. Die Stimme der Dame klang brüchig. »Wie nett, dass Sie anrufen. Wir wollten schon bald zu Ihnen aufbrechen. Bleibt es denn bei unserer Verabredung oder können wir sonst noch etwas für Sie tun?«

»Ich erwarte euch pünktlich um achtzehn Uhr. Wie besprochen.« Ein Gähnen drang durch den Lautsprecher. »Du musst entschuldigen, aber ich habe die letzte Nacht sehr schlecht geschlafen und mein ganzer Körper wurde von Hornissen zerstochen. Allerdings nur im Traum. Ach, was rede ich – es war ein Alptraum! Noch gestern Abend kam ein fachkundiger Imker, der den Hornissenstaat aus meinem Geräteschuppen entfernt hat. Nachdem der Fachmann sich das Nest angesehen hatte, mussten wir uns bis zur Abenddämmerung gedulden. Er hatte mir erklärt, dass er erst bei einbrechender Dunkelheit, wenn alle Hornissen zu ihrem Staat zurückgeflogen sind, mit der Arbeit beginnen könne. Im Grunde genommen ging es ziemlich schnell und reibungslos. Aber das Geräusch der gefährlich summenden Hornissen in dem Spezialbehältnis des Imkers, in dem die Tiere für die Umsiedlung sicher verwahrt wurden, werde ich bestimmt mein Lebtag nicht mehr vergessen.«

»Wie geht es Laura denn inzwischen?«, erkundigte sich Justus. »Ist sie aus dem Krankenhaus wieder entlassen worden?«

»Schon gestern Abend. Die Ärzte haben ihr ein

Schmerzmittel und eine kühlende Salbe verabreicht. Mehr konnten sie nicht für sie tun. Nun geht es ihr den Umständen entsprechend. Dennoch beschleicht mich ein Gefühl von Angst. Deshalb bitte ich euch um eure Hilfe.«

»Worum geht es?«

»Das werde ich euch nachher genauer erklären. Nur so viel: Könntet ihr mir aus der Drogerie Moskitonetze für die Fenster und die Eingangstür mitbringen?«

»Erledigt sich doch von selbst«, gab Justus hilfsbereit zu verstehen. »Haben Sie denn die genauen Maße?«

»Acht Fenster. Je einen Meter breit und einen Meter fünfzig hoch. Die Eingangstür ist ein Meter zwanzig breit und zwei Meter fünfzehn hoch. Du kennst doch die Moskitonetze, die man mit Kreppband am Fensterrahmen befestigt?«

»Klar doch, Madam. Sie können sich voll und ganz auf uns verlassen.«

Auf einmal senkte Mrs Hazelwood die Stimme zu einem Flüstern. »Der Himmel verfinstert sich. Ich kann es spüren. Die Hornissen waren erst die Vorboten. Irgendeine Gefahr schleicht in mein Haus. Ich weiß nicht, ob ich sie abwehren kann. Dennoch werde ich alles Menschenmögliche versuchen. Bitte seid pünktlich.«

Es knackte. Die Leitung war unterbrochen. Mrs Hazelwood hatte den Hörer aufgelegt.

Herzschmerzen

Die Zeiger auf Justus' Armbanduhr standen auf siebzehn Uhr achtundfünfzig, als er zusammen mit Bob und Peter vor Mrs Hazelwoods Haus stand und auf den Klingelknopf drückte. Es herrschte noch immer ein tropisches Klima. Die hohe Luftfeuchtigkeit machte selbst dem Zweiten Detektiv zu schaffen, obwohl er durchtrainiert und das sportlichste Mitglied ihres Teams war.

Die Haustür wurde geöffnet und Justus, Peter und Bob blickten erstaunt auf eine etwa fünfzigjährige Frau, die ihnen schroff entgegentrat. Sie blitzte die drei Detektive mit kalten Augen an.

»Ihr seid ja überpünktlich. Noch vor dem Glockenschlag. Kommt rein. Mrs Hazelwood erwartet euch bereits.«

»Das ist sehr freundlich«, reagierte Justus sarkastisch. Zusammen mit seinen Freunden schob er sich an der Frau vorbei, die von dem Besuch offensichtlich nicht sehr angetan war. Umgehend erfuhren die drei Detektive auch den Grund ihres Verhaltens.

»Wegen euch bin ich umsonst gekommen. Ihr hättet euch keinen günstigeren Termin aussuchen können. Zwei Stunden Fahrzeit für nichts und wieder nichts.«

»Entschuldigen Sie, Madam, aber das müssen Sie uns näher erklären«, hakte Bob freundlich nach. Er wollte keinen Streit entstehen lassen.

»Reine Zeitverschwendung.« Die Frau zog einen Seidenschal vom Garderobenhaken, den sie sich lässig um die Schultern legte. Dann wandte sie sich um und rief ins Obergeschoss hinauf: »Die drei jungen Herren sind da, Janet! Bis nächste Woche dann!« Ohne Justus, Peter und Bob eines weiteren Blickes zu würdigen rauschte sie hinaus. Die Tür diel krachend ins Schloss.

»Reizende Person«, stellte Peter treffend fest. »Ich frage mich, wer die wohl gebissen hat?«

»Macht euch nichts daraus. Jennifer hat einfach einen schlechten Tag.« Im ersten Stock lehnte Mrs Hazelwood am Treppengeländer. Mit flinken Schritten eilte sie den dreien in Strümpfen entgegen.

»Madam, das sind meine Freunde Bob und Peter«, stellte Justus vor. »Ich schlage vor, wir verfrachten gleich die Bücher in die beiden Autos. Wahrscheinlich müssen wir zweimal fahren, da Peters MG nicht allzu geräumig ist. In Bobs Wagen ist noch weniger Platz. Er fährt einen gelben ...«

»VW-Käfer«, fiel Mrs Hazelwood ihm ins Wort. »Ich habe es gleich am Motor erkannt. Mein verstorbener Mann fuhr ebenfalls dieses Modell. Das ist nun bald ein Jahr her. Er kam darin um.«

Bob wurde kreidebleich.

»Entschuldigt bitte, ich wollte euch nicht erschrecken. Aber als ich den Wagen vorhin hörte, wurden die Erinnerungen wieder wach. Das Schicksal hat mich seitdem stark gebeutelt. Der Verlust meines Mannes, dann meine folgenschwere Operation und nun ... nun scheint sich ein neues Unheil zusammenzubrauen.«

»Das müssen Sie uns bitte näher erläutern«, bat Justus Mrs Hazelwood. Er hoffte sie dazu bewegen zu können, über die Vorgänge, die sie bereits am Telefon angedeutet hatte, zu berichten.

Die Dame rückte ihre Sonnenbrille zurecht. »Erst solltet ihr die Kisten in eure Autos laden. Anschließend werde ich uns einen Tee aufsetzen. Ihr habt doch hoffentlich ein bisschen Zeit mitgebracht?«

»Den Rest des Abends haben wir uns für Sie freigehalten, Madam. Wir stehen Ihnen zur Verfügung.« Justus deutete ins Obergeschoss hinauf. »Lasst uns gleich loslegen, Kollegen.« Voller Tatendrang stiegen die drei Detektive die Treppe hinauf in die ehemalige Bibliothek. Justus ging voran. Einige Minuten später packte ihn beim Hinabschleppen der Kisten die pure Verzweiflung. Körperliche Anstrengungen waren ihm zuwider. Das lag zum einen an seiner übergewichtigen Figur, zum anderen betrachtete er sich eher als ›Kopfmensch‹. Er ließ lieber andere für sich arbeiten. Dafür übernahm er das Denken und Kombinieren. Doch in der jetzigen Situation bestand für ihn keine Möglichkeit, sich vor der Arbeit zu drücken. Er wollte bei Mrs Hazelwood einen guten Eindruck hinterlassen. Dabei verfluchte er, dass die Kisten bis zum Rand gefüllt waren. Mrs Hazelwood und ihre Hausangestellte waren beim Packen wohl davon ausgegangen, dass sich ein erfahrenes Unternehmen mit krafterprobten Trägern um den Abtransport kümmern würde.

Nach einer halben Stunde war schließlich der größte Teil der Kisten in den beiden Autos verstaut. Die Klamotten klebten den Jungs am Körper und Justus schnaufte wie ein Walross. Sie nahmen in Mrs Hazelwoods geräumiger Küche Platz. Die Dame hob gerade den pfeifenden Kessel von der Herdplatte. Die Teetassen standen bereits auf dem Tisch. In der Mitte wartete ein großer Teller mit Keksen. Der Erste Detektiv konnte der Versuchung nicht widerstehen und langte zu.

»Es gibt Lapacho-Tee. Bei dieser drückenden Luft genau das Richtige. Der löscht den Durst und beruhigt die Nerven.« Mit routinierten Bewegungen bereitete sie den Tee zu. »Wann kommt ihr denn die zweite Fuhre holen?«

»Wenn's Ihnen passt, morgen um die gleiche Zeit«, sprach Justus mit vollem Mund. »Die restlichen Kisten passen in Peters MG.«

»Danke, dass du mich gleich mit einplanst, Just.« Dann wandte sich Peter der Dame zu. »Ich komme morgen selbstverständlich mit, Madam, aber Justus hat es sich zur Eigenart gemacht, grundsätzlich über andere Köpfe hinweg zu entscheiden. Das muss sich langsam mal ändern.«

»Vergebene Liebesmüh!«, feixte Bob. »Justus bleibt Justus. Mit seinen Ansichten und seiner Figur. Eben unser Erster!«

Mrs Hazelwood setzte sich zu den drei Detektiven an den Tisch. Nervös spielten ihre Hände mit einem Teelöffel. »Es ist schön, wenn Leben im Haus ist. Ich freue mich, dass ihr hier seid. Ich wünschte nur, der Anlass wäre ein anderer. Stattdessen holt mich die Vergangenheit wieder ein. Ich fürchte mich und habe Angst.«

»Wovor?«, fragte Bob. Ihm war klar, dass Mrs Hazelwood ihnen keine Bagatelle auftischen würde. Trotz ihrer gegenwärtigen Verfassung erschien sie ihm recht bodenständig und der Realität ins Auge schauend.

»Ich war zehn Jahre mit einem Mann verheiratet, den ich abgöttisch geliebt habe.« Wie selbstverständlich goss sie, während sie sprach, den Tee in die Tassen. Kein Tropfen ging daneben. »Meine Familie, die sehr reich war, stellte sich gegen diese Ehe, weil Jill, so hieß mein Mann, aus einfacheren Verhältnissen kam. Weniger vornehm ausgedrückt: Er war ein armer Schlucker. Doch das war mir egal. Es war Liebe auf den ersten Blick. Ich wollte diesen Mann haben. Nichts in der Welt konnte mich davon abbringen. Daraufhin hat sich meine Familie von mir abgewandt. Das habe ich ihr bis heute nicht verziehen.« Sie pustete in den heißen Tee und nippte vorsichtig daran. »Seit mehr als elf Jahren habe ich keinen Kontakt mehr zu meiner Familie.«

Bob knabberte an einem Keks. »Tja, Verwandte kann man sich nicht aussuchen.«

»Wohl aber den eigenen Mann«, urteilte Mrs Hazelwood. »Doch dann legte sich nach sieben Jahren ein Schatten auf das gemeinsame Glück. Jill fand plötzlich Gefallen am Glücksspiel und verschleuderte nach und nach einen Großteil meines Vermögens.«

»Das haben Sie zugelassen?«, fragte Peter verwundert.

»Ich habe ihn geliebt. Bis hin zur Selbstaufgabe. Ich musste da wohl durch. Natürlich kam es immer wieder zu bitterbösen Auseinandersetzungen, an denen ich letztendlich nicht ganz unschuldig war. Schließlich habe ich ihm das Geld ja gegeben. Ich hatte solche Angst, dass er mich sonst verlässt. Seine Anwesenheit war mir wichtiger als das Geld.«

Peter räusperte sich verlegen. Er sah, wie eine Träne hinter Mrs Hazelwoods Brille herablief.

Wieder verkrampften sich ihre Gesichtszüge. »Am zehnten August letzten Jahres war ich an einem Punkt angekommen, an dem ich es nicht mehr ertragen konnte. Jill kehrte mir immer mehr den Rücken zu. Er war der Spielsucht mittlerweile gänzlich verfallen. Da nahm ich mir vor, die Scheidung einzureichen. Ich wollte es ihm an diesem Abend mitteilen. Doch ich wartete vergebens auf ihn. Er verbrachte die ganze Nacht in seinem Stammkasino ›Joker-Luck‹ in Santa-Barbara. Dann wurde mir in den frühen Morgenstunden die Nachricht überbracht, dass er mit seinem VW tödlich verunglückt war. Für mich brach eine Welt zusammen. Über seinen Tod bin ich bis heute nicht hinweggekommen. Ich schäme mich, dass ich ihn verlassen wollte. Ich hätte ihn von seiner Spielsucht befreien müssen.«

Mit zitternden Fingern setzte sie die Teetasse an ihre Lippen. »Nun ist er gegangen und ich habe keine Möglichkeit mehr, den Fehler wieder gutzumachen. Dieses Gefühl verursacht mir heftigste Herzschmerzen.«

Justus dachte anders über diese Sache, aber im Augenblick verkniff er sich jeglichen Kommentar.

»Ein halbes Jahr später verlor ich mein Augenlicht«, fuhr Mrs Hazelwood mit ihrer Erzählung fort. »Manchmal rede ich mir ein, dass das die gerechte Strafe für mein Verhalten war. Das ist natürlich albern, aber dennoch überkommen mich hin und wieder solche Gedanken. Ich kann nichts dagegen tun.« Sie erhob sich vom Stuhl und rieb sich verzweifelt die Hände. »Und nun komme ich zu dem Punkt, der mich das Fürchten lehrt und mir seit heute früh den Atem stocken lässt ...«

Trauma

Mrs Hazelwood lehnte sich an die Kühlschranktür und vergrub ihre Hände in den Rocktaschen. »Seit meiner Kindheit leide ich unter einem schrecklichen Trauma. Ich war damals sieben Jahre alt und wurde von unheimlichen Alpträumen heimgesucht. Ihr müsst wissen, dass meine Nasenflügel von Geburt an zu eng zusammenstehen. Durch sie kriege ich schlecht Luft und atme deshalb meist durch den Mund. Als ich dann das erste Mal bei einer Freundin übernachtete, lachte sie mich am nächsten Morgen aus und zog mich damit auf, dass ich beim Schlafen wie eine Mumie aussehen würde, da mein Mund so verformt offen stand. Ich lachte mit, weil ich den Vergleich sehr originell fand, und dachte mir nichts dabei. Doch irgendwie musste mich diese Bemerkung innerlich getroffen haben, denn einige Nächte später träumte ich, dass sich ein Spinnennest unter meinem Bett befand. Die Spinnen waren hungrig und auf der Suche nach Beute. Während ich schlief, krabbelten unzählige von ihnen in meinen Mund, um in meinem Magen etwas Essbares zu finden. Doch einige der Spinnen verirrten sich und landeten in meiner Luftröhre. Ich bekam Erstickungs- und Würgeanfälle, bis ich mich plötzlich aufrecht sitzend und schweißgebadet in meinem Bett wiederfand. Es dauerte etliche Sekunden, bis mir bewusst wurde, dass es nur ein furchtbarer Alptraum gewesen war und nicht die Realität.«

Peter blieb der Keks beinahe im Hals stecken. Mrs Hazelwoods Geschichte hatte ihm gründlich den Appetit verdorben.

»Und was geschah dann?«, wollte Justus wissen.

»In den folgenden Nächten wurde ich dauerhaft von ähnlichen Alpträumen meines Schlafes beraubt. Darin tauchten immer wieder Insekten auf, die in jeder erdenklichen Art in meinen Körper einzudringen versuchten. Als ich meinen Eltern davon erzählte, wurde ich gar nicht ernst genommen. ›Träume sind Schäume; sie haben mit der Realität nichts zu tun‹, war das Einzige, was mein Vater dazu sagte. Das half mir allerdings wenig. Trotzdem versuchte ich mir diesen Leitsatz jeden Abend vor dem Schlafengehen einzureden.«

»Mit Erfolg?«, erkundigte sich Bob knapp. Er wollte die Dame in ihrem Redefluss nicht vom Weg abbringen.

»Nach einigen Nächten verblassten diese grausamen Träume tatsächlich und rückten mehr und mehr in den Hintergrund, bis sie schließlich ganz verschwanden. Ich erinnere mich noch ganz genau an die Nacht, in der ich seit langem wieder einen angenehmen Traum hatte. Ich war in unseren Nachbarjungen verliebt und träumte, wie wir lachend, Eis essend und die Taschen voller Geld durch Disneyland spazierten. Als ich aufwachte, hätte ich die ganze Welt umarmen können. Ich fühlte mich wie von einem bösen Fluch befreit.« Ihr kurzes Lächeln wich dem Ausdruck von Verzweiflung. »Das

Leben ist oftmals zynisch. Denn nachdem ich meinen ruhigen Schlaf endlich wiedergefunden zu haben glaubte, wurden die düsteren Alpträume Realität. Bereits am nächsten Tag spielte ich mit meinen Freunden im nahe gelegenen Wald Verstecken. Ich habe noch deutlich vor Augen, wie ich, auf der Suche nach einem geeigneten Versteck, einen steilen Hügel hinabkletterte. Plötzlich verlor ich das Gleichgewicht und stürzte auf einen abgeschlagenen, morschen Baumstamm. Unter der Wucht meines Aufpralls zerbröselte das vermoderte Holz – und das war mein Verhängnis. In dem hohlen Stamm befand sich nämlich ein Wespennest. Die aufgebrachten Wespen stürzten sich sogleich auf mich und richteten mich so übel zu, dass ich dem Tod nur knapp entkommen bin.«

»Daher also rührt Ihre Insektenphobie«, schlussfolgerte Justus, der sich jeden Satz von Mrs Hazelwood genauestens einprägte. »Die Furcht vor bestimmten Objekten oder Situationen. Ich hatte mich schon gefragt, weshalb Sie gestern auf die Hornisse im Badezimmer so hysterisch reagierten. Sie schienen mir noch größere Angst vor dem Insekt zu haben als Laura. Sie waren ja kaum fähig zu sprechen, obwohl Ihre Hausangestellte das Opfer war.«

Mrs Hazelwood setzte sich wieder zu den drei Detektiven an den Tisch. »Ich gerate jedes Mal in Panik, sobald sich mir nur eine Stechmücke nähert. Ihr müsst wissen, dass sich das Unheil, auch nach diesem Sturz ins Wespennest, noch lange nicht von mir abgewendet hatte.«

»Was ist denn noch passiert?« Peter schenkte sich eine weitere Tasse ein. Der Lapacho-Tee schmeckte ihm außerordentlich gut.

»Nachdem ich aus dem Krankenhaus entlassen wurde, es war etwa eine Woche später, saß ich nach Unterrichtsschluss in der Schule und kam nicht mehr vom Stuhl hoch.«

»Sie kamen ... was?« Bob schaute Mrs Hazelwood entgeistert an.

»Ich hatte plötzlich heftigste Schmerzen in der Hüfte und konnte mich nicht mehr vom Stuhl erheben. Der Hausmeister musste den Krankenwagen verständigen und ich wurde wieder ins Hospital eingeliefert.«

»Und wie lautete die Diagnose?«

»Seltsamerweise konnten die Ärzte nichts Außergewöhnliches feststellen, Justus. Zwei Tage später wurde ich wieder entlassen. Allerdings brauchte ich beinahe ein halbes Jahr, um wieder halbwegs vernünftig gehen zu können. Meine Eltern nannten mich seitdem nur noch ›Hypochonder‹, wenn ich über irgendein körperliches Leiden klagte. Ihr wisst, was ein Hypochonder ist?«

»Ein schwermütiger Mensch, der sich einbildet krank zu sein«, gab Justus sein Wissen preis. »Aber warum haben Ihre Eltern Ihnen nicht geglaubt?«

»Zu dem Zeitpunkt, als ich direkt von der Schule ins Krankenhaus eingeliefert wurde, wollten meine Eltern ursprünglich zu zweit eine Reise nach Europa unternehmen, um dort ihren zehnten Hochzeitstag zu verbringen. Da die Ärzte bei den Untersuchungen nichts feststellen konnten, waren meine Eltern davon überzeugt, dass ich die Schmerzen nur vortäuschte, um nicht allein gelassen zu werden.«

»Eine Frechheit sondergleichen, solch eine Vermutung überhaupt laut auszusprechen«, empörte sich Bob.

Als fürchte sie belauscht zu werden, begann Mrs Hazelwood plötzlich zu flüstern. »Die Insekten sind die Vorreiter des Unheils. Wann immer etwas Schreckliches in meinem Leben passierte, kündigte es sich durch ein einschneidendes Erlebnis mit diesen Krabbeltieren an. Das ist kein Zufall. Selbst in der Nacht, in der ich auf meinen Mann wartete, um ihm mitzuteilen, dass ich mich von ihm scheiden lassen wollte, sah ich mir im Fernsehen einen aufwühlenden Dokumentarfilm über Insektenphobien an. Am nächsten Morgen überbrachte man mir die Nachricht von Jills tödlichem Autounfall.«

»Aber das alles kann doch auch ein bedauernswerter Zufall sein«, gab Peter zu bedenken. Insgeheim musste er sich aber eingestehen, dass er Mrs Hazelwood mit dieser Theorie kaum vom Gegenteil überzeugen konnte.

Erregt ließ die Dame ihre Faust auf die Tischplatte sausen. »Ein halbes Jahr später kehrten die Alpträume zurück. Nach fast fünfzig Jahren! Ich wurde in einem dieser Albträume von Heuschrecken heimgesucht, die mir die Haare vom Kopf fraßen. Zwei Tage darauf teilte mir mein Augenarzt bei einer Routineuntersuchung mit, dass ich mich wohl damit abfinden müsse, in naher Zukunft zu erblinden! Und da sprichst du noch von einem Zufall?«

»Mrs Hazelwood«, sprach Justus nun ruhig auf die

Dame ein. »Jetzt begreife ich endlich, weshalb Sie so erschüttert sind. Der gestrige Vorfall mit den Hornissen im Geräteschuppen: Sie glauben, dass dies der Auftakt einer neuen Unglückswelle ist, die über Sie hereinbricht. Habe ich Recht?«

Die Dame nickte stumm. Für einen Moment herrschte in der Küche absolute Stille.

»Können wir Ihnen irgendwie helfen?«, brach Bob das Schweigen.

Wieder nickte Mrs Hazelwood. »Habt ihr an die Moskitonetze gedacht?«

Peter erhob sich vom Stuhl. »Sie liegen in meinem Wagen. Ich hole sie.« Er verließ die Küche und kehrte schon kurz darauf wieder zurück. In seinen Händen hielt er zwei Einkaufstüten. Den Inhalt schüttete er auf den Tisch.

Mit ihren Händen ertastete Mrs Hazelwood die Pappschachteln. »Wie spät ist es?«, erkundigte sie sich.

»Gleich sieben.« Justus ahnte, worauf sie hinauswollte, und kam ihr zuvor. »Sollen wir Ihnen die Netze gleich anbringen, Madam?«

»Ihr würdet mir damit einen großen Gefallen tun und eine schwere Last von der Seele nehmen.« Sie öffnete eine der Schachteln, zog das zusammengefaltete Netz heraus und strich mit den Fingern darüber. »Auf die Idee hätte ich schon viel früher kommen müssen. Ich hoffe nur, dass es noch nicht zu spät ist.«

»Wovon sprechen Sie?« Der zweite Detektiv zog einen Zollstock aus der Seitentasche seiner Hose und begann bereits damit, das Küchenfenster auszumessen.

»Laura rief mich doch heute Vormittag an, nachdem sie aus dem Krankenhaus entlassen worden war. Sie hatte in der Klinik ein Gespräch zwischen zwei Ärzten belauschen können. Die beiden standen auf dem Flur und sprachen über die Hornissenstiche. Laura hat dabei etwas Furchtbares in Erfahrung gebracht!«

Parasiten

Durch den Mund atmend begann Mrs Hazelwood unruhig in der Küche umherzulaufen. »Einer der Ärzte meinte, dass Laura wohl großes Glück hatte, von den Hornissen gestochen worden zu sein.«

»Wie hat er das gemeint?«, hakte Bob verwundert nach.

»Laura hat sich über diese Aussage des Arztes auch gewundert.« Mrs Hazelwood verharrte vor dem Küchentisch und stützte die Hände darauf. »Die beiden Ärzte auf dem Flur sprachen so leise miteinander, dass sie Schwierigkeiten hatte, überhaupt alles zu verstehen. Jedenfalls erwiderte der andere, er wäre erleichtert darüber, dass Laura nicht von den Moskitos gestochen worden wäre, die einen bis heute unbekannten Parasiten übertragen würden, der Auslöser einer gefährlichen Schlafkrankheit sei. Hier in Kalifornien hat es in diesem Jahr bereits zehn solcher Fälle gegeben, wobei die Opfer der Moskitostiche in einen komaähnlichen Zustand gefallen sind.«

»Bitte?«, wunderte sich der Erste Detektiv. »Davon habe ich bisher nicht das Geringste gehört.«

»Das ist es ja gerade.« Mrs Hazelwood rückte ihre Sonnenbrille zurecht. »Laura berichtete mir, dass daraufhin der andere Arzt seinem Kollegen etwas zuzischte. So in etwa: Wenn es an die Öffentlichkeit käme, würde sich eine Panik ausbreiten. Die zivile Bevölkerung dürfe auf gar keinen Fall darüber informiert werden, solange nicht geklärt sei, um welchen Krankheitserreger es sich handele.«

»Das ist'n Ding!« Peter war perplex. Aus reinem Reflex kratzte er sich am Unterarm. »Dann lasst uns nur schnell die Moskitonetze anbringen.«

»Ich ahne, dass sich Schreckliches ereignen wird. Ich kann die Gefahr förmlich riechen. Wie das ausströmende Gas aus einer defekten Leitung.«

»Behalten Sie die Nerven, Madam«, versuchte Justus Mrs Hazelwood zu beruhigen. »In weniger als einer halben Stunde werden wir Ihr Haus in eine Festung verwandelt haben, in die von außen zu Ihnen vorzudringen keinem Moskito gelingen wird.«

Die Dame ließ sich voller Unruhe wieder auf dem Stuhl nieder. Während der nächsten halben Stunde, in der sich die drei Detektive akribisch ans Werk machten, sprach sie kein Wort mehr. Erst als Justus die Schere aus der Hand legte, mit der er die Netze auf die passende Größe zurechtgeschnitten hatte, und Mrs Hazelwood ein optimistisches ›Alles erledigt!‹ zurief, löste sich ein Teil ihrer Anspannung. Dankbar schloss sie die drei Jungen nacheinander in die Arme.

»Wir müssen jetzt leider aufbrechen«, meinte Justus nach einem kurzen Blick auf die Uhr. »Mein Onkel und meine Tante warten nämlich mit dem Abendbrot auf mich.«

»Lasst euch nicht aufhalten, Jungs«, gab Mrs Hazelwood gelassen von sich, obwohl jeder der drei Detektive spürte, dass sie sich nur ungern von ihnen trennte. »Wir sehen uns ja morgen wieder.«

»Jetzt haben wir uns gar nicht über die Abwicklung der Versteigerung Ihrer Bücher unterhalten, Madam«, erinnerte sich Bob und trank den letzten Schluck aus seiner Teetasse. »Immerhin müssen wir ja auf der Auktionsseite im Internet für jeden Buchtitel ein Mindestgebot angeben. Ich denke mal, dass Sie die Höhe bestimmen sollten.«

Mrs Hazelwood winkte gelassen ab. »Darüber zerbreche ich mir heute nicht mehr den Kopf. Ich bin froh, dass ich mal jemandem mein Herz ausschütten konnte. Jemandem, der auch zuhören kann.«

»Hört Ihnen Laura denn nicht zu?«, fragte Peter geradeheraus.

Mrs Hazelwood zuckte mit den Schultern. »Laura interessiert sich nur für sich selbst. Sie erledigt zwar alle Dinge im Haushalt für mich, aber persönlich auf einen Menschen einzugehen ist nicht unbedingt ihre Stärke. Ich habe ihr schon beim Einstellungsgespräch angeboten bei mir einzuziehen, da ich mich in diesem Haus doch hin und wieder recht einsam fühle. Das hat sie aber strikt abgelehnt. Sie bewohnt ein kleines Appartement in Santa Monica.«

»Und wer war die Dame, die uns heute so schroff empfangen hat?«, versuchte Justus noch in Erfahrung zu bringen.

»Du meinst Jennifer White?«, vergewisserte sich Mrs Hazelwood. »Sie lehrt mich die Blindenschrift und erteilt mir einmal die Woche Privatunterricht. Sie war ziemlich ungehalten darüber, dass ich vergessen hatte ihr für heute abzusagen. Ich habe ihr das Honorar trotzdem gezahlt. Dennoch ist sie ziemlich unangenehm geworden. Jennifer ist der Meinung, dass ich zu langsam lerne. Ich verstehe nicht, weshalb sie sich so aufregt. Je schleppender wir vorankommen, desto länger ist doch ihre Einnahmequelle gesichert.«

Justus schmunzelte. Mrs Hazelwood hatte es ihm irgendwie angetan. Nachdem er und seine Freunde sich von ihr verabschiedet hatten, drehte er sich vor der Tür noch einmal um und lächelte ihr zu. Ihm war klar, dass sie diese Geste nicht sehen konnte. Doch insgeheim hatte er das Gefühl, dass sie es dennoch spürte …

»Ich habe gestern noch lange wach gelegen. An Schlaf war nicht zu denken. Immer wieder gingen mir diese unheimlichen Alpträume von Mrs Hazelwood durch den Kopf.« Peter hatte sich am nächsten Nachmittag mit Justus in der Zentrale verabredet, bevor sie gemeinsam die zweite Ladung Bücher bei Mrs Hazelwood abholen wollten. Bob hatte keine Zeit. Er musste zu Hause auf den Stromableser warten, da seine Mutter einen Termin beim Friseur hatte.

Der Erste Detektiv schälte eine Orange und reichte seinem Freund eine Hälfte davon.

»Sieh es als Nervennahrung an, Zweiter. Auch ich muss gestehen, dass Mrs Hazelwood seit vorgestern in meinen Gedanken in der ersten Reihe sitzt.«

»Vor allem traue ich keiner Stechmücke mehr über den Weg. Glaubst du eigentlich an den Kram, den sie uns erzählt hat? Ich meine, hältst du es für logisch nachvollziehbar, dass sich eintretende Katastrophen mit einer üblen Vorahnung ankündigen können?« Unbemerkt wischte Peter seine Finger, die von der Apfelsine klebrig waren, am Sessel ab.

»Dieses Phänomen ist in der Natur nicht neu«, klärte Justus ihn auf. »Denk doch nur mal an das Zitat ›Die Ratten verlassen das sinkende Schiff‹.«

»Ist mir zwar geläufig, aber ehrlich gesagt ist mir der Hintergrund dieses Ausspruchs nicht bekannt.«

»Ratten verfügen angeblich über einen sechsten Sinn. Sie sollen die Fähigkeit besitzen, ein nahendes Unglück rechtzeitig zu spüren. Daher stammt auch das Zitat. Wenn sich Ratten auf einem Schiff befinden, das durch ein Unwetter dem Untergang geweiht ist, ergreifen diese Tiere rechtzeitig die Flucht. Meist im letzten Hafen, den das Schiff ansteuert, bevor es im Sturm auf offener See versinkt.«

Peter horchte auf. »Glaubst du denn, dass Menschen diese Gabe auch besitzen? Allen voran Mrs Hazelwood?«

»Ehrlich gesagt bin ich mir da nicht hundertprozentig sicher, Zweiter. Du weißt, dass ich ein Freund von logischen Schlussfolgerungen bin. Dingen, die sich rational nicht erklären lassen, stehe ich recht skeptisch gegenüber.« Justus machte ein nachdenkliches Gesicht. »Mrs Hazelwood hat in ihrem bisherigen Leben eine Menge durchmachen müssen. Doch ich bin überzeugt, dass wir ihren Worten Glauben schenken können.«

»Du meinst, trotz ihrer abstrusen Vorahnungen hat sie noch alle Zacken in ihrer Krone?«

»Vielleicht gerade deshalb«, zog Justus in Erwägung. Aus unerklärlichen Gründen fieberte er einem weiteren Besuch entgegen. Mrs Hazelwood faszinierte ihn. Er war sich nur noch nicht ganz im Klaren darüber, weshalb er sich derart zu dieser Dame hingezogen fühlte. Auf jeden Fall musste er mit ihr über den Hitchcock-Bildband verhandeln. Denn schon am Vorabend hatte er das lang ersehnte Buch einer der Kisten, die nun sicher in Onkel Titus' Lagerschuppen untergebracht waren, entnommen und ihm einen Ehrenplatz in seinem Regal zugeteilt.

Peter warf einen kurzen Blick auf die Uhr. »Wenn wir pünktlich sein wollen, sollten wir gleich losfahren.«

»Ich bin bereit, Zweiter.« Von innerer Unruhe gepackt erhob sich Justus aus dem Sessel und setzte seine Baseballkappe auf. Ihn beschlich der Verdacht, dass jemand mit den Ängsten und düsteren Vorahnungen von Mrs Hazelwood ein gefährliches Spiel trieb.

Isolierung

Das Erste, was Justus wahrnahm, als er vor Mrs Hazelwoods Haus dem MG entstieg, war ein sich bewegender Schatten hinter einem Hibiskusstrauch im Garten. Nach längerem Hinsehen erkannte er, dass es sich um Laura handelte. Mit einem Besen fegte sie über den schmalen Steinplattenweg, der zum Geräteschuppen führte. Justus trat ihr, gefolgt von Peter, freundlich entgegen.

»Hallo, Laura! Schon wieder einsatzbereit?«

Die Hausangestellte unterbrach ihre Arbeit und senkte verschämt ihr Gesicht zu Boden. »Hi, Jungs! Guckt mich bloß nicht an. Ich sehe aus wie ein Streuselkuchen. In der Disco kann ich mich erst mal nicht blicken lassen.«

Justus grinste. »Vorgestern sahen Sie weitaus schlimmer aus. Wie geht's Ihnen denn?«

»Ich fühle mich, als hätte ich einen Igel geknutscht. Aber das ›Sie‹ lasst mal stecken. Oder sehe ich etwa schon so alt aus? Ich bin noch nicht mal dreißig. Nennt mich ruhig Laura. Ich kriege jedes Mal 'ne Krise, wenn mich die jungen Lehrlinge im Supermarkt mit Mrs Stryker anreden. Ich gehöre doch noch nicht zum alten Eisen.« Energisch fegte sie die Erde von den Steinplatten.

»Wir wollten da mal einen Blick reinwerfen.« Der Erste Detektiv deutete zum Geräteschuppen. »Ich habe noch nie gesehen, an welchen Plätzen Hornissen ihre Nester bauen.«

»In das Horror-Kabinett?« Laura legte den Besen zu Boden. »Dann kommt mal mit.« Mit schnellen Schritten ging sie voran und öffnete die Tür. »Viel gibt es da allerdings nicht mehr zu sehen. Das gesamte Nest ist entfernt worden. Der Hornissenstaat wurde umgesiedelt. Also, mir wär's lieber gewesen, man hätte die Mistviecher ausgeräuchert und verbrannt.«

Die zwei Detektive folgten ihr in den Schuppen, der mit diversen Gartenmöbeln und Geräten voll gestellt war. Laura zeigte in eine Ecke, in der sich eine Gartenschlauchtrommel befand. »Dahinter haben diese Ungeheuer gebrütet. Ich habe gar nicht so genau hingesehen. Die Trommel hatte sich irgendwo verhakt. Wahrscheinlich an der Stange von diesem Sonnenschirm hier. Als ich versuchte das Ding aus der Ecke zu ziehen, stürzten sich plötzlich diese Kreaturen auf mich.«

Peter sah sich interessiert um. Auf dem Boden lagen vier Holzlatten. Offenbar waren sie aus der Bretterwand unter dem Schrägbalken entfernt worden, denn dort befand sich eine entsprechende Lücke, hinter der ein dunkler, etwa zehn Zentimeter breiter Hohlraum war. Er ging näher heran, konnte aber nichts Auffälliges entdecken. »Seltsam«, sprach er mehr zu sich selbst. »Eine doppelte Rückwand. Wozu soll das gut sein?«

Justus zog aus seiner Jacke eine Taschenlampe hervor und leuchtete hinein. In dem Hohlraum und vor ihm auf dem Boden lagen vereinzelte Büschel von Glasfaserwolle.

»Jill hat diesen Schuppen gebaut.«

Erschrocken fuhren Laura und die zwei Detektive

herum. Im Türrahmen stand Mrs Hazelwood. In ihrer Hand hielt sie einen weißen Blindenstock. Nach einer kurzen Begrüßung trat sie näher. »Ursprünglich diente er als Gartenhaus und Werkstatt, wo man sich auch während der kalten Jahreszeit aufhalten konnte. Der Hohlraum dient der Isolierung. Deshalb auch die Glasfaserwolle. Jill war oft hier und hat gebastelt und gewerkelt. Doch nach seinem Tod mochte ich mich hier nicht mehr aufhalten. Daher habe ich das Häuschen zum Geräteschuppen umfunktioniert.«

»Und wer hat die Latten hier herausgebrochen?«, wunderte sich Justus. »Es sieht so aus, als wäre es mit Gewalt geschehen. Hier liegen noch Holzsplitter.«

»Vermutlich der Imker.« Mit dem Blindenstock stocherte Mrs Hazelwood in den Hohlraum. »Er wird sich vergewissert haben, ob noch an anderer Stelle Hornissen brüten. Diese Insekten nisten häufig im Gebälk.«

»Hoffentlich hat er nichts übersehen«, sorgte sich Laura mit ängstlicher Miene. »Wenn hier noch mehr dieser Bestien lauern, hänge ich den Job an den Nagel. Darauf können Sie Gift nehmen.«

»Still!«, forderte Mrs Hazelwood. Aufmerksam spitzte sie die Ohren und lauschte einige Sekunden in die Stille. »Nichts zu hören. In diesem Schuppen ist kein weiteres Nest. Sie trat wieder nach draußen. Das Sonnenlicht spiegelte sich in den Gläsern ihrer dunklen Brille. »Schade, dass Bob nicht mitgekommen ist. Ich habe Laura heute Morgen nämlich eine weitere Ausfertigung der Bücherliste schreiben lassen. In ihr haben wir nun hinter jeden Titel ein Mindestgebot geschrieben. Ich hoffe, dass ich die Preise nicht zu hoch angesetzt habe. Für den Hitchcock-Bildband halte ich beispielsweise zwanzig Dollar für angemessen.«

Justus schluckte. »Zwanzig Dollar?«, wiederholte er. Jetzt war wohl der Zeitpunkt gekommen, die Katze aus dem Sack zu lassen.

»Gehen wir ins Haus. Da können wir die Liste kurz durchgehen. Ihr könnt eurem Freund Bob dann weitergeben, was wir besprochen haben.« Mrs Hazelwood öffnete die Haustür, die sie vorsorglich verschlossen hatte, und schob den dahinter hängenden Moskitovorhang zur Seite.

Justus und Peter folgten ihr in die Küche. Der Tee war bereits zubereitet und stand in einer Kanne dampfend auf einem Stövchen. Daneben lag auf dem Tisch die Bücherliste, die Mrs Hazelwood sogleich zur Hand nahm. »Hoffentlich ist Laura kein Fehler unterlaufen, als ich ihr die Preise diktierte.« Sie reichte Justus den zusammengehefteten Papierstoß. »Damit habt ihr alles, was ihr für die Auktionsseite im Internet benötigt. Mit Ausnahme der restlichen Kisten im Obergeschoss.« Sie schenkte den Tee in die bereitstehenden Tassen.

Justus brannte es gewaltig unter den Nägeln. »Ich will ja nicht unverschämt sein, Madam, aber ich muss Ihnen gestehen, dass ich mich sehr für ein Buch aus Ihrer Sammlung interessiere und es auch schon zu Hause in mein Regal gestellt habe.«

»Den Bildband über Alfred Hitchcock«, entwich es Mrs Hazelwood geradeheraus. »Richtig?«

Überrascht ließ Justus die Tasse sinken. »Woher wissen Sie das?«

»Dieses Buch hast du vorgestern zuallererst aus dem Karton gezogen und es von vorn bis hinten durchgeblättert. Der letzte Abschnitt ist mit Originalfotos versehen, die zum Schutz mit Seidenpapier verdeckt sind, damit die Bilder nicht zerkratzen. Das Geräusch beim Umschlagen dieser Seiten ließ unverkennbar auf diesen Bildband schließen.«

»Alle Achtung, Madam«, staunte Peter. »Sie scheinen wirklich jedes Ihrer Bücher bis aufs i-Tüpfelchen genauestens zu kennen.«

Mrs Hazelwood nickte stolz. »Und das, obwohl ich jedes von ihnen nur einmal gelesen habe. Mein Mann betrachtete diese Eigenschaft als Phänomen. Sobald ich ein Buch ausgelesen hatte, stellte ich es zu den anderen ins Regal und brauchte es nie mehr hervorzuziehen, da ich den Inhalt Seite für Seite, Kapitel für Kapitel in meinem Kopf gespeichert hatte. Er hat mich oft gefragt, weshalb ich mir überhaupt eine Bibliothek angelegt hätte, wenn ich doch gar nicht mehr auf die schon gelesenen Bücher zurückgreifen müsse.«

»Und was haben Sie ihm geantwortet?«, wollte Justus wissen.

»Dass mich das Vorhandensein glücklich macht. Die Aura. Der Geruch.« Sie atmete tief durch. »Doch das gehört jetzt der Vergangenheit an. Ich muss sie endlich abschließen. Die Trennung von meinen Büchern ist hoffentlich ein Anfang.«

»Was soll ich Ihnen denn für den Bildband zahlen?«,

holte Justus die Dame mit seiner Frage in die Gegenwart zurück. »Wären fünfundzwanzig Dollar angemessen?«

»Du willst mich doch nicht beleidigen«, verunsicherte sie ihn mit lauter Stimme. »Das Buch kriegst du selbstverständlich geschenkt. Und auch deine Freunde können sich eins aussuchen. Egal welchen Preis ich veranschlagt habe.«

»Das ist sehr großzügig, Madam«, bedankte sich Peter. Und Justus stimmte mit ein.

In diesem Moment schoss Mrs Hazelwood blitzartig in die Höhe und schrie erschrocken auf.

»Was haben Sie?« Impulsiv sprang auch Peter von seinem Platz. »Was ist los?«

Ihre Stimme bebte. »Eine Stechmücke! Ein Moskito!« Impulsiv ergriff sie die Bücherliste und rollte diese in Windeseile zusammen. Mit dieser Waffe ausgerüstet drängte sie sich Schutz suchend in die hinterste Ecke der Küche. Dabei hielt sie die Rolle kampfbereit erhoben in der Hand.

»Wo ist sie?« Ihr Atem kam stoßweise. »Wo ist sie?«

»Ganz ruhig!«, rief Peter. »Ich sehe nichts!«

»Eben war sie ganz dicht an meinem Ohr! Sie will mir das Blut abzapfen!« Mrs Hazelwoods Gesicht war schweißnass. »Wo ist sie?«

In diesem Augenblick wurde der Zweite Detektiv kreidebleich. Seine Augen fixierten den linken Handrücken der Dame. Auf ihm saß eine Stechmücke, die im Begriff war, ihren verzahnten Saugrüssel unter die Haut zu treiben.

Übelkeit

Noch ehe Peter reagieren konnte, fuhr ein kurzes Zucken durch Mrs Hazelwoods Körper. Dann klatschte ihre rechte Hand blitzschnell auf den linken Handrücken. Doch es war zu spät. Das Insekt hatte bereits zugestochen.

»Dieses verdammte Miststück!« Mrs Hazelwood rang immer heftiger nach Luft.

Peter wandte sich verzweifelt an Justus. »Das kann so doch nicht weitergehen. Sie dreht noch durch!«

»Mrs Hazelwood, so beruhigen Sie sich doch! Es war nur eine klitzekleine Stechmücke. Sie ist tot!« Der Erste Detektiv war mit seiner Weisheit am Ende.

»Sollen wir einen Arzt rufen?«, erkundigte sich Peter besorgt.

»Auf gar keinen Fall«, erwiderte sie wie aus der Pistole geschossen. »Damit werde ich allein fertig.«

»Diesen Eindruck habe ich aber nicht«, verlieh der Zweite Detektiv seiner Frage Nachdruck.

Mrs Hazelwood rieb sich den Handrücken. »Ich habe in meinem Leben ein Vermögen für Ärzte, Psychologen und Heilpraktiker ausgegeben! Aufs Geld waren sie alle scharf. Aber im Gegenzug konnte mir von denen nicht mal einer auch nur im Ansatz helfen. Ich brauche keinen Arzt. Nur ein wenig Zuversicht.«

»Und woher wollen Sie die nehmen?«, hakte Peter

nach. Dabei ließ er Mrs Hazelwood nicht aus den Augen.

»Das weiß ich noch nicht. Hauptsache, sie kehrt wieder in meine Seele zurück.«

In diesem Moment ertönte die Hausklingel, doch Mrs Hazelwood schien sie zu ignorieren. Sie zeigte keinerlei Regung.

»Soll ich öffnen?«, erkundigte sich Justus verunsichert. Es klingelte nun schon ein zweites Mal.

Mit einer Geste deutete sie in Richtung Haustür. Der Erste Detektiv trat ohne zu zögern in die Vorhalle und öffnete das Eingangsportal. Vor ihm stand Mrs Hazelwoods Lehrerin für Blindenschrift.

»Guten Tag, Mrs White.« Er bemühte sich um einen neutralen Tonfall.

Ohne die Begrüßung zu erwidern musterte sie ihn mit kalten Augen. »Ich möchte mit Mrs Hazelwood sprechen.«

»Dann treten Sie ein. Sie sitzt in der Küche. Wir trinken gerade Tee.«

Mit forschen Schritten rauschte Mrs White an Justus vorbei, wobei ihr langer Seidenschal über den Boden schleifte.

»Janet!«, rief sie aufgebracht. »Meine Brieftasche! Hast du sie gefunden?«

»Wovon sprichst du, Jennifer?« Überrascht wandte sich Mrs Hazelwood in Richtung Türrahmen.

»Als ich gestern hier war, hatte ich sie noch. Das weiß ich genau. Ich war eben gerade zufällig im Einkaufszentrum hier in der Nähe. Als ich an der Kasse stand und nicht bezahlen konnte, wäre ich beinahe wahnsinnig geworden. In der Brieftasche sind alle meine Papiere: Ausweis, Führerschein, Kreditkarten und zweihundert Dollar. Ich habe sie seit gestern nicht mehr benutzt. Sie muss hier sein!« Suchend sah sie sich in der Küche um.

»Sollen wir uns mal danach umsehen?«, schlug Peter vor.

»Das könnte euch so passen. Ihr seid wohl scharf auf die zweihundert Dollar. Wenn ihr euch die Brieftasche nicht bereits unter den Nagel gerissen habt.«

Entgeistert fuhr der Zweite Detektiv die Lehrerin an. »Was erlauben Sie sich eigentlich?«

Doch Mrs White ging gar nicht darauf ein. »Du hast doch nichts dagegen, Janet, wenn ich mal kurz selbst nachschaue?«

»Kein Problem. Vielleicht sollten wir auch Laura fragen, ob sie sie gesehen hat.«

»Fehlanzeige. Ich habe sie draußen schon getroffen und gefragt.« Erst jetzt bemerkte Mrs White, dass ihr Schal auf dem Boden hing. Rasch korrigierte sie diesen Makel. »Allzu viele Möglichkeiten gibt es ja nicht. Oben die Bibliothek, die Vorhalle und die Toilette. Hier in der Küche scheint sie ja nicht zu sein.«

»Viel Glück!«, rief Justus ihr sarkastisch hinterher. Er wartete, bis Mrs White über die Treppe in der ehemaligen Bibliothek verschwunden war. Dann gab er einen lauten Seufzer von sich.

»Und mit dieser Person geben Sie sich einmal die Woche freiwillig ab, Madam? Bewundernswert!«

»Sie hat auch ihre guten Seiten«, versuchte Mrs Hazelwood ein nettes Wort für sie einzulegen. »Ich glaube, sie hat nur keinen besonderen Draht zu Jugendlichen.«

Der Zweite Detektiv nippte kurz an seinem Tee und rutschte unruhig auf dem Stuhl herum. »Wir sollten gleich mal die restlichen Kisten in den Wagen laden, Just. Ich muss noch für die Mathearbeit pauken und möchte nicht so spät zu Hause sein.«

Jetzt hörte man Schritte im oberen Stockwerk. Mrs White kam die Treppe hinab. Kurz darauf klappte die Toilettentür. Offenbar war die Lehrerin in der ehemaligen Bibliothek nicht fündig geworden.

»Die Bahn ist frei«, forderte Justus Peter auf. »Machen wir uns ans Schleppen. Auf zum Endspurt!«

Innerhalb einer Viertelstunde hatten die zwei Detektive die restlichen Umzugskisten in Peters MG verstaut. Als sie sich von Mrs Hazelwood verabschiedeten, suchte Mrs White auf dem Boden kriechend noch immer nach ihrer Brieftasche. Das Glück schien nicht auf ihrer Seite zu sein.

»Wir bleiben in Kontakt, Madam.« Justus drückte der Dame die Hand. »Sobald sich auf der Internetseite etwas tut, melden wir uns.«

Mrs Hazelwood ging erst ins Haus zurück, als der MG nicht mehr zu hören war. Geistesabwesend kratzte sie sich den Mückenstich.

Es war noch immer unerträglich schwül. In der Zentrale auf dem Schrottplatz war es trotz Ventilator nicht auszuhalten. Aus diesem Grund saßen die drei ??? am nächsten Nachmittag, ausgerüstet mit kühlen Getränken, draußen auf den Stufen des Wohnwagens. Bob studierte Mrs Hazelwoods Bücherliste.

»Ich sage euch, Freunde, da sitze ich tagelang dran, das alles in die Tastatur zu hämmern.«

»Die Arbeit lohnt sich!« Mit einem ›Plopp‹ öffnete Justus den Verschluss seiner Trinkflasche. »Onkel Titus hat beschlossen seinen Gewinn mit uns zu teilen. Ganze fünfzig Prozent. Für uns also ein Viertel des gesamten Ertrags!«

»Wir können Mrs Hazelwood dankbar sein.«

»Du sagst es, Bob.« Peter malte mit einem Stock Kreise in den Sand. »Das Schicksal hat ihr ganz schön übel mitgespielt. Hoffentlich ist bald ein Ende in Sicht.«

»Nach dem, was ihr gestern erlebt habt, erscheint mir das immer unwahrscheinlicher. Sagtet ihr nicht, dass ...« Ein Klingeln unterbrach Bobs Frage. In der Zentrale schrillte das Telefon.

»Ich geh schon!« Peter war mit einem Satz im Wohnwagen und hob den Hörer ab.

»Peter Shaw von den drei Detektiven.«

»Janet Hazelwood. Ich wollte mich nur erkundigen, ob ihr gestern gut nach Hause gekommen seid.« Ihre Stimme klang eigenartig schläfrig. »Hat alles geklappt?«

Alarmiert winkte Peter seine Freunde heran. Dann drückte er auf die Lautsprechertaste.

»Mrs Hazelwood?«, erkundigte sich der Zweite Detektiv besorgt. »Stimmt etwas nicht? Was haben Sie?«

»Es geht mir gar nicht gut. Ich musste mich die letzte Nacht ständig übergeben. Mir ist noch immer übel.

Außerdem bin ich schrecklich müde. Ich liege im Bett, kann aber nicht schlafen. Ich habe so schreckliche Angst.«

»Wovor haben Sie Angst?«

»Die Symptome traten gestern etwa zwei Stunden später ein, nachdem ich von dem Moskito gestochen wurde. Ich habe es geahnt.« Sie machte eine Pause.

»Was?«

»Ich bin infiziert. Die Krankheitserreger sind jetzt in meinem Blut!«

Blutsauger

»Sollen wir zu Ihnen kommen?«, fragte Peter besorgt. »Oder einen Arzt verständigen?«

»Habt ihr mir gestern nicht zugehört?« Ihre Stimme klang wie ein Röcheln. »Keine Ärzte oder Heilpraktiker oder sonstige Scharlatane. Und wenn ich daran zugrunde gehe.«

Peter ließ nicht locker. »Können wir Ihnen denn irgendwie helfen?«

»Danke. Nicht nötig. Laura macht mir alle halbe Stunde kühle Umschläge. Sie ist die letzte Nacht hier geblieben und hat seitdem auch noch kein Auge zugemacht. Ich schicke sie aber gleich nach Hause.« Sie gähnte laut. »Ich bin dermaßen müde. Ich möchte so gerne schlafen. Aber die Angst – sie hält mich wach! Diese elenden Moskitos. Jetzt hat es mich doch tatsächlich erwischt ...«

Ein Knacken ertönte aus dem Lautsprecher.

»Hm ... sie hat aufgelegt.« Der Zweite Detektiv legte irritiert den Hörer auf die Gabel. »Die kann einem echt Leid tun. Vielleicht ist sie doch hypochondrisch veranlagt.«

»Du ziehst also in Erwägung, dass Mrs Hazelwood sich alles nur einbildet?« Der Erste Detektiv machte ein ernstes Gesicht.

»Nicht unbedingt. Aber wahrscheinlicher ist es doch,

dass sie zum Abendbrot irgendetwas gegessen hat, was ihrem Körper nicht bekommen ist.« Peter trat wieder nach draußen. »Jedenfalls halte ich diese Theorie für einleuchtender als die, von einem Moskito infiziert worden zu sein. Im Grunde genommen sind diese Viecher doch harmlos.«

»Das kann man so nicht sagen, Zweiter.« Bob setzte sich wieder auf die Stufen des Wohnwagens. »Ich habe mich gestern Abend nämlich mal schlau gemacht.«

»Und was haben deine Recherchen ergeben?«

»Stechmücken, oft auch Moskitos genannt, sind aus zwei Gründen berüchtigt. Denn erstens haben sie die schlechte Angewohnheit, menschliches Blut zu saugen, und zweitens können sie schwere Krankheiten, wie Malaria und Gelbfieber, übertragen. Doch nicht alle Mücken sind Blutsauger; und nicht alle Blutsauger haben es auf den Menschen abgesehen. Viele bevorzugen andere Säugetiere oder auch bestimmte Vogelarten.« Bob leerte den Rest aus seiner Limonadenflasche in einem Zug. »Im Übrigen stechen nur die Weibchen, die Männchen ernähren sich ausschließlich von Blütennektar und dem Saft reifer Früchte.«

»Wie ist das nun eigentlich?«, wollte Peter wissen. »Haben Moskitos einen Stachel oder einen Rüssel? Oder gar beides?«

»Irrtümlicherweise ist meist von einem Stachel die Rede. Doch sie besitzen einen Rüssel. Wenn eine weibliche Stechmücke auf einem Menschen landet, bohrt sie ihn sogleich in seine Haut. In diesem Rüssel befinden sich zwei Röhren. Eine davon enthält eine

Flüssigkeit, die die Blutgerinnung verhindert. So bleibt das Blut ihres Opfers flüssig und sie kann durch die zweite Röhre trinken, ohne dass das Blut gerinnt.«

Demonstrativ stellte Peter seine Limonadenflasche auf den Boden. Er verspürte plötzlich keinen Durst mehr.

»In der Flüssigkeit, die die Stechmücke ihrem Opfer einspritzt«, fuhr Bob mit seinem Vortrag fort, »sind manchmal Bakterien enthalten oder auch, wenn sie vorher einen infizierten Menschen gestochen hat, gefährliche Viren. Die Viren wandern in den Blutkreislauf und können der Auslöser für schwere Krankheiten sein.«

»Von diesem Standpunkt aus betrachtet und eingedenk der Tatsache, dass die Ärzte im Krankenhaus über eine ähnliche Sache gesprochen haben, können wir nicht ausschließen, dass Mrs Hazelwood vielleicht nicht doch infiziert wurde.« Justus knetete seine Unterlippe. »Auch wenn es abwegig erscheint.«

»Aber dann sind wir alle in Gefahr!« Der Zweite Detektiv schoss in die Höhe. »Vielleicht brüten diese gefährlichen Moskitos zufällig im Garten des Hazelwood-Anwesens. Wir sollten uns nicht mehr in die Nähe wagen! Wir müssen die Öffentlichkeit informieren!«

»Darf ich dich daran erinnern, dass du einige Minuten zuvor noch ganz anders getönt hast, Peter.« Justus machte ein belehrendes Gesicht. »Meintest du vorhin nicht, Mrs Hazelwood wäre ein Hypochonder und die Moskitos im Grunde genommen ganz harmlos?«

»Natürlich«, verteidigte sich der Zweite Detektiv. »Aber wenn man den Ärzten im Krankenhaus glauben schenken kann, erscheint die Sache in einem ganz anderen Licht!«

»Dennoch ist die Wahrscheinlichkeit äußerst gering, dass ausgerechnet Mrs Hazelwood von dieser Spezies Moskitos gestochen wurde. Los Angeles hat 14,4 Millionen Einwohner. Wenn zehn Menschen von den Insekten infiziert wurden, macht das einen tausendstel Prozentsatz hinter dem Komma.«

»Trotzdem ist mir die Sache nicht geheuer. Wenn ich nur an Moskitos denke, fängt mein ganzer Körper an zu jucken.«

Bob streckte die Beine von sich. »Wusstet ihr übrigens, dass der erste Versuch, den Panamakanal zu bauen, nach neun Jahren aufgegeben werden musste? Einer der Gründe dafür waren die Stechmücken, die in riesiger Anzahl über die Arbeiter herfielen. Fast sechzehntausend Menschen starben in dieser Zeit an Malaria oder Gelbfieber.«

»Ein Grund mehr, die Sache nicht auf sich beruhen zu lassen.«

»Du sprichst von Mrs Hazelwood, Erster?« Peter seufzte. »Du klingst ja beinahe so, als hätten wir einen neuen Fall. Dem ist aber nicht so. Unsere Aufgabe bestünde höchstens darin, die starrköpfige Dame dazu zu bewegen, sich in die Obhut eines Arztes zu begeben. Nur ein kompetenter Spezialist kann feststellen, ob sie tatsächlich mit einem Krankheitserreger infiziert wurde.«

Justus nickte. »Ich werde morgen zu ihr fahren, um mir selbst ein Bild ihres Gesundheitszustandes zu machen. Und es wäre mir eine Ehre, wenn mich einer von euch oder am besten beide dorthin begleiten. Schon aus Gründen der Bequemlichkeit. Schließlich bin ich ja nicht stolzer Besitzer eines Autos!«

Als der Erste Detektiv Mrs Hazelwoods Türklingel gedrückt hatte, ertönte kein Signal. Er drückte abermals.

»Nichts«, murmelte Justus. »Vermutlich abgestellt. Versuchen wir es mal mit Klopfen.« Mit den Fingerknöcheln schlug er gegen die Tür. Erst sanft, dann energischer. Es erfolgte keine Reaktion. Doch dann vernahmen die drei ??? Schritte. Kurz darauf wurde der Schlüssel im Schloss gedreht und die Tür öffnete sich einen Spalt. Lauras Gesicht erschien.

»Hallo, Jungs!« Sie bat die drei Detektive in die Vorhalle. Zur Überraschung der Jungen waren die Beulen auf ihrem Gesicht kaum noch zu sehen. »Ich rechne jedes Mal mit Klingelgangstern. Oder in diesem Fall mit Klopfgangstern. Mrs Hazelwood bekommt nämlich selten Besuch. Aber sie scheint wohl neue Fans zu haben – so häufig, wie ihr hier auftaucht!«

»Wie geht's ihr denn?«, erkundigte sich Justus besorgt. »Ist sie im Haus?«

Laura löste ihr Kopftuch und schüttelte ihre schwarzen Locken. »Wo sollte sie sonst sein? Seit ich hier arbeite, hat die Lady keinen Schritt von ihrem Grundstück getan. Momentan schläft sie. Deshalb habe ich auch die Klingel abgestellt.«

»Wieso das?«, wollte Peter wissen. »Wo Mrs Hazelwood, wie du gerade sagtest, doch so selten Besuch kriegt?«

Die Hausangestellte lächelte verschmitzt. »Ehrlich gesagt habe ich eher damit gerechnet, dass Mrs White hier heute wieder antanzt. Die hat nämlich ihre Brieftasche noch immer nicht gefunden. Wie mir Mrs Hazelwood erzählte, hat Mrs White euch im Verdacht. So ein durchtriebenes Luder! Wetten, dass ich mich auch auf ihrer Liste der Verdächtigen befinde? Jugendliches Gesindel oder eine schwarze Putzfrau – wenn jemand von Vorurteilen belastet ist, das könnt ihr mir glauben, dann ist es Jennifer White. Diese Schreckschraube hat heute schon dreimal angerufen und sich nach dieser verfluchten Brieftasche erkundigt. Ich war gerade oben beim Staubwischen und habe euch vom Fenster aus mit dem Wagen kommen sehen. Sonst hätte ich gar nicht geöffnet.«

»Wir fühlen uns geehrt. Wie geht es Mrs Hazelwood denn?«, wiederholte Justus seine Frage.

»Im Vergleich zu gestern schon etwas besser. Wie gesagt, sie schläft gerade. Sie ist der festen Überzeugung, dass diese Stechmücke irgendeine Bakterienart übertragen hat, die ihren Körper außer Gefecht setzt.«

»Dann muss sie sich von einem Arzt untersuchen lassen!«, beharrte der Zweite Detektiv eindringlich.

Laura lachte spöttisch. »Die Lady zum Onkel Doktor zu schicken ist ebenso schwierig, wie einer Kuh das Sprechen beizubringen. Ich habe mir schon den Mund fusselig geredet. Vergeblich. Da beißt man auf Granit!«

»Aber es muss doch eine Möglichkeit geben«, überlegte Bob. »Wenn Mrs Hazelwood das Haus nicht verlässt, dann muss der Arzt eben hierher kommen.«

Laura schüttelte entschieden den Kopf. »Vergiss es. Wir können sie schließlich nicht zwingen. Dazu müssten wir sie erst entmündigen lassen.«

»Ich verlange mehr Respekt«, drang es plötzlich von der Balustrade im Obergeschoss herab.

Dort stand Mrs Hazelwood im Nachthemd und stützte sich auf das Geländer. Ihre offenen Haare waren zerzaust und ließen sie wie ein Nachtgespenst aussehen. Mit langsamen Schritten näherte sie sich der Treppe.

»Äh ... hallo, Mrs Hazelwood!« Justus war überrascht. »Wir sind gekommen, um uns nach Ihrem Befinden zu erkundigen!«

In diesem Moment fing die Dame an zu taumeln. Sie suchte am Geländer nach Halt, doch ihre Hände griffen ins Leere. Mit einem Stöhnen sackte sie zu Boden.

Halluzinationen

Peter war der Schnellste. Im Rekordtempo sprintete er die Stufen ins Obergeschoss hinauf und beugte sich zu der am Boden liegenden Dame hinunter. Ihr Gesicht war schneeweiß. Die dunkle Brille war von der Nase gerutscht und hing ihr quer im Gesicht. Die Augenlider waren geschlossen.

»Mrs Hazelwood! Was ist mit Ihnen?« Japsend eilte Justus heran. Ihm folgten Laura und Bob.

»Ist sie ohnmächtig?« Die Hausangestellte griff nach dem Handgelenk, um den Puls zu fühlen.

Energisch zuckte Mrs Hazelwood zusammen. »Niemand fasst mich an, verstanden! Niemand!« Ihre Stimme überschlug sich. Erschrocken ließ Laura von ihr ab.

Ehe sich Mrs Hazelwood langsam wieder aufrichtete, rückte sie ihre Brille zurecht. »Es ist nur ein Schwächeanfall«, erklärte sie. »Vermutlich habe ich die letzten Tage zu wenig gegessen. Ein Arzt kommt mir dennoch nicht ins Haus!«

Justus wunderte sich. Trotz ihres körperlichen Zustandes legte Mrs Hazelwood ein resolutes Verhalten an den Tag, das ihn nachdenklich stimmte.

»Haben Sie denn Appetit, Madam?«, erkundigte sich Laura. »Ich habe eine kräftige Rinderbrühe gekocht. Sie wissen doch: Essen hält Leib und Seele zusammen.«

Mrs Hazelwood schien eine Entscheidung von ihren

Besuchern abhängig zu machen. »Würdet ihr mit mir gemeinsam davon probieren? Es wäre mir eine Freude. In Gesellschaft isst es sich angenehmer.«

Justus, Peter und Bob stimmten zu. Und nicht nur, um Mrs Hazelwoods Kräfte zu mobilisieren. Der anregende Duft der Bouillon, der ihnen schon beim Betreten des Hauses in die Nase gestiegen war, ließ ihnen das Wasser im Mund zusammenlaufen.

Zehn Minuten später hatten die drei Detektive die Ehre, in Mrs Hazelwoods Schlafzimmer zu sitzen. Laura hatte ihnen hier die Suppe serviert. Dazu gab es geröstetes Weißbrot. Während die Dame aufrecht sitzend im Bett die Bouillon löffelte, saßen die Jungs an einem kleinen Tisch und langten hungrig zu. Dabei sah sich Justus interessiert um. Er fixierte eine Fotografie, die eingerahmt unter Glas an der Wand hing. Es war das einzige Bild im Schlafzimmer. Mrs Hazelwood stand unter einem Baum und umarmte lachend einen kahlköpfigen Mann, der in einen Apfel biss. »Ist das auf dem Foto Ihr Ehemann?«, erkundigte er sich.

Die Dame nickte. »Das ist Jill. Aufgenommen wurde das Foto vor vier Jahren bei der Obsternte in unserem Garten.«

Mit einer Serviette tupfte sie sich den Mund ab. Sie sah noch immer erschöpft aus.

»Geht es Ihnen jetzt besser, nachdem Sie etwas gegessen haben?« Auch Bob hatte seinen Teller leer gelöffelt und stellte ihn aufs Tablett zurück.

»Die Suppe hat gut getan. Großes Lob an Laura. Ansonsten muss ich deine Frage verneinen.« Mrs Hazelwood legte sich in eine bequemere Position auf den Rücken. Dann faltete sie die Hände zusammen. »Ihr zweifelt an meinem Verstand, habe ich Recht? Ihr müsst an meinem Verstand zweifeln. Das wäre die logische Konsequenz.«

»Warum?«, fragte Justus knapp.

»Nach allem, was ich euch bisher über mich erzählt habe und was ihr mit mir erlebt habt, wie könnt ihr mich da noch für voll nehmen?«

»Ich habe damit kein Problem«, gab der Erste Detektiv offen zu. »Die einzige Frage, die sich stellt, ist: Wie soll es nun weitergehen? Haben Sie darüber schon nachgedacht?«

»Tage, Wochen, Monate und Jahre.« Mrs Hazelwood rückte ihr Kopfkissen zurecht. »Ohne Erfolg. Ich komme zu keinem vernünftigen Ergebnis.«

»Ihr gesundheitlicher Zustand ist nicht sehr stabil, Madam«, versuchte Peter ihr verständlich zu machen. »Wer oder was auch immer der Auslöser für Ihren Schwächeanfall war – Sie müssen sich untersuchen lassen.«

Mrs Hazelwood presste verbittert die Lippen zusammen. »Fangt nicht schon wieder damit an. Könnt ihr mich denn nicht verstehen?« Es klang wie ein Flehen. »Die Ärzte konnten Jill nicht zurückholen und sie waren auch nicht in der Lage, mein Augenlicht zu retten. Von meinen Erlebnissen in der Kindheit mal ganz abgesehen. Wenn ich mich jetzt in die Obhut eines Arztes begeben würde, liefe ich Gefahr, in eine geschlossene Anstalt eingewiesen zu werden.«

Bob spitzte die Ohren. »Das müssen Sie uns näher erklären.«

Die Dame schluckte. »Seit mich dieses verfluchte Insekt in die Hand gestochen hat, leide ich nicht nur unter Brechreiz und Müdigkeit ...« Mit der Zunge fuhr sie sich über die trockenen Lippen. »Ich ... ich glaube ... ich habe auch Halluzinationen.«

»Sinnestäuschungen?«, vergewisserte sich Peter. »Welcher Art?«

»Die Möbel in diesem Haus verschieben sich. Selbst das Bett hat sich vergangene Nacht bewegt. Während ich darin geschlafen habe!«

»Das gibt es doch nicht!«, rutschte es Bob unüberlegt heraus. Sofort bereute er diese Äußerung.

»Auch der Teppich im Flur ist um einige Zentimeter gewandert«, fuhr sie flüsternd fort. »Und der Schrank im Badezimmer, in dem ich meine Handtücher verwahre, steht auch nicht mehr an derselben Stelle. Zuerst vermutete ich, dass wir ein leichtes Erdbeben hatten. Was ja in dieser Gegend an sich nicht ungewöhnlich ist. Aber in den Nachrichten haben sie nichts verlauten lassen.«

Der Erste Detektiv ließ seine Blicke ums Bett wandern. »Wo stand Ihr Bett, bevor sie die Bewegung registriert haben?«

»Hier unter dem Schrägbalken, wo es jetzt auch steht«, erwiderte die Dame. »Es handelt sich ja nur um ein paar Zentimeter. Wenn überhaupt.«

»Wenn überhaupt?« Bob war skeptisch. »Wie ist Ihnen dieser minimale Unterschied denn aufgefallen?

Wenn mein Bett zu Hause sich um einige Zentimeter verschoben hätte, käme mir das niemals zu Bewusstsein. Das würde ich gar nicht sehen!«

Mrs Hazelwood legte den Finger an die Lippen. »Meine Füße haben es gespürt. Anhand der Ritzen im Parkettboden. Die Bettpfosten schlossen exakt mit ihnen ab. Das ist nun nicht mehr der Fall. Mit dem Teppich im Flur verhält es sich genauso. Zwischen dem achten und dem neunten Dielenbrett, von meiner Schlafzimmertür aus gesehen, begann der Teppichansatz. Heute Morgen lag das Ende genau an der Ritze des neunten. Ich bin extra noch mal zurückgegangen und habe mich vergewissert.«

»Aber ein Teppich kann doch mal verrutschen«, gab Peter zu bedenken. »Gerade auf einem glatten Holzboden. Da kann man sich böse auf die Nase legen!«

Mrs Hazelwood schüttelte den Kopf. »Aus diesem Grund ist der Läufer mit doppelseitigem Klebeband am Boden befestigt. Auch heute noch. Ich habe das überprüft.«

»Eigenartig«, murmelte Justus. »Und wie war das mit dem Schrank im Badezimmer?«

»Der steht direkt neben dem Waschbecken zwischen der vierten und der elften Bodenfliese. Beim Zähneputzen stieß ich mit meinem linken kleinen Zeh häufig gegen die Kante der rechten Seitenwand. Gestern Abend befand sich diese nicht mehr auf der elften, sondern auf der zehnten Fliese.«

Der Erste Detektiv verfiel ins Grübeln. Dabei kratzte er sich nachdenklich am Kinn.

»Haben Sie Laura davon erzählt?«, versuchte unterdessen Bob in Erfahrung zu bringen. »Schließlich könnte es doch sein, dass sie die Möbel und den Teppich beim Hausputz unbeabsichtigt verschoben hat.«

»Davon hätte ich ja wohl etwas mitgekriegt. Ich bin doch rund um die Uhr im Haus. Außerdem hat hier kein Hausputz stattgefunden. Laura hat sich ausschließlich um mich gekümmert.«

Unruhig begann Justus im Schlafzimmer umherzulaufen. »Sie sind eine äußerst sensible und aufmerksame Person, Madam. Ich kenne Sie erst seit einigen Tagen, doch trotzdem wage ich die Behauptung aufzustellen, dass Ihnen durch Ihr feinfühliges Gespür nicht das geringste Detail entgeht. Ich gehe sogar noch einen Schritt weiter. Durch den Verlust Ihres Augenlichts sind Sie in der Lage, Dinge zu bemerken, die uns Sehenden verborgen bleiben. Eine Kostprobe dieser Fähigkeit haben Sie uns ja gerade geliefert.«

»Worauf willst du hinaus?« Mrs Hazelwood strich sich verlegen durchs Haar.

»Ich frage mich, weshalb Sie an Ihrer Wahrnehmung zweifeln. Wenn der Badezimmerschrank nicht mehr an der gleichen Stelle steht wie bisher, dann handelt es sich um eine Tatsache und keinesfalls um eine Halluzination. Ich denke mal ...« Mitten im Satz hielt Justus plötzlich inne.

Hinter der angelehnten Schlafzimmertür hatte er eine Bewegung wahrgenommen.

Misstrauen

Als Justus mit einem Ruck die Tür öffnete, entfuhr Mrs White ein greller Schrei. Mrs Hazelwood, Peter und Bob lief es eiskalt den Rücken herunter. Die Lehrerin schrie wie am Spieß und konnte sich kaum beruhigen.

Der Erste Detektiv erholte sich zuerst von dem Schrecken. »Reißen Sie sich zusammen, Mrs White! Es ist doch gar nichts passiert! Kommen Sie zu sich!«

»Wie ... wie kannst du es wagen, mich so zu erschrecken!« Anklagend drückte sie ihren spitzen Finger gegen seine Brust. »Sie haben an der Tür gelauscht. Da darf man sich nicht wundern.« Justus blickte ihr scharf in die Augen. »Gibt es einen triftigen Grund für Ihr Benehmen?«

Atemlos kam Laura herbeigeeilt. »Um Himmels willen, was ist passiert?« Sie warf einen raschen Blick ins Schlafzimmer. »Ist jemand verletzt?«

Mrs Hazelwood hatte in der Zwischenzeit ihr Bett verlassen und sich in einen Bademantel gehüllt. »Ich verlange Aufklärung. Was geht hier vor?«

»Ich habe Mrs White nur hereingebeten und ihr gesagt, dass Sie oben im Schlafzimmer mit den jungen Herren essen«, verteidigte sich Laura. »Ohne mich eines Blickes zu würdigen rauschte sie an mir vorbei.«

»Nicht du schuldest uns eine Erklärung, Laura, sondern Mrs White.« Der Erste Detektiv verschränkte die Arme. »Also bitte, Madam. Wir hören. Weshalb haben Sie unser Gespräch belauscht?«

»Das hat dich einen Dreck zu interessieren!«, pfefferte sie Justus rüde entgegen. »Darüber unterhalte ich mich mit Mrs Hazelwood unter vier Augen.« Sie stockte verlegen. »Ich meine natürlich – ohne weitere Anwesende. Entschuldige, Janet, aber meine Nerven liegen seit einigen Tagen blank.«

»Das geht uns nicht anders«, warf Laura ein. »Vielleicht liegt es nur am Wetter. Man erstickt ja bei dieser Schwüle. Draußen bewölkt es sich. Ich denke, bald gibt es ein Gewitter.«

»Darauf müssen wir noch warten«, prophezeite Mrs Hazelwood. »Bis dahin braut sich noch eine Menge zusammen.« Dann wandte sie sich an Mrs White. »Ich habe vor Laura und den drei Jungs keine Geheimnisse, Jennifer. Du kannst offen reden.«

»Es wäre mir aber sehr unangenehm, Janet.«

Laura lachte auf. »Dann geht es sicher um mich oder euch, Jungs! Haben Sie nur keine Hemmungen, Mrs White. Packen Sie aus!«

»Also gut.« Nervös fummelte die Lehrerin an ihrer Perlenkette. »Ich habe nicht an der Tür gelauscht. Ich wollte nur nicht hereinplatzen, da ich den Gesprächsfetzen entnehmen konnte, dass es um irgendeine wichtige Sache ging. Ich verstand nur einige Worte, ohne den geringsten Zusammenhang. Das musst du mir glauben, Janet. Ich hatte mich gerade entschlossen anzuklopfen. In dem Moment riss dieser Bengel die Tür auf und erschreckte mich fast zu Tode!«

»Was wolltest du denn nun mit mir besprechen, Jennifer?« Durch den Mund atmend wartete Mrs Hazelwood auf eine Antwort.

»Es tut mir für alle Beteiligten außerordentlich Leid. Aber ich habe den ganzen Tag noch einmal über das Verschwinden meiner Brieftasche nachgedacht. Wie man es auch dreht und wendet, es lässt nur einen Schluss zu: Sie ist mir in diesem Haus abhanden gekommen. Irrtum ausgeschlossen. Und da außer dir, Janet, zu diesem Zeitpunkt nur Laura und diese drei Bengel im Haus waren, muss sie sich einer von den vieren unter den Nagel gerissen haben.«

Fassungslos baute sich Laura vor der Lehrerin auf. »Wenn Sie sich für diese Frechheit nicht sofort entschuldigen, verpasse ich Ihnen eine, dass Sie glauben, Weihnachten und Ostern fallen auf einen Tag! Ich meine es ernst.« Drohend erhob sie die Hand.

»Dann haben Sie eine Anzeige wegen Körperverletzung am Hals.« Mrs White ließ sich nicht im Geringsten einschüchtern. »Ich räume dem Schuldigen eine Bedenkzeit von vierundzwanzig Stunden ein.« Sie warf einen Blick auf ihre Armbanduhr. »Ich wohne in der Guiltyroad Hausnummer dreiundsechzig in Santa Barbara. Wenn die Brieftasche binnen dieser Frist in meinem Briefkasten landet, erspart der Dieb sich und allen Anwesenden hier eine Menge Ärger. Ich glaube, ich muss nicht weiter ausführen, was das im Einzelnen bedeutet.«

Die Hausangestellte verzog das Gesicht. »Verschonen

Sie uns mit weiteren Details. Wir alle haben genug Krimis im Fernsehen gesehen. Wenn Sie erlauben, Madam, gehe ich wieder an meine Arbeit.« Sie betrat das Schlafzimmer und kehrte nach wenigen Sekunden mit einem beladenen Tablett auf den Flur zurück. »Soll ich Sie zur Tür geleiten, Mrs White?«

Mit einem schnippischen Laut und ohne sich zu verabschieden eilte die Lehrerin die Treppe hinab. Auch dieses Mal ließ sie die Haustür krachend hinter sich ins Schloss fallen.

Justus wartete, bis auch Laura in der Küche verschwunden war. Dann stupste er Mrs Hazelwood am Arm. »Ist alles in Ordnung, Madam?«

»Was ist das für eine Frage, junger Mann. Jetzt gerät wohl alles aus den Fugen. Wenn Jennifer auch nur einem von uns die Polizei auf den Hals hetzt, bin ich die längste Zeit Schülerin bei ihr gewesen. Langsam reicht's! Ob sie noch zur Besinnung kommt?«

»Das kann mir ziemlich egal sein«, erwiderte Peter schroff. »Ich habe mir nichts vorzuwerfen.«

»Wir sollten uns lieber mit der Frage befassen, die ich Ihnen vorhin gestellt habe, Madam«, rief sich der Erste Detektiv ins Bewusstsein zurück. »Sie haben mir darauf noch keine Antwort gegeben.«

Mrs Hazelwood winkte die drei Detektive ins Schlafzimmer. »Ich muss mich wieder hinlegen. Aber ihr dürft mir gerne noch ein wenig Gesellschaft leisten.« Mit kleinen Schritten wankte sie zum Bett zurück. Stöhnend ließ sie sich darauf nieder. »Also, was wolltest du noch wissen?«

»Die Tatsachen sprechen dafür, dass einige Möbel in diesem Haus ohne erkennbare Ursache verschoben worden sind. Ich frage Sie, weshalb Sie da von Halluzinationen ausgehen und nicht in Erwägung ziehen, dass da von menschlicher Hand nachgeholfen wurde?«

»Weil ich es hätte merken müssen«, erklärte Mrs Hazelwood. »Zugegeben, dieser Moskitostich hat mir ganz gewaltig zugesetzt – ich war wie in einem Dämmerzustand. Doch trotzdem habe ich einen leichten Schlaf. Wenn neben meinem Bett eine Feder zu Boden fällt, wache ich sofort auf. Ich habe aber nichts gehört und auch nichts gespürt und dennoch hat sich mein Bett verschoben, während ich darin lag. Seht es euch doch an. Das Gestell ist aus massiver Eiche. Wenn man es über den Boden zieht, würde man es im ganzen Haus hören.«

Der Erste Detektiv trat an das Bett heran. »Erlauben Sie, dass ich es mal probiere?«

Die Dame nickte. Darauf umfasste Justus die Bettkante am Fußende und zog mit aller Kraft.

Es quietschte und rumste, obwohl er das Bett nur einige Zentimeter bewegt hatte.

»Ich muss zugeben, davon wäre selbst ich aufgewacht. Obwohl ich wie ein Stein schlafe.« Bob hob misstrauisch die Augenbrauen. »Die Sache ist schon merkwürdig.«

Peter erschauerte. »Unheimlich wäre der passendere Ausdruck. Was geht in diesem Haus nur vor?«

»Und wenn ich mir doch nur alles einbilde?«, zweifelte Mrs Hazelwood. »Wenn ich mir nur einrede, dass die Ritzen vorher im Parkettboden exakt mit den Bettpfosten abgeschlossen haben? Das wäre doch der Beweis dafür, dass die Parasiten bereits mein Gehirn befallen haben und ich allmählich verrückt werde.«

Der Erste Detektiv sah seine Freunde kurz an. Dann baute er sich in voller Größe vor Mrs Hazelwoods Bett auf. »Ich zweifle keine Sekunde an Ihrem Geisteszustand, Madam. Irgendetwas geht hier nicht mit rechten Dingen zu. Sie erinnern sich doch sicher daran, dass Peter, Bob und ich ein Detektivteam sind. Wenn Sie nichts dagegen haben, bieten wir Ihnen an, die geheimnisvollen Vorgänge in diesem Haus zu klären.«

Angriff

»Das meinst du wirklich ernst, ja?« Resigniert presste Mrs Hazelwood die Lippen zusammen. »Hast du diesen Vorschlag wieder über die Köpfe deiner Freunde hinweg getroffen oder seid ihr euch dieses Mal darüber einig?«

»Unser Motto lautet: Wir übernehmen jeden Fall«, zitierte Bob den Slogan ihrer Visitenkarte. »Justus hat zwar einen Dickschädel, doch wenn es um die Aufklärung eines Falles geht, sind wir uns meistens einig.«

Mrs Hazelwood rückte ihre Brille zurecht. »Und was gedenkt ihr in diesem Fall als Erstes zu tun?«

»Eine Frage mit einer Gegenfrage beantworten«, entschied Justus. »Wie lange hat Mrs White gestern in Ihrem Haus nach der Brieftasche gesucht, nachdem wir uns von Ihnen verabschiedet hatten?«

Ein kurzes Zucken fuhr durch ihr Gesicht. »Ich ahne, weshalb du das wissen willst. Aber diese Frage macht mir Angst.«

»Wie lange hat sich die Lehrerin hier noch umgesehen?«, wiederholte Justus ungeduldig. »Und in welchen Räumen ist sie gewesen?«

»Daran kann ich mich ehrlich gesagt nicht so genau erinnern. Meine volle Aufmerksamkeit galt dem Moskitostich. Das müsst ihr verstehen. Doch halt. Wartet … wie war das noch? Sie suchte in der Vorhalle …

in der Küche ... dann in der Bibliothek ... und anschließend im Badezimmer. Zu diesem Zeitpunkt habt ihr mein Haus verlassen.«

»Ausgezeichnet, Madam«, lobte Bob. »Wo suchte Mrs White dann weiter?«

»Ich glaube ... in der Besenkammer.« Mrs Hazelwood stockte. »Seltsam. Dann ging sie nämlich wieder nach oben.«

»Haben Sie mitgekriegt, in welchen Raum?«, fragte Justus gespannt.

Fieberhaft konzentrierte sich die Dame auf die gestrige Situation. »Nein, unmöglich. Denn ich ging in die Küche zurück, um den Tisch abzuräumen. Wie lange war sie oben? Höchstens eine Minute.«

»Just, du glaubst, dass Mrs White die Möbel und den Teppich verschoben hat?« Der Zweite Detektiv kratzte sich am Kopf. »Was für einen Sinn sollte das ergeben?«

»Dafür habe ich noch keine einleuchtende Antwort parat«, musste Justus eingestehen. »Wir können aber an mit Sicherheit grenzender Wahrscheinlichkeit davon ausgehen, dass Mrs White an den besagten Plätzen nicht nach ihrer Brieftasche gesucht hat. Ich wage sogar die Vermutung aufzustellen, dass sie ihr überhaupt nicht abhanden gekommen ist.«

»Einen Moment«, unterbrach Mrs Hazelwood Justus' Gedankengänge. »Ich kann ja verstehen, dass euch die Lehrerin nicht allzu sympathisch ist, zumal sie euch des Diebstahls bezichtigt. Doch was ihr da gerade betreibt, steht ihrem Denken in keiner Weise nach. ›Feuer mit Feuer bekämpfen‹ nennt man das. Ein jeder verdächtigt den anderen. Außerdem beweist mir eure untragbare Beschuldigung, dass ihr mir mal wieder nicht aufmerksam zugehört habt. Wer sich als ›Detektiv‹ bezeichnet, dem sollte nicht die kleinste Aufmerksamkeit entgehen.«

»Und die wäre?«, fragte Justus angesäuert. Ihm gefiel es gar nicht, wenn jemand seine Schlussfolgerungen infrage stellte.

»Mrs White hat die oberen Räume aufgesucht, das ist richtig.« Mrs Hazelwood rückte wieder ihre dunkle Brille zurecht. »Doch zu diesem Zeitpunkt befand ich mich, wie vorhin bereits erwähnt, in der Küche. Mein Bett aber wurde verschoben, als ich darin lag. Folglich ist es äußerst fraglich, ob ihr die Tat zuzuschreiben ist.«

»1:0 für Sie, Madam«, gab Justus zu. »Dennoch wäre zu klären, weshalb sie ein zweites Mal ins Obergeschoss ging.«

Mrs Hazelwood triumphierte. »Das ist doch einfach in Erfahrung zu bringen. Ich brauche sie nur zu fragen. Ich rufe sie nachher an. Jetzt ist es zu früh. Sie wird noch nicht zu Hause sein.«

»Auf ihre Antwort bin ich gespannt.« Bob trommelte unruhig mit den Fingern auf dem Bettpfosten. »Ich werfe mal einen kurzen Blick ins Badezimmer, Kollegen, und begutachte den Schrank. Mal sehen, wie leicht der sich bewegen lässt.« Flink verließ er das Schlafzimmer.

»Mir fällt da gerade noch etwas ein«, erinnerte sich Mrs Hazelwood mit leiser Stimme. »Jennifer verdächtigte vorhin Laura und euch die Brieftasche entwendet zu haben, da ihr die Einzigen wart – von meiner Person mal ganz abgesehen –, die sich zur Tatzeit in diesem Haus befanden. Das ist nicht ganz richtig.«

»Wie meinen Sie das?«, hinterfragte Peter.

»Mr Collins war ja auch noch mal hier. Wenn auch nur für zehn Minuten.«

Justus wurde hellhörig. »Wer ist Mr Collins?«

»Der Imker, der das Hornissennest aus dem Geräteschuppen entfernt hat. Er kam an dem besagten Tag hierher, weil er das Insekt, das im Badezimmer noch unter dem Zahnputzglas gefangen war, vergessen hatte. Er hat noch einmal den weiten Weg zurückgelegt, nur um die eine Hornisse zurück in ihr Nest zu bringen. Eine seltsame Art von Tierliebe.« Mrs Hazelwood schüttelte sich. »Ich bin davon ausgegangen, dass dieses Biest unter dem Glas bereits verhungert oder erstickt sei. Doch weit gefehlt. Diese Kreaturen scheinen zäh zu sein.«

»War dieser Mr Collins denn auch hier oben?«, vergewisserte sich Peter.

»Allerdings. Er schien von der Innenarchitektur dieses Hauses hellauf begeistert zu sein. Die Vorhalle mit den zwei Marmorsäulen hatte es ihm besonders angetan. Er bat mich um eine kleine Führung durch die Räume. Diesen Wunsch habe ich ihm nicht abgeschlagen.« Mrs Hazelwood stützte sich auf die Matratze. »Was meint ihr? Ob er Jennifers Brieftasche an sich genommen hat?«

Der Erste Detektiv ließ sich nach Mrs Hazelwoods Rüge zu keiner voreiligen Stellungnahme verleiten.

»Ich müsste diesen Mann persönlich sprechen, um mir darüber ein Urteil erlauben zu können.«

»Dem steht nichts im Wege.« Aus dem Gedächtnis nannte ihnen die Dame Adresse und Telefonnummer des Imkers.

»Wenn es euren Nachforschungen dienlich ist, dann stattet ihm einen Besuch ab. Ich kann mir allerdings nicht vorstellen, dass er etwas auf dem Kerbholz hat. Sein Wesen schien mir Vertrauen erweckend.«

Auf dem Flur nahten Schritte. Kurz darauf betrat Bob das Schlafzimmer. »Den Schrank im Bad zu bewegen stellt kein großes Problem dar, Kollegen. Selbst ein kleines Kind könnte das vollbringen. Der Schrank gleitet nahezu über die Bodenkacheln.«

Unten in der Vorhalle wurde der Staubsauger eingeschaltet. Justus wandte sich an Mrs Hazelwood. »Sind Sie sich sicher, dass Laura nicht vielleicht doch mit Hausarbeit beschäftigt war? Ich meine, haben Sie sie gefragt?«

»Ich habe mit Laura vereinbart, sie dürfe keine eigenmächtigen Veränderungen in diesem Haus vornehmen. Und seien sie in ihren Augen noch so geringfügig. Selbst wenn sie nur eine Schere woanders hinlegte, würde ich Stunden damit zubringen, sie zu suchen. Schließlich bin ich blind.«

»Haben Sie sie dennoch gefragt, Madam?«, beharrte Justus auf seiner Frage.

Die Dame verneinte und stieß trotzig die Bettdecke zur Seite. »Das werde ich jetzt nachholen.«

Sie rutschte in ihre Pantoffeln und trat auf den Flur

hinaus. »Laura!«, versuchte sie das Dröhnen des Staubsaugers zu übertönen. »Laura!«

Augenblicklich verstummte das Gerät. »Sie haben gerufen? Ich komme, Madam!« Schon wenige Sekunden später kam die Hausangestellte ins Schlafzimmer geeilt. »Haben Sie einen Wunsch?«

»Mir geht es nur um eine Auskunft. Hast du seit deiner Einstellung hier im Haus mein Bett verrückt, im Badezimmerschrank herumgeräumt oder den Teppich an eine andere Stelle gezogen?«

»Wie käme ich dazu?«, empörte sie sich. »Das haben Sie mir doch ausdrücklich untersagt!«

»Rege dich nicht auf, es war ja nur eine Frage.« Mrs Hazelwood setzte sich an den Tisch.

Die Hausangestellte stemmte die Arme in die Hüften. »Ich kann Ihnen auf den Kopf zusagen, wer dafür verantwortlich ist, Madam. Es wundert mich nur, dass Sie selbst noch nicht darauf gekommen sind. Mrs White, diese unerträgliche Schreckschraube, hat doch auf der Suche nach ihrer Brieftasche das halbe Haus auf den Kopf gestellt. Es würde mich nicht wundern, wenn sie dabei nicht auch in Ihren Privatsachen herumgeschnüffelt hat. Entschuldigen Sie vielmals, dass ich diesen Verdacht ausspreche, aber er scheint mir doch mehr als berechtigt zu sein.«

»Es ist gut, Laura. Du kannst wieder an deine Arbeit gehen.« Mit einer Geste wies Mrs Hazelwood zur Tür.

Die Hausangestellte biss zerknirscht die Zähne zusammen. »Verstanden, Madam.« Sie wollte gerade den Raum verlassen, da weiteten sich ihre Augen und fixierten das geöffnete Fenster. Justus folgte ihrem Blick. Was er sah, widersprach jeder Logik. Im Schlafzimmer saßen, auf dem schwarzen Moskitonetz kaum zu erkennen, drei dicke Stechmücken. Eine von ihnen setzte gerade zum Start an und näherte sich angriffslustig Mrs Hazelwoods Gesicht!

Abneigung

Was nun geschah, ging so schnell, dass die drei Detektive und Laura es mit ihren Augen kaum mitverfolgen konnten. Blitzschnell schossen Mrs Hazelwoods Hände in die Höhe und klatschten mit einem Knall zusammen.

»Erwischt!« Mit spitzen Fingern zog die Dame ein Papiertuch aus einer Pappschachtel und putzte damit ihre Hände.

Nun sprang Laura mit einem Satz auf das Fenster zu. Sie schloss es mit solch einem Ruck, dass die Scheibe vibrierte. Erleichtert atmete sie auf. »Die kommen hier nicht mehr rein.«

»Wovon sprichst du?«, erkundigte sich Mrs Hazelwood erregt. Sofort begannen ihre Knie zu zittern. »Antwortet!«

Bob trat näher an das Fenster und inspizierte irritiert das Moskitonetz. Die zwei Stechmücken, die nun zwischen der Scheibe und dem Insektenschutz gefangen waren, suchten flügelschlagend nach einem Ausweg. »Das verstehe, wer will. Wie sind die Moskitos ins Zimmer gelangt? Nirgendwo ist eine Öffnung zu sehen.«

»Wie viele sind es?«

»Keine Sorge, Madam, nur zwei.« Laura versuchte ihrer Stimme einen sicheren Tonfall zu verleihen. »Ich habe sie ausgesperrt.«

»Wer garantiert mir, dass hier nicht noch mehr gierige Blutsauger lauern?« Mrs Hazelwood verzog sich in die hinterste Ecke des Schlafzimmers. »Wo ist denn das Insektenspray? Ohne diese Dose finde ich keine ruhige Minute! Bring sie mir! So beeil dich doch!«

Ohne Widerrede verließ Laura das Zimmer. Als sie zurückkehrte, drückte sie Mrs Hazelwood eine Spraydose in die Hand. Mit schnellem Griff löste diese den Deckel und drückte auf die Düse. Ein nebliger Strahl verteilte sich im Schlafzimmer. Justus, Peter und Bob stürmten auf den Flur. Laura folgte, während sie sich mit ihrer Hand die tränenden Augen rieb. »Das Zeug ist doch hochgiftig!«

»Das ist mir egal!« Hustend erschien die Dame im Türrahmen. »Hauptsache, die Viecher verenden. Hoffentlich sind sie gegen dieses chemische Mittel nicht immun.«

Peter zog aus seiner Tasche ein Papiertaschentuch und reichte es der Hausangestellten. »Hier, Laura. Deine Augen sehen aus, als hättest du für eine ganze Armee Zwiebeln geschnitten.«

Dankbar tupfte sie sich die Tränen ab. »Sie haben einfach drauflosgesprüht, Madam! Das nächste Mal sprechen Sie bitte vorher eine Warnung aus.«

»Ich hatte mich nicht mehr unter Kontrolle. Ich bitte um Entschuldigung.« Mrs Hazelwood schloss die Schlafzimmertür und fasste sich hustend an den Hals. »Ob mich die Moskitos umbringen oder das Insektenspray – was spielt das noch für eine Rolle?«

Peter hob anklagend die Stimme. »Ich habe zwar

vollstes Verständnis für Ihre Lage. Dennoch sollten Sie nicht noch zusätzlich unsere Gesundheit aufs Spiel setzen. Ich lebe sehr gern und möchte noch hundert Jahre alt werden.«

»Mindestens«, stimmte Bob zu. Dabei beobachtete er, wie Mrs Hazelwood die gegenüberliegende Tür des Flures öffnete.

»Ich werde heute im Gästezimmer übernachten, Laura. Das Zimmer, das ich eigentlich dir zugedacht habe. Doch du bleibst ja lieber in deinem Appartement und zahlst viel Miete. Santa Monica ist ein teures Pflaster.«

Laura stemmte die Arme in die Hüften. »In der Jackson Road fühle ich mich zu Hause. Sie liegt zwar etwas abseits vom Treiben der City, aber ich bin ein Gewohnheitstier. Ich lebe seit zehn Jahren dort. Die Gegend ist mir ans Herz gewachsen. Außerdem singe ich dort wöchentlich im Gospel-Chor. Die Kirche liegt nur einen Steinwurf von meiner Wohnung entfernt.«

»Du musst es ja wissen«, erwiderte Mrs Hazelwood knapp. »Jedenfalls werde ich mich heute Abend hier einquartieren. Vorausgesetzt, dass sich darin kein fliegendes Ungeziefer versteckt. Dafür übertrage ich dir die Verantwortung, Laura.«

»Wenn Sie gestatten, Madam, würde ich gern vorher unten noch zu Ende saugen. Danach nehme ich mir das Gästezimmer vor.«

Als die Hausangestellte gegangen war, kaute Justus nachdenklich an seiner Unterlippe.

Peter kannte diese Angewohnheit seines Freundes nur zu gut. »Na, Erster, worüber denkst du nach?«

Der Erste Detektiv begutachtete eingehend die Spraydose in Mrs Hazelwoods Hand. »Würden Sie mir verraten, seit wann Sie dieses Insektengift benutzen?«

»Meinst du speziell diese Dose hier?« Sie rückte ihre Brille zurecht. »Oder wie darf ich die Frage verstehen?«

»Ich will anders fragen: Versprühen Sie in diesem Haus schon länger Pestizide gegen Insekten oder ist es eine relativ neue Angewohnheit von Ihnen?«

Mrs Hazelwood stutzte. »Seltsam, dass du das fragst. Man könnte beinahe annehmen, du seist ein Hellseher. Bis vor einigen Tagen war ich nämlich noch eine überzeugte Gegnerin solcher Chemiekeulen. Trotz meiner Insektenphobie. Denn unsere Umwelt ist schließlich schon genug von Giften verseucht. Außerdem bin ich bislang von Moskitostichen verschont geblieben. Mein Körpergeruch oder meine Blutgruppe scheint die Stechmücken bisher davon abgehalten zu haben, ihren Rüssel in meine Haut zu bohren. Doch seit Laura von den Hornissen attackiert wurde und seit sie von den gefährlichen Krankheitserregern berichtete, die die Moskitos auf den Menschen übertragen, scheinen diese Blutsauger ihr Verhalten geändert zu haben. Jedenfalls, um deine Frage präzise zu beantworten: Dies ist die erste Spraydose Insektengift, die ich in meinem Leben angeschafft habe.«

»Von Ihrer Insektenphobie haben Sie uns ja bereits erzählt«, setzte der Erste Detektiv zur Erklärung an. »Seit Ihrer Kindheit leiden Sie darunter. Doch erst als Laura das Gespräch der Ärzte im Krankenhaus belauscht hat, hielten Sie es für nötig, in Ihrem Haus Moskitonetze anzubringen.«

»Das ist zweifellos richtig.« Nervös ließ die Dame die Spraydose von einer Hand in die andere wandern.

»Ich bin weder ein Hellseher noch in der Lage, die Gedanken anderer Menschen zu lesen«, erklärte Justus gelassen. »Ich nenne es einfach logische Schlussfolgerung. Da Sie sich vorhin in der Dosis der Spraydose ein wenig verkalkuliert haben – denn niemand verpasst sich freiwillig solch einen Hustenanfall –, schloss ich daraus, dass Ihnen der Umgang mit dieser Art Insektengift relativ fremd sein müsste. Das haben Sie uns ja auch bestätigt. Außerdem würde sich jeder halbwegs vernünftige Mensch in seinem Haus vor Stechmücken mit Moskitonetzen schützen statt seine Räume mit einer Giftwolke zu verpesten.«

»Das habe ich ja auch getan«, verteidigte Mrs Hazelwood ihr Handeln vehement. »Doch diese Biester sind trotz der Sicherheitsvorkehrungen in mein Haus eingedrungen und haben mich angegriffen!«

»Obwohl Sie bisher stets von Mückenstichen verschont geblieben sind, wie Sie vorhin sagten.« Bob pustete in sein T-Shirt. Die drückende Schwüle machte ihm gehörig zu schaffen. Er schwitzte am ganzen Körper.

»Könnte es nicht sein, dass die Moskitos schon im Haus waren, bevor wir die Netze anbrachten?«, versuchte Peter den Sachverhalt zu klären.

»Ja und nein.« Mrs Hazelwood deutete auf die Dose in ihrer Hand. »Als ich von der Mücke gestochen wurde, habe ich Laura noch am selben Abend in den Drogeriemarkt geschickt, um das Insektenspray zu besorgen. Noch vor dem Schlafengehen hat sie damit die Räume ausgesprüht. Ich war dabei. Das kann kein Insekt überlebt haben. Und dennoch lauerten eben drei dieser Blutsauger in meinem Schlafzimmer. Ich kann mir das nicht erklären.«

»Wer weiß von Ihrer Insektenphobie, Madam?«, fragte der Erste Detektiv geradeheraus.

»Just, du glaubst doch nicht etwa, dass jemand die Moskitos absichtlich ins Haus gebracht hat?«, fragte Peter ungläubig. Mrs Hazelwood begann zu flüstern. »Das ist unmöglich. Hör auf, solch schreckliche Dinge in Betracht zu ziehen.«

»Nichts ist unmöglich, Madam.« Auch Justus senkte seine Stimme.

»In diesem Falle irrst du aber. Über meine krankhafte Abneigung habe ich nie mit jemandem gesprochen. Mit Ausnahme von meinem Mann. Und der liegt bereits unter der Erde.«

»Und was ist mit Mrs White?«

»Nicht eine Silbe habe ich darüber verloren. Ich muss dich enttäuschen, Justus. Wenn du glaubst, dass jemand beabsichtigt mich vorsätzlich dem Terror auszusetzen, bist du auf dem Holzweg. Ich habe in meinem Leben nicht nur Sachbücher verschlungen, sondern auch eine Menge Krimis. Wenn sich jemand die Mühe machen würde, mit meiner Angst zu spielen, müsste dahinter eine Absicht stecken. Zum Beispiel ein finanzieller Vorteil. In diesem Fall mein Haus oder Sparguthaben.

Beides ist nicht der Rede wert. Ich habe euch ja schon erzählt, dass Jill mein Geld zum größten Teil verspielt hat. Ohne die Rente, die ich aufgrund meiner Behinderung beziehe, könnte ich hier gar nicht mehr leben. Und dieses Haus geht nach meinem Tod in den Besitz der Bank über. Ihr seht, ich bin niemand, bei dem es sich lohnt, ihn auszunehmen.«

»Das gilt es als Nächstes zu klären, Madam«, ließ Justus aufmunternd verlauten. »Ich finde es zwar äußerst bedauerlich, dass Sie sich mit Händen und Füßen dagegen wehren einen Arzt aufzusuchen. Denn er könnte mit Sicherheit schnell klären, ob Sie tatsächlich durch eine Stechmücke infiziert wurden. Auch wenn Sie uns nicht unterstützen wollen, gibt es für uns trotzdem noch eine Möglichkeit, Licht in dieses Dunkel zu bringen. Ich denke mal, dass meine Idee ganz viel versprechend ist!«

Verschleiert

Dr. Charles Woolley war ein Entomologe. Vor einiger Zeit hatten die drei Detektive den Insektenforscher im Chaparral Canyon, nicht weit von dem Küstenstädtchen San Fernando Valley, kennen gelernt. Gleich nach dem Besuch bei Mrs Hazelwood war Justus mit ihm telefonisch in Kontakt getreten und hatte einen Termin für den folgenden Nachmittag vereinbart. Peter und Bob sollten währenddessen zwei weitere Fragen klären, deren Beantwortung nach Justus' Meinung dringend notwendig war, um im Fall ›Mrs Hazelwood‹ endlich ein Stück weiterzukommen.

Noch immer war die Schwüle unerträglich drückend, als der Bus an der Haltestelle direkt vor dem Bungalow des Forschers stoppte. Ächzend stieg der Erste Detektiv aus dem Bus und näherte sich, an einem Maisfeld vorbei, auf einem schmalen Kiesweg der Haustür. Er wollte gerade klingeln, als sich eine Kellerluke neben der Vortreppe öffnete. Aus dem Schacht kletterte ein Mann an die Erdoberfläche. Er war etwa fünfzig Jahre alt. Sein schlohweißes Haar war zurückgekämmt und zu einem Zopf gebunden. Freudestrahlend begrüßte er seinen Besucher.

»Justus! Du hast dich ja kaum verändert! Nett, dass du mich mal besuchen kommst!«

»Dr. Woolley!« Der Erste Detektiv streckte dem Forscher eine Hand entgegen. Die andere umfasste ein kleines Einmachglas, dessen Deckel mit einem Gummi geschlossen war. Wenige Minuten später stand dieses Glas auf dem Schreibtisch im Labor des Forschers. Justus berichtete Dr. Woolley, was sich in den letzten Tagen in dem Haus von Mrs Hazelwood ereignet hatte, während er dabei fasziniert die zahlreichen Terrarien bestaunte, in denen sich Tausende der verschiedenartigsten Insekten tummelten. Der Insektenforscher inspizierte interessiert das Einmachglas. Darin befanden sich die zwei Stechmücken, die Laura im Schlafzimmer von Mrs Hazelwood zwischen Fenster und Moskitonetz eingesperrt hatte.

Als der Erste Detektiv seinen Bericht beendet hatte, schüttelte Dr. Woolley ungläubig den Kopf.

»Ich habe in meinem Leben schon die sonderbarsten Dinge gehört und auch selbst erforscht, doch was du mir da erzählst, halte ich für recht fragwürdig.«

»Inwiefern?«, erkundigte sich Justus wissbegierig. Er hielt große Stücke auf Dr. Woolley.

»Wo soll ich anfangen?« Der Entomologe entnahm der Schreibtischschublade eine große Lupe. Damit betrachtete er die zwei Insekten genauer. »Du weißt, dass sich mein Interesse mehr auf Ameisen bezieht. Doch auch mit Moskitos habe ich mich während meiner Studienzeit intensiv beschäftigt. Speziell mit den Weibchen, die sich von den Männchen optisch leicht unterscheiden lassen.« Er reichte Justus die Lupe und deutete auf das Einmachglas. »Du siehst darin ein Weibchen und ein Männchen. Die Fühler der Moskitodame sehen zwar schon haarig genug aus, doch die des Männchens sind noch viel buschiger. So kann man sie gut auseinander halten. Bist du dir auch ganz sicher, dass die Stechmücke, die eure Klientin in die Hand gestochen hat, so aussah wie die im Glas hier?«

Der Erste Detektiv nickte entschieden. »Ich habe anschließend etliche Insektenführer studiert, Dr. Woolley. Die afrikanische Tsetsefliege, die mit ihrem Stich die gefürchtete Schlafkrankheit überträgt, sieht völlig anders aus. Ebenso die Kriebelmücke, die Gnitze und die Fiebermücke Anopheles, um nur einige zu nennen. Ich bleibe dabei: Das Insekt, von dem die Dame gestochen wurde, glich dem Weibchen hier in dem Glas wie ein Ei dem anderen.«

»Also ein Moskito.« Der Entomologe griff nach dem Glas und begab sich damit zu einem Tresen. »Und du möchtest jetzt von mir wissen, ob eure Klientin tatsächlich durch einen Stich dieser Gattung infiziert wurde oder ob ihr die Einbildung einen gehörigen Streich gespielt hat.«

Bob wischte sich über die feuchte Stirn. Selbst im Verlagsgebäude der ›Los Angeles Post‹, der Tageszeitung, bei der sein Vater als Journalist beschäftigt war, kam die Klimaanlage nicht gegen die hohe Luftfeuchtigkeit an. Bob saß in dem Archiv vor einem Computermonitor und durchforstete die Zeitungsausgaben, die seit dem zehnten August des vergangenen Jahres erschienen waren. Immer wieder blieben seine Augen an kuriosen Meldungen haften, die sich während des besagten Zeitraumes auf allen erdenklichen Plätzen der Erde ereignet hatten. Am meisten erheiterte ihn ein Artikel über einen dickleibigen Mann in New York, der so viel gegessen hatte, dass er nicht mehr durch die Tür passte und mit einem Kran aus der Balkontür gehoben werden musste. Insgeheim musste er dabei an Justus denken. Ob er diesen Artikel ausdrucken und ihm zur Warnung überreichen sollte? Denn schließlich brachte auch der Erste Detektiv ein enormes Gewicht auf die Waage. Ihm wollte er dieses drohende Schicksal ersparen.

Plötzlich rutschten seine Augen auf die linke Spalte. ›Tödlicher Unfall auf der Shadow Road‹. Sofort vergaß Bob sein Vorhaben und überflog die Meldung: ›In der Nacht zum 11. August ereignete sich auf der Schnellstraße Shadow Road, Ecke Milton Drive ein dramatischer Verkehrsunfall mit tödlichem Ausgang. Ein VW-Käfer raste mit sechzig Meilen in einen Tanklaster, der mit einem Motorschaden auf dem rechten Fahrstreifen liegen geblieben war. Der Fahrer des Käfers erlag seinen Verletzungen noch am Unfallort. Bei einer Untersuchung des Wagens ergab sich, dass der linke Scheibenwischer nicht funktionstüchtig war. Den Untersuchungen zufolge war das die Ursache dafür, dass der Käferfahrer das Hindernis nicht rechtzeitig erkennen konnte. Der kräftige Regenschauer in dieser Nacht machte eine klare Sicht unter diesen Umständen unmöglich.‹

Bob stutzte. Dann überflog er die Meldung ein zweites Mal. »Na, junger Mann? Noch immer eifrig beschäftigt?«

Erschrocken fuhr Bob herum. »Mensch, Susan, hast du mich erschreckt!«

Im Türrahmen stand die junge Praktikantin, die schon seit einigen Wochen bei Mr Andrews in die journalistische Arbeit eingewiesen wurde. In der Hand hielt sie eine Limonadenflasche. »Ich wollte dir eine kühle Erfrischung bringen. Diese drückende Hitze bringt einen ja um!«

Dankbar nahm Bob das Getränk entgegen und setzte es durstig an die Lippen. »Sag mal, Susan, könntest du mir vielleicht einen Stadtplan von Los Angeles besorgen? Ich bin da nämlich auf eine Sache gestoßen, die mich stutzig macht.«

Peter stieg aus seinem MG und blieb verwundert stehen. Er kniff die Augen zusammen. Dann sah er noch mal hin. Die Gestalt, die da im Garten stand und sich ihm langsam näherte, sah recht eigenartig aus. Sie war mit einem weiten weißen Overall bekleidet, trug dicke Handschuhe, die bis an die Ellenbogen reichten, und auf dem Kopf saß ein Hut mit breiter Krempe. An ihr hing ein dunkelgrüner Schleier, der den gesamten Kopf verdeckte.

»Äh, entschuldigen Sie …«, stammelte der Zweite Detektiv verunsichert. »Können Sie mir vielleicht weiterhelfen? Ich suche einen Mr Collins. Edward Collins.«

Die Gestalt blieb stehen und streifte den Hut vom Kopf. Zum Vorschein kam das Gesicht eines jungen Mannes, dessen sonnengebräunte Haut darauf schließen ließ, dass er sich häufig im Freien aufhielt.

»Der bin ich. Was kann ich denn für dich tun?«

Peter betrat den Garten. »Verzeihen Sie, dass ich Sie so anstarrte. Aber Ihre Aufmachung war mir etwas fremd. Im Nachhinein völlig logisch, da Sie doch Imker sind.«

»Die Bienen sind meine Freunde. Dennoch kann man nicht vorsichtig genug sein. Deshalb trage ich diese Schutzkleidung.« Mr Collins streifte sich die Handschuhe ab. »Also, wo brennt's denn?«

»Mein Name ist Peter Shaw. Sie waren vor einigen Tagen bei einer Bekannten von uns, um ein Hornissennest umzusiedeln.«

»Richtig. Mrs Hazelwood, wenn ich mich recht erinnere. Was gibt es denn für ein Problem? Hat sie auf ihrem Grundstück noch ein weiteres Nest entdeckt?«

Der Zweite Detektiv winkte ab. »Zum Glück nicht. Uns interessiert vielmehr die Frage, was Sie dazu veranlasst hat, die Latten an der Rückwand des Geräteschuppens herauszureißen. Vermuteten Sie an der Stelle ein weiteres Hornissennest?«

Der Imker blinzelte und zog die Stirn in Falten. »Du sprichst in Rätseln, Junge. Wenn ich dich verstehen soll, musst du schon etwas deutlicher werden. Mir scheint, da liegt ein Irrtum vor.«

Peter blieb vor Überraschung der Mund offen stehen.

Beklemmung

»Die Sitzung ist eröffnet!« Der Erste Detektiv klopfte mit dem Flaschenöffner auf den Tisch im Campingwagen. Dabei sah er seine beiden Freunde erwartungsvoll an. Peter und Bob erwiderten seinen Blick, aber sie schwiegen.

»Haben euch eure Nachforschungen die Sprache verschlagen oder wie darf ich euer Schweigen deuten?« Irritiert ließ Justus den Flaschenöffner auf die Tischplatte fallen.

»Nein, Erster«, ließ Bob verlauten. »Aber wir fragen uns, weshalb wir immer zuerst mit unseren Ergebnissen aufwarten sollen, während du deine Informationen bis zuletzt für dich behältst.«

»Ganz genau«, stimmte Peter zu. »Ausnahmsweise bist du heute mal an der Reihe, uns zuerst mit Neuigkeiten zu versorgen, bis Bob und ich die Katze aus dem Sack lassen.«

Justus tat so, als ließe er sich durch diese Äußerungen nicht im Geringsten provozieren. Dennoch kostete es ihn Mühe, gelassen zu wirken. »Bitte. Warum nicht?« Unruhig trommelten seine Finger auf die Stuhllehne. »Es ist so, wie ich es mir gedacht habe. Dr. Woolley hat mir bestätigt, dass die Wahrscheinlichkeit, von einem Moskitostich infiziert zu werden, der zudem auch noch eine gefährliche Schlafkrankheit überträgt, beinahe tausendmal geringer ist als die Möglichkeit, einen Haupttreffer im Lotto zu erzielen.«

»Aber ausgeschlossen ist es nicht?«, hakte Peter skeptisch nach.

»Wenn man sich vergegenwärtigt, dass an der Schlafkrankheit Erkrankte in unserem Land sofort unter Quarantäne gestellt, in Krankenhäusern also auf die Isolierstation verlegt werden, in denen sie das Leiden auskurieren, kann man sich vorstellen, wie gering die Ansteckungsgefahr im Grunde ist. Da aber ein Moskito erst einen Infizierten gestochen haben muss, um durch einen weiteren Stich den nächsten Menschen zu infizieren, sinkt die Wahrscheinlichkeit einer Übertragung immer mehr.«

»Wenn ich mich recht entsinne, sprachen die Ärzte im Krankenhaus aber von einer bislang unbekannten Seuche, die die Menschen in einen komaartigen Tiefschlaf versetzt!«, rief Peter dem Ersten Detektiv ins Gedächtnis zurück.

»Reine Wortklauberei, Kollege. Ich lege meine Hand dafür ins Feuer, dass Mrs Hazelwoods Moskitostich genauso harmlos ist wie ein Schluck saure Milch. Was immer sie da erleidet, eine Stechmücke zeichnet sich dafür nicht verantwortlich.«

»Was soll das heißen, Just?«, erkundigte sich Bob auf das Äußerste gespannt.

»Vor uns steht ein Rätsel, das es zu lösen gilt.«

»Nicht nur eins. Denn was ich heute von Mr Collins erfahren habe, wirft weitere Fragen auf.« Peter strich sich eine Haarsträhne aus dem Gesicht. »Ihr werdet es kaum für möglich halten, aber der Imker behauptet steif und fest, die Latten an der Rückwand des Geräteschuppens nicht herausgerissen zu haben, wie Mrs Hazelwood vermutete. Seiner Aussage nach lagen die Bretter bereits auf dem Boden, als er den Schuppen das erste Mal betrat. Das Hornissennest befand sich nämlich hinter dem Holzverschlag unter dem Schrägbalken.«

»Das verstehe ich nicht. Laura behauptete doch, das Nest wäre hinter der Gartenschlauchtrommel gewesen.« Mit einem Zipfel seines T-Shirts polierte Bob nervös die Gläser seiner Sonnenbrille.

»Eben drum«, bestätigte Peter. »Einer von den beiden spricht nicht die Wahrheit. Entweder hat uns Laura aus mir unerfindlichen Gründen eine faustdicke Lüge aufgetischt oder Mr Collins spielt mit gezinkten Karten.«

»Warum sollte er das tun?«, warf Bob in die Diskussion ein.

»Gegenfrage: Warum sollte uns Laura eine Lüge auftischen?« Justus rutschte unruhig auf seinem Stuhl hin und her. »Immerhin wurde sie das Opfer dieser angriffslustigen Hornissen. Mal ganz davon abgesehen, dass diese Viecher wohl überall im Schuppen herumflogen und sie kaum erfassen konnte, wo genau sich das Nest befand. Dennoch bliebe zu klären, wer die Latten der Rückwand herausgerissen hat. Denn außer Mr Collins und Laura spukt mir noch eine andere Person im Kopf herum.«

»Du sprichst von Mrs White, Erster?«, vergewisserte sich Peter.

»Genau. Mrs Hazelwoods Lehrerin für Blindenschrift. Die Person, die aus mir unerfindlichen Gründen in dem Haus an völlig abwegigen Stellen nach ihrer Brieftasche gesucht und sie dennoch nicht gefunden hat.«

Bob geriet in Wallung. »Nicht zu vergessen ihre Lauschaktion an der Schlafzimmertür! Von ihren unhaltbaren Verdächtigungen mal ganz abgesehen. Meiner Meinung nach ist sie die Verdächtige Nummer eins!«

»Verdächtige Nummer eins – schön und gut, Bob.« Peter kratzte sich nachdenklich am Kinn. »Die Frage lautet nur: Welchen Vergehens hat sie sich verdächtig gemacht?«

»Die Sache liegt doch ganz klar auf der Hand. Irgendetwas geht in Mrs Hazelwoods Haus nicht mit rechten Dingen zu. Die düsteren Vorahnungen unserer Klientin scheinen plötzlich Wirklichkeit zu werden: Möbel werden verrückt, Moskitos stechen zu und immer wieder erscheint Mrs White auf der Bildfläche, die uns für ihre Anwesenheit eine fadenscheinige Begründung nach der anderen auftischt. Doch noch eine weitere ungeklärte Frage stellt sich in diesem Fall!«

»Sprichst du von den Recherchen, die du im Verlagsgebäude deines Vaters unternommen hast?«, erkundigte sich Justus.

»Allerdings.« Bob rutschte näher an den Tisch heran. »Wenn ich mich recht entsinne, ging Mrs Hazelwood davon aus, dass ihr Mann in der besagten Todesnacht den ganzen Abend im Kasino ›Joker-Luck‹ in Santa Monica verbrachte.«

»Das ist richtig«, bestätigte Justus. »Hast du denn etwas anderes in Erfahrung gebracht?«

»Wie man's nimmt. Aus dem Zeitungsartikel vom zwölften August geht klar und deutlich hervor, dass Jill in seinem VW-Käfer auf der Schnellstraße Shadow Road, Ecke Milton Drive verunglückte. Diese Kreuzung liegt im Norden von Santa Monica. Das Spielkasino aber befindet sich im Süden der Stadt.«

Peter machte ein langes Gesicht. »Verzeihung, Kollege, ich stehe gerade total auf dem Schlauch. Was willst du uns denn damit sagen?«

»Dass Jill Hazelwood in dieser Nacht überall gewesen sein kann«, übernahm Justus die Antwort. »Aber mit höchster Wahrscheinlichkeit nicht im Kasino ›Joker-Luck‹. Zufällig ist mir der Ort der Spielhölle bekannt. Er liegt etwa eine halbe Autobahnstunde von Mrs Hazelwoods Haus entfernt. Der Abschnitt Shadow Road, Ecke Milton Drive liegt jedoch am anderen Ende der Stadt; etwa neunzig Minuten von Mrs Hazelwoods Haus entfernt. Mr Jill Hazelwood wäre also einen riesigen Umweg gefahren, was meiner Meinung nach jeder Logik entbehrt.«

Bob sprang aus dem Sessel und baute sich vor seinen Freunden auf. »Die Sache wird immer verworrener, Kollegen. Kein Puzzleteil passt zum anderen. Fassen wir doch noch mal zusammen: Vor zehn Jahren heiratete Janet Hazelwood ihren Mann Jill. Er stammt aus bescheidenen Verhältnissen und verspielt Jahr für Jahr ihr Geld im Spielkasino ›Joker-Luck‹. Trotz ihrer innigen Liebe zu ihm beschließt Mrs Hazelwood am zehnten August vergangenen Jahres, sich von ihrem Mann scheiden zu lassen. Doch sie wartet vergebens auf seine Rückkehr aus der besagten Spielhölle. Jill verunglückt tödlich auf der Shadow Road, Ecke Milton Drive. Wie wir nun wissen, ist es ziemlich unwahrscheinlich, dass er in dieser Nacht überhaupt in dem Kasino war. Er müsste anschließend noch etwas anderes unternommen haben, da die Wegroute keinen nachvollziehbaren Sinn ergibt. Wie dem auch sei, ein halbes Jahr später erblindet Mrs Hazelwood. Das Schicksal, keine Bücher mehr lesen zu können, lässt sie die Entscheidung fällen, ihre gesamte Bibliothek zu verkaufen. Da erscheinen wir auf der Bildfläche. Genau zu dem Zeitpunkt wird Laura, die erst einige Tage zuvor ihren Dienst angetreten hat, im Geräteschuppen von Hornissen angegriffen. Während sich die Hausangestellte ins Krankenhaus begibt, lässt Mrs Hazelwood das Insektennest von dem Imker Mr Collins entfernen. Am nächsten Tag bittet uns die Dame, ihr Haus mit Moskitonetzen zu versehen, da Laura ein Gespräch zweier Ärzte belauscht hat, in dem es um eine geheimnisvolle Seuche ging, die durch Stechmücken übertragen wird.«

»Richtig, Bob«, übernahm Peter die Zusammenfassung. »Zufällig wird Mrs Hazelwood noch am selben Tag von einem Moskito gestochen, obwohl sie bis zu diesem Zeitpunkt gegen Mückenstiche immun gewesen zu sein schien. Daraufhin klagt sie über Übelkeit und Ermüdungserscheinungen. Starrköpfig und weil sie das Vertrauen in die Ärzte verloren hat, weigert sie sich vehement sich untersuchen zu lassen.«

»Beim Inspizieren des Geräteschuppens entdecken wir frisch herausgerissene Latten an der Rückwand, eine Tat, für die sich niemand verantwortlich zeigt«, fuhr Justus fort. »Mr Collins behauptet, das Hornissennest hätte sich dahinter befunden, während uns Laura den Platz hinter der Gartenschlauchtrommel zeigte. Als seien diese Begebenheiten nicht schon rätselhaft genug, kommt Mrs Hazelwood dahinter, dass sich die Möbel in ihrem Haus ohne eine erklärbare Ursache verschieben. Dazu gelangen weitere Moskitos in ihr Schlafzimmer, obwohl die Räume vorher mit Insektengift ausgesprüht wurden.« Justus atmete tief durch. »Ich habe lange hin und her überlegt. Eine Tatsache ist und bleibt für mich, dass irgendjemand auf Mrs Hazelwoods Grundstück und in ihrem Haus nach irgendetwas sucht. Anders lassen sich die verschobenen Möbel und der Teppich sowie die herausgerissenen Latten im Geräteschuppen nicht erklären.«

Bob horchte auf. »Das Fatale an der Sache ist nur, dass jede Person in diesem Spiel Zugang zu Mrs Hazelwoods Haus hatte. Von der Besitzerin und Laura einmal abgesehen haben sich auch Mrs White und Mr Collins verdächtig darin umgeschaut. Vergesst nicht: Der Imker kam am nächsten Tag noch einmal vorbei und ließ sich von Mrs Hazelwood durch die Räume führen.«

»Kollegen.« Der Zweite Detektiv spürte Beklemmung in sich aufkommen. »Es klingt zwar abwegig, aber mir ging gerade durch den Kopf, wie Mrs Hazelwood uns erzählt hat, dass ihr Mann in der Todesnacht das Spielkasino aufgesucht hat.«

»Und?«, fragte Justus. »Woran denkst du dabei?«

»Ihr müsste der Ort des Kasinos doch eigentlich bekannt sein. Schließlich war es sein Stammkasino. Ferner können wir wohl davon ausgehen, dass ihr die Unfallstelle, an der Jill verunglückt ist, ebenso bekannt ist.«

»Worauf willst du hinaus?«, drängte Bob. »Lass dir doch nicht jedes Wort aus der Nase ziehen.«

»Mrs Hazelwood ist doch eine gescheite Person. Auch ihr muss aufgefallen sein, dass sich die Spielbank und der Unfallort an zwei völlig unterschiedlichen Plätzen befinden. Da drängt sich doch die Frage auf, ob sie diese Tatsache vor uns verbergen wollte. Vielleicht hat sie uns etwas zu verheimlichen, was wir um keinen Preis erfahren sollen!«

Schuldgefühle

Es war genau siebzehn Uhr achtundfünfzig, als die drei ??? noch an diesem Tag an Mrs Hazelwoods Haustür klingelten. Man hätte annehmen können, dass die drückende Schwüle ihren Höhepunkt erreicht hatte, doch die Luftfeuchtigkeit stieg noch immer an.

Nochmals drückte Bob den Klingelknopf. Doch auch nach mehrmaligem Rufen zeigte sich in dem Haus keine Regung. »Ob sie wieder schläft?« Energisch klopfte Justus gegen die Tür. »Mrs Hazelwood!«

Peter lauschte. Dann hob er resigniert die Schultern. »Wir hätten uns telefonisch ankündigen sollen. Dann wäre uns der lange Weg erspart geblieben.«

»Ob Laura schon Feierabend hat? Vielleicht erledigt sie auch Einkäufe.«

»Schon möglich, Bob. Vielleicht sollten wir –« Schlagartig brach Justus ab. Aus dem Inneren des Hauses ertönte ein lautes Klirren. Es klang so, als wäre eine Vase zu Bruch gegangen. Danach blieb alles still. Der Erste Detektiv zögerte nicht lange und drückte mehrmals die Klingel. »Mrs Hazelwood! Sind Sie das? Was ist passiert?«

Noch immer erfolgte keine Reaktion.

»Peter, Bob! Lauft um das Haus herum und seht nach, ob zufällig ein Fenster offen steht. Wir müssen da rein! Da drin ist irgendeine Sache im Gange!«

Die drei Detektive trennten sich. Peter lief links um das Haus herum und Bob rechts, während Justus vor der Eingangstür auf Posten blieb. Noch einmal klopfte und rief er. Vergebens. »Vergiss es, Erster!« Keuchend kehrte Bob zurück. »Alle Fenster sind geschlossen!«

»Dann muss Peter uns helfen!«

Der Zweite Detektiv eilte heran und handelte sofort. Aus seiner Tasche zog er einen Bund mit Dietrichen, mit denen er sich sogleich das Türschloss vornahm. Innerhalb von Sekunden schnappte der Riegel zur Seite und die Eingangstür stand offen.

»Mrs Hazelwood!« Justus eilte in die Vorhalle und blieb vor einem Scherbenhaufen stehen. Auf dem Boden lag die bauchige Vase, die noch vor kurzem auf der linken Marmorsäule gethront hatte, in Hunderten von Scherben.

Peter wurde kreidebleich. »Ob ihr etwas zugestoßen ist?« Er formte die Hände zu einem Trichter. »Mrs Hazelwood! Melden Sie sich!«

Bob warf einen raschen Blick in die Küche, dann riss er die Badezimmertür auf. Niemand war zu sehen. »Nach oben, Kollegen!«

Im Eiltempo rannten die drei Detektive ins Obergeschoss hinauf. Die Tür zum Schlafzimmer stand offen. Justus lief hinein und blieb wie erstarrt stehen. Peter presste sich entsetzt die Hand vor den Mund.

»Oh, mein Gott!« Langsam näherte sich Bob dem Bett. Mrs Hazelwood lag mit dem Rücken quer auf der Matratze. Ihr Oberkörper hing über die Seite, wobei ihr Kopf und die strähnigen Haare beinahe den Fußboden berührten. Die Augen waren geschlossen, während der ausgetrocknete Mund weit offen stand.

Peter begann zu frösteln. »Ist ... sie tot?«

Bob fühlte ihren Puls und atmete erleichtert auf. In diesem Moment schlug unten in der Vorhalle die Eingangstür. Impulsiv löste sich Peter aus seiner Erstarrung, hechtete aus dem Schlafzimmer und stürmte die Treppe hinab.

Gemeinsam mit Bob brachte Justus die Dame in ihrem Bett wieder in eine vernünftige Position.

»Mrs Hazelwood! Können Sie mich verstehen? Wachen Sie auf!«

»Was ist mit ihr, Erster? So fest kann doch kein Mensch schlafen!« Bob begann sie sanft zu rütteln. Schlaff lag ihr Körper in der Matratzenmulde. Sie rührte sich nicht. »Mrs Hazelwood, kommen Sie zu sich!«

»Wenn sie nicht gleich aufwacht, müssen wir den Arzt verständigen!«

Bei diesem Stichwort begannen die Mundwinkel der Dame leicht zu zucken. »Keinen Arzt ... bitte nicht ...«

»Mrs Hazelwood! Was ist geschehen? Was ist mit Ihnen?« Justus sprach laut und eindringlich.

»Jill ... bitte verlasse mich nicht ...« Sie warf den Kopf von einer Kissenseite zur anderen. »Ich fühle mich schuldig ... Ich möchte meinen Fehler wieder gutmachen ... Bitte bleib bei mir ...«

»Ob das Fieberfantasien sind, Just?«, fragte Bob besorgt.

»Ich bin mir nicht sicher. Vielleicht träumt sie noch.

Mrs Hazelwood, Sie müssen aufwachen. Wir sind es! Justus und Bob! Kommen Sie zu sich!«

Langsam tastete ihre Hand nach dem Nachtschrank. Auf ihm lag die dunkle Brille. Nachdem sie sie aufgesetzt hatte, versuchte sie sich aufzurichten. Doch ihre Kräfte reichten nicht aus.

»Was ist mit mir? Ich fühle mich so schummrig im Kopf.«

»Sie müssen ziemlich fest geschlafen haben, Madam. Im ersten Moment dachten wir, Sie seien tot.«

»Nicht gerade charmant, Bob, aber immerhin ehrlich.« Die Dame ergriff seine Hand.

In diesem Augenblick kam Peter außer Atem ins Zimmer geeilt. »Wer es auch immer war, Kollegen, die Person ist mir entwischt!«

»Wovon sprichst du, Junge?« Mrs Hazelwood rückte ihre Brille zurecht.

»Hat Laura schon Feierabend?«, kam Justus dem Zweiten Detektiv zuvor.

»Wie spät ist es denn?«

Bob warf einen raschen Blick auf seine Armbanduhr. »Es ist kurz nach achtzehn Uhr, Madam.«

»Dann hab ich aber verdammt lange geschlafen.« Gähnend streckte sie die Arme. »Lauras Dienst ging bis fünfzehn Uhr. Ich hatte mich etwa um vierzehn Uhr hingelegt. Ich fühlte mich wie gerädert und bin sofort eingeschlafen. Doch wer ist euch entwischt? Könnt ihr mich bitte aufklären?«

Justus räusperte sich. »Wir klingelten vorhin an Ihrer Haustür, Madam. Doch niemand öffnete uns. Plötzlich hörten wir aus der Vorhalle ein Klirren. Als dann noch immer niemand reagierte, verschafften wir uns mit einem Dietrich Zutritt zu Ihrem Haus. Wir machten uns schreckliche Sorgen, verstehen Sie?«

Mrs Hazelwood winkte ab. »Du brauchst dich nicht zu entschuldigen. Was geschah dann?«

»Als wir die Vorhalle betraten, sahen wir die zerbrochene Vase auf dem Boden liegen. Natürlich haben wir uns unten sofort umgesehen, aber da war niemand. Dann sind wir nach oben gestürmt und fanden Sie in Ihrem Bett vor. Zeitgleich schlug unten die Haustür zu. Irgendjemand war vorhin in Ihrem Haus, Madam. Vermutlich haben wir die Person mit unserem Klingeln erschreckt. Dabei ging wohl die Vase auf der Marmorsäule zu Bruch.«

»Ich habe versucht die Person zu fangen. Aber sie ist mir entwischt. Ob sie etwas gestohlen hat?«, grübelte Peter.

»Was sollte das sein?« Mrs Hazelwood fuhr sich durchs Haar. »In diesem Haus gibt es nichts, was sich zu stehlen lohnt.«

»Wer besitzt einen Haustürschlüssel?«, erkundigte sich Justus.

»Außer Laura nur noch Jennifer.«

Peter stutzte. »Mrs White? Ist sie denn so eine enge Freundin von Ihnen?«

»In erster Linie ist sie meine Lehrerin. Das mit dem Schlüssel hatte damals eher praktische Gründe. Anfangs fand ich mich mit meiner Blindheit noch schwer zurecht. Es dauerte manchmal etwas länger, bis ich an der

Haustür war. Vor allem, wenn ich mich hier im Obergeschoss befand. Deshalb händigte ich ihr den Schlüssel aus. Meint ihr denn, sie war es, die sich eben hier herumgetrieben hat? Was hätte sie für einen Grund dafür?«

»Darüber können wir nur spekulieren, Madam.« Justus' Miene erhellte sich. »Ich würde gerne ein Experiment wagen. Möglich wäre es, dass wir anschließend einige Personen aus dem Verdächtigenkreis ausschließen können. Können Sie mir die Telefonnummern von Mrs White, Mr Collins und Laura geben?«

Bob stieß einen überraschten Pfiff aus. »Genial, Erster! Die Person, die eben hier im Haus war, dürfte noch nicht wieder bei sich eingetroffen sein. Wer von den dreien gleich den Hörer abnimmt, den können wir getrost von unserer Liste streichen.«

»Doch wenn in diesem Haus vorhin nur ein Komplize desjenigen war, sehen wir ziemlich dumm aus.«

Justus gab sich zuversichtlich. »Darüber können wir später entscheiden, Zweiter. Wer nichts wagt, der nichts gewinnt!« Einige Minuten später musste der Erste Detektiv einsehen, dass seine Idee zwar gut, aber dennoch erfolglos war. Denn weder Mr Collins noch Laura noch Mrs White gingen zu Hause ans Telefon.

Mrs Hazelwood drückte deprimiert ihren Kopf ins Kissen. »Gebt es auf, Jungs. Was auch immer hier vorgehen mag, es ist mir egal. Ich will es gar nicht mehr wissen. Wenn nur diese intensiven Träume nicht mehr wären.«

»Hatten Sie vorhin einen Alptraum?«, erkundigte sich Bob vorsichtig.

Sie nickte. »Jill taucht immer häufiger in meinen Träumen auf. Voller Stolz schmückte er die Wände seines Zimmer mit allen erdenklichen Wappen.«

»Wappen?«, unterbrach Peter die Dame. »Was war das noch?«

Justus stöhnte auf. »Die Abzeichen von Rittern, Adels- oder Fürstenhäusern. Später auch von Staaten, Städten und einfachen Bürgern.«

»Man könnte meinen, dass du dich näher mit Heraldik – der Wappenkunde – beschäftigt hast. So wie du dich auskennst«, lobte Mrs Hazelwood. »Jill war leider nicht so gebildet. Es kam damals zwischen uns beinahe zum großen Streit. Und das nur, weil eine Wurfsendung im Briefkasten lag, in der ein dubioser Buchverlag unsere Gutgläubigkeit ausnutzen wollte.«

Bob horchte auf. »Können Sie uns das näher erklären?«

»Das Schreiben wollte uns weismachen, dass der Name ›Hazelwood‹ auf einer historischen Grundlage beruhe, die man durch Nachforschungen entdeckt habe. Außerdem stamme der Name aus einem weit verzweigten Adelsgeschlecht. Bis zurück in die Kreuzritterzeit wollte man sich erkundigt haben. Das Buch ›Heraldik – Geschichte der Wappen‹ mit dem angeblich persönlichen Familienwappen auf dem Umschlag gedruckt wollte Jill unbedingt bestellen. Den Preis von zweihundertachtundvierzig Dollar schien es ihm wert zu sein. Wahrscheinlich wollte er mit dem Schinken seinen Freunden imponieren. Ich konnte ihn nicht davon überzeugen, dass man uns betrügen wollte. Denn dieses Wappen auf dem Einband war natürlich ein reiner Fantasie-Entwurf. Meine Familie hatte keine adligen Vorfahren. Das ist so sicher wie das Amen in der Kirche.«

»Wie ging es dann weiter?«, wollte Peter wissen.

»Natürlich hat Jill seinen Wunsch durchgesetzt. Manchmal war er wie ein kleines Kind. Ich habe ihm das Buch bestellt. Als uns dieser Prachtband dann einige Wochen später zugeschickt wurde, musste er einsehen, dass er einem Betrug aufgesessen war. Seinen Gesichtsausdruck dabei werde ich nie vergessen. Dieses vierhundertseitige Machwerk enthielt natürlich kein einziges Wort über unsere angebliche Adelsabstammung. Dafür aber die quer zusammengewürfelten Abbildungen Hunderter von Wappen und Schilden. Angefangen mit den primitiven Heroldsbildern, auf denen nur ein Sparren, Schrägbalken oder Pfahl abgebildet war, bis hin zu den Wappen der Gegenwart. Das Buch war meiner Meinung nach keine zehn Dollar wert. Ich habe Jill ausgelacht. Danach haben wir beide nie mehr ein Wort über diese Angelegenheit verloren. Dieses verdammte Buch hätte beinahe einen Keil zwischen uns getrieben.« Sie schluckte. »Ich weiß nicht, warum, doch im Traum kehrt dieses Erlebnis immer wieder zurück.« Eine Träne rollte ihre Wange hinab. »Ich wollte mich scheiden lassen, obwohl mein Herz an ihm hing. Ich werde diese Schuldgefühle nicht los ...«

»Sie haben sich nichts vorzuwerfen, Madam«, versuchte Bob die Dame zu besänftigen. Doch das bewahrte sie nicht vor einem Tränenschwall.

»Bitte geht jetzt. Ich möchte alleine sein.« Mit der Bettdecke wischte sie sich über die Wange.

»Und was ist mit dem Eindringling?«, fragte Peter beharrlich. »Sollten wir nicht überprüfen, ob er nicht doch etwas gestohlen hat?«

»Wir sollten Mrs Hazelwoods Wunsch respektieren, Zweiter.« Justus wandte sich zum Gehen. »Also, Madam, scheuen Sie nicht davor zurück, uns anzurufen, wann immer Not am Mann ist. Sie können jederzeit auf uns zählen.«

Die Dame reagierte nicht und verbarg ihr Gesicht unter der Decke. Als Justus im Türrahmen stand, fiel sein Blick auf das Foto von Mrs Hazelwood und ihrem Mann an der Wand. Kurz entschlossen griff er danach und verließ damit den Raum.

Zusammenführung

Es war am nächsten Nachmittag. Schon zum dritten Mal hatte Peter die Bedienung im Eiscafé zu sich und Bob an den Tisch herangewunken. Nach einer Cola und einer Orangenlimonade brachte ihm die Serviererin nun eine Bananenmilch. Bob hatte sein Spezi erst halb ausgetrunken. Immer wieder warf er einen nervösen Blick zur Eingangstür.

»Wo er nur bleibt? Unpünktlichkeit ist eine Tugend, die unter Detektiven unerwünscht ist.«

Peter rührte mit dem Strohhalm in seiner Milch. »Seit wann ist Unpünktlichkeit eine Tugend? Ich würde es anders ausdrücken: Dass unser Erster Detektiv uns hier seit fast einer Stunde schmoren lässt, ist schlicht und ergreifend eine Frechheit! Als ob wir nichts Besseres zu tun haben als hier unsere Hintern platt zu sitzen und auf ihn zu warten!«

»Da bin ich, Kollegen!« Schnaufend kam Justus ins Café geeilt. Mit einem Plumps ließ er sich auf dem Stuhl nieder. »Sorry, es hat etwas länger gedauert. Aber dafür habe ich alles erledigt. Mann, bin ich durstig. Gibst du mir einen Schluck von deiner Bananenmilch ab?«

Peter schob ihm das Glas über den Tisch. »Trink ruhig aus. Den Drink habe ich mir sowieso nur aus Langeweile bestellt. Wir sitzen hier schon über eine Stunde!«

»Nun reg dich nicht künstlich auf, Zweiter!« Gierig saugte Justus am Strohhalm. »Alles ist in die Wege geleitet! Wenn alles glatt geht, werden wir noch heute Nacht in allen Einzelheiten in Erfahrung bringen, wer und was hinter den seltsamen Vorgängen im Hazelwood-Haus steckt! Wenn ihr dabei sein wollt – und darauf bestehe ich, da ohne eure Mithilfe wichtige Puzzleteile nicht ins Spiel gekommen wären –, müsst ihr ab neunzehn Uhr einsatzbereit sein. Das Ende dieser Aktion steht noch offen. Ich schätze mal, dass es weit nach Mitternacht sein wird. Da morgen Sonntag ist und wir demnach schulfrei haben, dürften eure Eltern nichts dagegen haben, wenn ihr bei mir übernachtet.«

Bob verschluckte sich an seinem Spezi. »Hast du diesen Fall jetzt etwa schon im Alleingang gelöst? Es hört sich beinahe so an.«

»Immer locker bleiben, Kollege«, lenkte Justus ein. »Ohne euch lief und läuft gar nichts. Das hat sich bis heute nicht geändert und wird auch in Zukunft so bleiben. Ich habe nur ein wenig Vorarbeit geleistet.«

»Und du willst uns nicht zufällig einweihen, wo du dich den ganzen Mittag herumgetrieben hast? Obwohl ich dich zu einer Bananenmilch eingeladen habe?«

»Um neunzehn Uhr steigt bei Mrs Hazelwood eine kleine Party. Eingeladen sind Mr Collins, Mrs White, Laura und unsere Wenigkeit. Bis auf euch haben alle zugesagt.«

»Keine Frage, Erster, wir sind dabei«, stimmte Bob begeistert zu. »Trotzdem hast du Peters Frage noch nicht beantwortet.«

Justus streckte den Zeigefinger in die Höhe. »Dazu komme ich jetzt. Als Erstes war ich heute Mittag beim Kasino ›Joker-Luck‹. Dort habe ich mich mit dem Portier am Eingangsportal unterhalten. Denn wie ihr ja wisst, ist Jugendlichen der Zutritt strengstens untersagt. Anschließend habe ich erneut Dr. Woolley am Chaparral Canyon aufgesucht. Zu guter Letzt hatte ich noch ein paar kleine Vorbereitungen bei uns auf dem Schrottplatz zu tätigen. Tja, das war eigentlich schon alles.« Er erhob sich vom Stuhl. »Damit habt ihr beiden nicht viel weniger Informationen als ich. Wenn ihr euren Grips anstrengt und noch mal alle Begebenheiten im Fall ›Insektenstachel‹ vor eurem geistigen Auge Revue passieren lasst, könntet ihr euch bereits zurechtkombinieren, was uns heute Abend erwartet!«

Die drei ??? hatten sich für den kommenden Anlass nicht extra in Schale geworfen. T-Shirt, Jeans und Turnschuhe schienen ihnen ausreichend zu sein. Als sie kurz nach neunzehn Uhr im Hazelwood-Haus eintrafen, waren die meisten Gäste bereits anwesend. Nur Mr Collins fehlte noch. Justus hatte Peter, Bob und Mrs Hazelwood in der Zwischenzeit genaue Instruktionen erteilt: Wann immer ihnen der Erste Detektiv an diesem Abend auch seltsam vorkommen sollte, sie durften sich auf keinen Fall etwas anmerken lassen.

Die Hausherrin trug ein elegantes Kostüm aus schwarzem Samt. Ihre Verfassung der letzten Tage war ihr heute kaum noch anzusehen. Peter bemerkte, dass sie dieses Problem, zumindest was die Optik betraf, mit viel Make-up, Puder und Lippenstift in den Griff bekommen hatte.

Laura servierte leckere Schnittchen. Offenbar gefiel ihr die Rolle des Dienstmädchens, denn obwohl sie längst Feierabend hatte, trug sie noch immer die Schürze und ein weißes Häubchen auf dem Kopf. Gerade entkorkte sie eine Flasche Wein.

Die auffälligste Erscheinung bot zweifellos Mrs White. Sie hatte sich in ein schulterloses Kleid aus giftgrünen Pailletten gezwängt. Dazu trug sie hochhackige Stiefeletten in Zitronengelb. Als die drei Detektive ihre Jacken an den Garderobenhaken hängten, kam sie ihnen überschwänglich entgegen. »Justus, Peter und Bob! Wie ich mich freue euch zu sehen!«

»Spinnt die?«, zischte der Zweite Detektiv seinen Freunden zu. »Was ist denn plötzlich in die gefahren?«

»Es ist mir so unsagbar peinlich, ich traue mich gar nicht mehr in den Spiegel zu schauen! Aber man muss für seine Fehler geradestehen. Bei Janet und Laura habe ich mich bereits entschuldigt.« Verlegen zupfte die Lehrerin an ihrem Kleid. »Die Brieftasche ... Ich habe sie heute Morgen wiedergefunden. Ich dachte, mich trifft der Schlag!«

»Ach ja?«, argwöhnte Justus. »Wo lag sie denn?«

»Ich verstehe es ja selbst kaum. Aber als ich heute meinen Wagen bei der Tankstelle mit dem Staubsauger reinigte, fiel mein Blick unter den Beifahrersitz. Und da lag sie! Ihr könnt euch nicht vorstellen, wie ich mich in diesem Moment gefühlt habe. Einerseits fiel mir ein großer Stein vom Herzen, doch viel stärker war mein schlechtes Gewissen, weil ich solch hässliche Verdächtigungen ausgesprochen habe. Könnt ihr mir noch einmal verzeihen? Wenn ich geahnt hätte –«

Das Klingeln an der Haustür unterbrach Mrs White in ihrem Redefluss. Laura öffnete und begrüßte den verspäteten Gast Mr Collins.

»Verzeihen Sie meine Unpünktlichkeit, Miss, aber ich wurde beruflich aufgehalten.« Der Imker betrat die Vorhalle. »Ich habe mich wirklich beeilt und sogar mein Abendessen sausen lassen.«

Die Hausangestellte lächelte. »Noch sind Sie rechtzeitig, Mister. Bislang hat sich die Meute nicht über meine Schnittchen hergemacht. Sie können sich also hemmungslos den Bauch voll schlagen.«

In der nächsten halben Stunde wurden belanglose Unterhaltungen geführt, gespeist und getrunken. Auffallend still war Mrs Hazelwood. Sie saß unruhig auf einem Sessel und nippte hin und wieder an einem Glas Wein. Doch dann erhob sie sich plötzlich und bat um Aufmerksamkeit. Die Gäste verstummten augenblicklich.

»Ich kann und möchte Ihnen nicht verheimlichen, dass ich in meinem Leben viele Schicksalsschläge erdulden musste. Oft fragte ich mich insgeheim, ob mich der liebe Gott einfach links liegen gelassen oder mich schlichtweg vergessen hat. Als ich dann mein Augenlicht verlor, fing ich sogar an zu zweifeln, ob es ihn überhaupt gibt. Doch ich möchte Sie heute Abend nicht bekehren, sondern Ihnen die einzigartige Möglichkeit bieten, noch vor dem großen Ansturm ein Schnäppchen zu machen.«

»Das klingt ja spannend!« Mr Collins schob sich bereits das neunte Schnittchen in den Mund.

»Als ich noch zu den Sehenden zählte«, fuhr die Dame fort, »habe ich mir im Laufe der Jahre eine umfangreiche Bibliothek angelegt. Kunstbände, Lehrbücher, Romane und Jugendliteratur, um nur einige Sparten dieser Sammlung aufzuzählen. Es war eine schwierige Entscheidung, doch nachdem ich mein Augenlicht verloren hatte, war mir klar, dass ich mich von diesen Schätzen trennen muss, um daran nicht psychisch zu zerbrechen. Diese drei jungen Herren hier«, sie deutete auf Justus, Bob und Peter, »standen mir tatkräftig und mit einer blendenden Idee zur Seite. Ihnen habe ich es zu verdanken, dass jeder einzelne Buchtitel meiner Bibliothek ab Montag auf einer Auktionsseite im Internet gegen ein Höchstgebot ersteigert werden kann.

Sie, verehrte Gäste, haben mir in den letzten Tagen manch hilfreichen Dienst erwiesen, für den ich mich nun revanchieren möchte. Deshalb mache ich Ihnen folgendes Angebot: Auf dem Servierwagen liegen Listen aus, auf denen alle Buchtitel, nach dem Alphabet sortiert, zum Verkauf bereitstehen. Wer Interesse daran hat, ein oder mehrere Bücher käuflich zu erwerben, erhält heute Abend die Gelegenheit dazu. Der Pauschalpreis beträgt zehn Dollar pro Titel.«

»Janet!«, entfuhr es Mrs White überrascht. »Weshalb erfahre ich als deine Freundin erst jetzt davon?« Sie eilte auf den Teewagen zu und ergriff hastig eine der Listen. »Wer zuerst kommt, mahlt zuerst!«

Auch die drei Detektive und Mr Collins studierten interessiert die Aufstellung der Buchtitel, die Bob mit Hilfe des Computers noch einmal überarbeitet hatte.

»Bei Kaufinteresse sollte ich vielleicht noch erwähnen, dass Justus für die Abwicklung des Geschäftes zuständig ist. Wer ein Buch erwerben will, sollte sich mit ihm in Verbindung setzen. Die gesamte Bibliothek lagert nämlich inzwischen, noch in Kisten verpackt, auf dem Gelände seines Onkels, dem ›Gebrauchtwarenhandel T. Jonas‹ in Rocky Beach.«

»Im Lagerschuppen B«, fügte der Erste Detektiv wichtig hinzu. Plötzlich fingen seine Augen an zu strahlen. »Das gibt es doch nicht! Fantastisch, Mrs Hazelwood! Diesen Titel reserviere ich mir!«

»Von welchem Buch sprichst du?«, erkundigte sich Mrs White. »Doch wohl nicht von ›Die Welt der Mode-Designer‹? Das lasse ich mir nicht von dir wegschnappen!«

Justus ignorierte Mrs Whites Einwurf. »›Heraldik – Geschichte der Wappen‹. Das Thema unserer nächsten Arbeit in Geschichte. Wenn in dem Buch die Heroldsbilder in ihren primitiven Anfängen mit Sparren, Schildhaupt, Schrägbalken und Pfahl abgebildet sind, bin ich der Käufer. Dieses Thema interessiert mich brennend!«

»Du sollst den Bildband haben.« Mrs Hazelwood rückte ihre Brille zurecht. »Er gehörte meinem Mann. Wenn du etwas über Heraldik in Erfahrung bringen willst, ist dieser Bildband die ideale Lektüre für dich. In ihm ist alles enthalten, was du wissen willst. Ich bin mir sicher, dass es auch in Jills Sinne wäre, wenn du ihn erhältst.«

Justus freute sich sichtlich. »Gleich morgen früh werde ich die Kisten nach dem Buch durchforsten! Tausend Dank, Madam!« Er drehte sich um und lächelte breit in die Runde. Dabei studierte er die Gesichter der Anwesenden auf das Genaueste. Doch keiner der Gäste schien ihm den Erwerb des Bildbandes zu missgönnen.

Abgründe

Gegen zweiundzwanzig Uhr hatten der Erste und Zweite Detektiv die Party vorzeitig verlassen. Es war bereits stockdunkel, als Peter den MG in einer Nebenstraße parkte und gemeinsam mit Justus zum Schrottplatz T. Jonas hinüberlief. Ihr Ziel war Lagerschuppen B.

»Wer weiß, wie viel Zeit uns bleibt«, sorgte sich Justus, während er das Vorhängeschloss an der Schuppentür entfernte. »Mich ärgert außerdem, dass sich Mrs Hazelwood nicht abwimmeln ließ. Beim großen Finale will sie unbedingt dabei sein. Ohne dieses Versprechen hätte sie die Komödie vorhin auf der Party niemals mitgespielt.«

Die beiden knipsten ihre Taschenlampen an und betraten den geräumigen Schuppen. Justus lotste seinen Freund zu dem Stapel mit den Bücherkisten, öffnete vorsichtig einen Deckel und leuchtete hinein. Obenauf lag der voluminöse Bildband ›Heraldik – Geschichte der Wappen‹.

»Dieses Buch darfst du um keinen Preis der Welt berühren«, warnte der Erste Detektiv eindringlich. »Das musst du mir hoch und heilig versprechen!«

»Ich halte mich auch so dran«, gab Peter murrend von sich. »Trotzdem habe ich von deiner Geheimnistuerei langsam die Schnauze gestrichen voll. Was ist denn mit diesem Buch?«

»Wenn ich es dir verraten würde, garantiere ich dir, dass du laut schreiend aus dem Schuppen rennst. Also behalte ich es aus Gründen der Sicherheit besser für mich.«

Peter bekam eine Gänsehaut. »Das beruhigt mich ungemein.« Plötzlich zog er den Kopf ein und deutete zum vergitterten Fenster. »Ein Auto kommt!«

Justus warf einen prüfenden Blick nach draußen. »Das sind Bob und Mrs Hazelwood.« Vorsichtig schloss er den Deckel der Bücherkiste. Dann trat er nach draußen.

Bob lenkte den Käfer auf den Schrottplatz und fuhr ihn, wie verabredet, in die offene Garage, in der sonst Onkel Titus seinen Kleinlaster parkte. Doch Justus' Onkel und seine Tante waren damit über das Wochenende zu einem Verwandtenbesuch unterwegs.

»Hi, Just. Hi, Peter!«, begrüßte Bob seine Freunde, als er mit Mrs Hazelwood, die sich bei ihm eingehakt hatte, aus der Garage trat. »Die Party fand ein jähes Ende, als unsere Klientin ihren Ermüdungszustand kundtat. Innerhalb von Minuten löste sich die kleine Runde auf.«

»Ausgezeichnet, Madam«, lobte Justus. »Wir sollten uns jetzt gleich in den Lagerschuppen begeben. Wer weiß, wie gierig unsere unbekannte Person auf den Bildband ist und wie schnell sie hier auftaucht.«

Nachdem die vier den Lagerschuppen betreten hatten, schloss Justus die Tür von innen zu und zog den Schlüssel ab. »Das Vorhängeschloss habe ich aus Sicherheitsgründen entfernt. Wir wollen es dem Einbrecher nicht zu schwierig machen. Schließlich wäre es eine Schande, wenn er daran scheitern und deshalb unverrichteter Dinge wieder abziehen würde. Das Türschloss dürfte selbst einem Anfänger keine allzu großen Schwierigkeiten bereiten.«

Der Erste Detektiv führte die Dame in eine kleine Nische hinter einem hohen, ausrangierten Büroschrank. Dort hatte er einen Stuhl platziert.

»Ich muss Sie bitten, Madam, meinen Anweisungen dringend Folge zu leisten. Ab dem Moment, in dem der Einbrecher den Schuppen betritt, müssen Sie sich mucksmäuschenstill verhalten. Kein Laut darf über Ihre Lippen kommen. Meinen Sie, dass Sie das hinkriegen?«

»Legst du es darauf an, mich zu beleidigen?«, erwiderte sie schroff.

»Nichts liegt mir ferner. Ich mache Sie nur freundlichst darauf aufmerksam, dass heute Nacht einige Dinge ans Licht kommen könnten, die Ihnen regelrecht die Sprache verschlagen werden. Deshalb flehe ich Sie an: Lassen Sie sich nicht von Ihren Gefühlen überwältigen und verharren Sie so lange lautlos in Ihrem Versteck, bis der Gegner ein vollständiges Geständnis abgelegt hat. Ich weiß, dass ich Ihnen eine Menge abverlange, Madam. Aber glauben Sie mir, anschließend werden sich viele Dinge anders darstellen als bisher.«

»Du machst mir Angst, Junge.« Langsam ließ sich Mrs Hazelwood auf dem Stuhl nieder.

»Tut mir Leid, aber wenn es nach mir gegangen wäre, säßen Sie jetzt nicht hier. Mir wäre es lieber gewesen,

Sie sicher in Ihrem Haus zu wissen. Doch jetzt gibt es kein Zurück mehr.«

»Der Bildband«, erkundigte sich Mrs Hazelwood kurzatmig. »Was hat es damit auf sich?«

»Wir müssen uns in Geduld üben.« Selbst Justus wurde langsam unruhig und kaute wie besessen an seiner Unterlippe. »Trotzdem habe ich noch etwas ganz Wichtiges mitzuteilen.«

»Heraus damit, Erster.« Justus' Unruhe übertrug sich nun auch auf Bob.

»Was auch immer geschehen mag: Behaltet die Ruhe und geratet nicht in Panik. Ich habe alles sorgsam durchdacht und sämtliche Sicherheitsvorkehrungen getroffen. Nach meinen Berechnungen dürfte nichts schief gehen.«

Der Erste Detektiv versteckte sich mit seinen Freunden hinter einem Regal mit Maler-Utensilien neben der Tür. Endlos schleppte sich die Zeit dahin. Die Zeiger auf Peters Armbanduhr standen bereits auf zweiundzwanzig Uhr dreißig, und noch immer hatte sich auf dem Gelände nicht das Geringste geregt. Mrs Hazelwood gähnte.

In diesem Moment zuckte Peter zu Tode erschrocken zusammen. Urplötzlich presste sich von außen ein dunkles Gesicht an die Gitterstäbe und starrte durch die Scheibe in den Lagerschuppen. Er drückte seine Hand vor den Mund, um nicht zu schreien, und stieß Justus in die Seite. Doch als der Erste Detektiv hinschaute, war das Gesicht bereits wieder verschwunden.

Fieberhaft wirbelten die Gedanken durch Peters

Kopf. War er einer Halluzination zum Opfer gefallen? Er zweifelte schon an seinem Verstand, da rasselte etwas im Türschloss. Justus legte den Finger an die Lippen und schnellte lautlos hoch. Es rumorte noch einige Sekunden, dann schnappte das Schloss zur Seite und die Tür öffnete sich mit einem leisen Quietschen. Der Lichtkegel einer Taschenlampe huschte erst über den Boden, dann die Wände entlang, ehe die Person vorsichtig eintrat und die Tür hinter sich schloss. Mit angehaltenem Atem schlich sie direkt auf den Stapel Bücherkisten zu.

Blitzschnell steckte Justus den Schlüssel ins Schloss. Entsetzt fuhr die Person herum. Ein greller Schrei drang durch den Lagerschuppen. Justus verriegelte die Tür und zog den Schlüssel ab. Dann leuchtete er mit seiner Taschenlampe dem Eindringling mitten ins Gesicht.

»Ich habe es mir gedacht. Ich habe es mir von Anfang an gedacht.« Langsam ging er auf die Person zu.

»Was ... was willst du von mir?«

»Laura?« Perplex trat Peter hinter dem Regal hervor. Bob folgte.

»Was glotzt ihr so dämlich aus der Wäsche? Hab ich etwa Warzen im Gesicht?« Die Hausangestellte hatte sich schnell wieder unter Kontrolle.

»Noch immer ganz die Alte, wie?« Der Erste Detektiv hielt den Schein seiner Taschenlampe weiter auf ihr Gesicht gerichtet. »Doch deine coolen Sprüche werden dir gleich vergehen!«

Ein Grinsen umspielte ihre Mundwinkel. »Hast du sie noch alle beisammen? Was geht hier eigentlich ab?«

Justus blieb scheinbar gelassen. »Du hättest uns nicht belügen dürfen, Laura. Denn dadurch sind wir deinen teuflischen Machenschaften auf die Schliche gekommen.«

»Halt deinen Mund, Fettmops! Ich habe noch nie gelogen!«

»Mein aufrichtiges Beileid, dass die Hornissen im Geräteschuppen über dich hergefallen sind. Sie haben dich ganz schön übel zugerichtet. Ich hätte nicht mit dir tauschen mögen«, gestand Justus ehrlich ein. »Doch dann habe ich mich gefragt, weshalb du uns weismachen wolltest, das Hornissennest hätte sich hinter der Gartenschlauchtrommel befunden. Wir alle wissen inzwischen, dass sich die Insekten hinter der Holzverkleidung eingenistet hatten, die du herausgerissen hast!«

»Was faselst du denn da für einen Quatsch? Wo läge da der Sinn?« Mit einer gekonnten Unschuldsmiene versuchte Laura ihre Glaubwürdigkeit zu unterstreichen.

Der Erste Detektiv ließ sich davon nicht beeindrucken. »Weil du etwas unter einem Schrägbalken gesucht hast, wovon niemand erfahren durfte. Doch dabei sind dir unerwartet die Hornissen in die Quere gekommen. Aber leider hat sich das gewünschte Objekt nicht im Schuppen befunden. Und deshalb musstest du an anderen Stellen weitersuchen ...«

»Wie meinst du das?« Nervös zuckten ihre Augenlider.

»Du hast Mrs Hazelwoods halbes Haus auf den Kopf gestellt. Du hast dabei nur eine wichtige Tatsache außer

Acht gelassen: Die Dame ist zwar oberflächlich betrachtet blind, was aber nicht zur Folge hat, dass sie ohne ihr Augenlicht wichtige Veränderungen nicht erkennen kann. Das verschobene Bett unter dem Schrägbalken in ihrem Schlafzimmer, der verrutschte Teppich auf dem Flur im Obergeschoss und der Handtuchschrank im Badezimmer! Wie kann man nur so naiv sein, sich einzubilden, dass solche Aktivitäten unbemerkt bleiben! Doch wahrscheinlich hast du dich in diesem Fall nur auf dein Augenmaß verlassen ohne zu berücksichtigen, dass Nicht-Sehende über einen äußerst ausgeprägten Orientierungssinn verfügen.«

Drohend hob Laura die Hand. »Ihr solltet eine Frau meines Kalibers nicht unterschätzen. Wenn du deine Frechheiten nicht augenblicklich zurücknimmst, nehme ich mir jeden Einzelnen von euch vor. Und das könnte äußerst schmerzhaft für euch werden.«

»Willst du uns etwa ernsthaft drohen?« Peter trat mutig einen Schritt vor. »Wir lassen uns nicht einschüchtern.«

»Du musst es äußerst raffiniert angestellt haben, dich bei Mrs Hazelwood als Hausangestellte einzuschleusen. Wie dir das gelungen ist, ist völlig uninteressant. Dein einziges Ziel war es, in dem Haus möglichst unauffällig und in aller Ruhe nach dem Objekt zu suchen, von dem du nur wusstest, dass es unter irgendeinem Schrägbalken versteckt war. Doch leider erwies sich dieses Vorhaben schwieriger, als du anfangs gedacht hattest. Die Sache hatte nämlich einen Haken. Du konntest nicht ahnen, dass Mrs Hazelwood das Haus seit ihrer

Erblindung nicht mehr verlassen wollte und sich somit für dich kaum Möglichkeiten ergaben, unbemerkt deine Nachforschungen zu betreiben. Aus diesem Grund hast du dir auch zuerst den Geräteschuppen vorgenommen. Doch dabei widerfuhr dir das Unglück mit den Hornissen. Ich muss zugeben, dass ich dich längere Zeit nicht zu dem Kreis der verdächtigen Personen gezählt habe, da du für mich ein eindeutiges Opfer in dem Spiel warst. Wer lässt sich schon freiwillig von Hornissen das Gesicht entstellen, um als Täter unverdächtig zu erscheinen? Dass der Überfall der Insekten zufällig eingetreten ist, während du deinen kriminellen Machenschaften nachgingst, ist mir vorerst nicht in den Sinn gekommen.«

Laura wischte sich über die trockenen Lippen. Sie erwiderte keinen Ton.

Auch Peter, Bob und Mrs Hazelwood lauschten gebannt Justus' Vortrag.

»Der schreckliche Vorfall mit den Hornissen brachte dich dann auf eine teuflische Idee, die dir äußerst gelegen kam, deine Suche in dem Haus unbemerkt fortzusetzen. Du tischtest Mrs Hazelwood die Geschichte mit den Ärzten auf, die sich im Krankenhaus über eine gefährliche Seuche unterhielten, die angeblich durch Moskitostiche übertragen wird. Dir war bekannt, dass die Dame ihr Vertrauen in die Medizin restlos verloren hatte. Dies war ein nützlicher Faktor in deiner weiteren Vorgehensweise. Obwohl wir an allen Fenstern des Hauses Moskitonetze angebracht hatten, wurde Mrs Hazelwood rein zufällig noch am selben Abend von einer Stechmücke gestochen und scheinbar von den gefährlichen Krankheitserregern infiziert. Es ist mir ein Rätsel, wie du es zustande gebracht hast, dass die Stechmücke zum richtigen Zeitpunkt ihren Rüssel in die Hand von Mrs Hazelwood gebohrt hat. Ihr daraufhin ein Schlafmittel unter das Essen zu mischen dürfte dir im Gegensatz dazu keine allzu großen Probleme bereitet haben. Die Illusion, von einem krankheitsübertragenden Moskito infiziert worden zu sein, war somit auf jeden Fall perfekt. Mrs Hazelwood fiel in Tiefschlaf, während du dich in aller Ruhe auf die Suche begeben konntest. Du warst sogar so dreist, das Bett der Dame zu verrücken, während sie darin betäubt vor sich hin dämmerte.«

»Ich kann's nicht fassen, Just!« Der Zweite Detektiv blickte Laura voller Verachtung ins Gesicht. »Abgründe tun sich auf. Doch vermutlich ist dies nur die Spitze des Eisbergs!«

Laura zeigte keine Regung.

»Doch dann wurde dein Handeln unüberlegter.« Justus fasste sich an den Kopf. »Weitere Moskitos ins Haus einzuschleusen war ziemlich unsinnig, zumal du selbst die Räume zuvor mit Insektengift desinfiziert hattest. Ein grober Fehler, Laura. Aber bei deiner Suche warst du krank vor Gier. Die hast du uns gegenüber mit deiner scheinbar lockeren Art hervorragend überspielt. Dennoch bist du uns mit deinem heimtückischen Vorhaben in die Falle getappt! Der Einbruch in diesen Lagerschuppen hat dir das Genick gebrochen. Er ist der eindeutige Beweis, dass du diejenige bist, die sich das

Objekt, das unter einem Schrägbalken versteckt ist, unter den Nagel reißen will. Auf meine kleine Show-Einlage vorhin bei Mrs Hazelwood bist du hereingefallen! Glaubtest du wirklich, ich interessiere mich speziell für ein Wappen, auf dem ein Schrägbalken abgebildet ist?« Justus sah die Hausangestellte scharf an. »Aber deine Alarmglocken fingen bei dem Stichwort an zu läuten. Du warst so naiv zu denken, der Zufall hätte dir das Versteck auf einem Silbertablett serviert. Tja, Laura, nicht nur du beherrschst das Abc der Schauspielkunst.«

Bob rümpfte verächtlich die Nase. »Mrs Hazelwood ohne ihr Wissen ein Schlafmittel zu verabreichen und die Moskitos auf sie zu hetzen; das ist gröbste Körperverletzung! Wenn sie daran gestorben wäre, hättest du ein Menschenleben auf dem Gewissen! Ist dir das eigentlich klar?«

»Ihr Leben ist so oder so verpfuscht«, erwiderte Laura kaltschnäuzig. »Ein armes Häuflein Elend, dass schon im Kindesalter unter Wahnvorstellungen und Komplexen litt. Von ihrer Insektenphobie mal ganz abgesehen.«

Peter lief ein kalter Schauer über den Rücken. »Woher hast du diese Informationen?«

»Das liegt doch klar auf der Hand«, übernahm Justus die Antwort. »Von derselben Person, die ihr auch die Information zutrug, wo Laura im Nachhinein in dem Haus von Mrs Hazelwood zu suchen hat: das Versteck unter dem Schrägbalken.«

»Und wer ist diese Person?«, fragte Bob im Dunkeln tappend.

Der Erste Detektiv zögerte. »Du solltest besser fragen: ›Wer war diese Person?‹ Niemand anderes als Mrs Hazelwoods verstorbener Mann Jill!«

»Bitte?« Peter entglitten sämtliche Gesichtszüge. »Wo liegt denn da die Verbindung?«

»Das hat dich einen feuchten Dreck zu interessieren!«, pfefferte ihm Laura entgegen. »Dafür seid ihr noch viel zu jung.«

»Das habe ich mir gedacht.« Justus senkte die Stimme. »Du warst seine heimliche Geliebte, habe ich Recht?«

»Du bist ein schlaues Kerlchen. Jill hat mich vergöttert. Für ihn war ich die Frau seiner Träume. Es war nur eine Frage der Zeit, bis er seine Frau verlassen hätte. Dieses Jahr wollten wir in Las Vegas heiraten und uns dort niederlassen. Er konnte es gar nicht abwarten, ihr den Abschiedskuss zu geben. Für ihn war Janet doch nur ein Mittel zum Zweck. Sie war schon blind, bevor sie ihr Augenlicht verlor. Sonst hätte sie merken müssen, dass Jill sie von vorn bis hinten nur betrogen hat!«

Erschrocken wich Laura einen Schritt zurück, denn aus dem Dunkeln trat Mrs Hazelwood hinter dem Schrank hervor und kam langsam auf sie zu.

Erlösung

»Das ist eine gemeine Lüge!« Mrs Hazelwood hatte Mühe, die Fassung zu bewahren. »Du bist das niederträchtigste Frauenzimmer, das mir jemals begegnet ist! Jill hätte sich niemals mit solch einem Miststück wie dir eingelassen! Er hat mich geliebt.«

Laura lachte überlegen. »Sie verschließen die Augen vor der Wahrheit, Schätzchen. Sie haben ihn geliebt. Er Sie aber nicht. Das ist ein himmelweiter Unterschied. Sie haben ihn gelangweilt, das können Sie mir ruhig glauben. Die Beziehung zu Ihnen bezeichnete er als ›Bequemlichkeit‹. Zwanglos, belanglos. Sie können sich gar nicht ausmalen, wie sehr er darauf brannte, uns beiden endlich das lang ersehnte Haus in Las Vegas zu bauen.«

»Jill war pleite. Er hatte keinen Cent auf der hohen Kante. Außerdem war er der Spielsucht verfallen.« Die Dame rang nach Luft. »Alles, was du da erzählst, ist erstunken und erlogen!«

Justus räusperte sich. »Das glaube ich nicht, Madam. Jill hat nämlich in seinen letzten Jahren ein gewaltiges Vermögen zusammengespart.«

»Das ist unmöglich«, widersprach Mrs Hazelwood beharrlich. »Er hat das Geld ohne Unterlass dem Kasino in den Rachen geschmissen. Jill war dem Spieltrieb verfallen.«

»So sollte es aussehen. Tatsächlich aber hat er seinem angeblichen Stamm-Kasino ›Joker-Luck‹ nicht einen einzigen Besuch abgestattet. Ich habe mir persönlich darüber Gewissheit verschafft. Dem Portier am Eingangsportal war Jills Gesicht völlig fremd. Ich habe mir nämlich das Foto aus Ihrem Schlafzimmer ausgeborgt, Madam, und es ihm unter die Nase gehalten. Er legte einen Eid ab, Ihren Mann nie zuvor gesehen zu haben. Und er muss es schließlich wissen. Nach seiner Auskunft steht er seit zwanzig Jahren vor dieser Spielbank ohne jemals einen Tag krank gewesen zu sein.«

»Dann existiert das Geld noch, Just!« Bobs Augen weiteten sich. »Statt es im Kasino zu verschleudern hat Jill es heimlich angespart und es in Mrs Hazelwoods Haus unter dem Schrägbalken versteckt! Wo aber hielt er sich tatsächlich auf, während er vorgab in der Spielhölle zu sein?«

»Bist du so blöd oder tust du nur so?« Laura spitzte den Mund, als wollte sie die Luft küssen. »Selbstverständlich war er bei mir. Und ich muss zugeben, dass wir viel Spaß miteinander hatten!«

Mrs Hazelwood begann plötzlich zu wanken und stützte sich auf Justus.

»Ach, rollen jetzt etwa Tränen?« Lauras Lippen verengten sich zu einem Strich. »Wo ist das Buch ›Geschichte der Wappen‹? Wenn ihr es mir, mitsamt seinem Inhalt, nicht sofort aushändigt, werdet ihr diese Lagerhalle nicht unbeschadet wieder verlassen. Und das ist keine leere Drohung.«

Angriffsbereit hob sie die Faust.

Justus betätigte den Lichtschalter, der die Deckenbeleuchtung in Betrieb setzte. »Das Buch befindet sich noch immer in der Kiste Nummer neun, in die du es selbst gepackt hast. Hinter Seite sechsundzwanzig, auf der das Wappen mit dem Schrägbalken abgebildet ist, hat Jill in die nachfolgenden Seiten einen Hohlraum geschnitten. Darin hat er das Geld versteckt.«

»Wirklich raffiniert, die Kohle in einem Buch zu deponieren«, kommentierte Peter. »Jill wusste ganz genau, dass Mrs Hazelwood ihre Nase nie wieder in eines der Exemplare ihrer Bibliothek stecken würde, welches sie bereits gelesen hatte, da sie den Inhalt Wort für Wort in ihrem Gedächtnis gespeichert hatte.«

»Deshalb konnte er sichergehen, dass das Geld nur ein Eingeweihter finden würde«, fügte Justus hinzu.

»Ich warne dich, Fettsack.« Misstrauisch näherte sich Laura dem Stapel Bücherkisten. »Wenn das ein Trick ist ...« Sie öffnete den Deckel, erspähte den Bildband, griff danach und schlug ihn auf. In diesem Moment entwichen dem Hohlraum Dutzende von brummenden Hornissenschwärmern, die Laura sogleich umzingelten. Kreischend schleuderte sie das Buch weit von sich und hielt sich schützend die Hände vor das Gesicht.

Justus hatte währenddessen blitzschnell die Tür des Lagerschuppens aufgeschlossen. Er stieß Mrs Hazelwood, Bob und Peter ins Freie und verriegelte den Ausgang. Lauras markerschütternde Schreie wollten kein Ende nehmen.

»Die Hornissen werden sie umbringen!« Peter drückte sein Gesicht an die Gitterstäbe vor dem Fenster und blickte ins Innere des Schuppens. »Wir müssen sie da rausholen!«

Der Erste Detektiv begann gelassen zu pfeifen. »Diese Aufgabe überlassen wir Inspektor Cotta. Ich rufe ihn gleich an. In der Zwischenzeit hat Laura genügend Zeit, sich mit den Insekten anzufreunden. Sie sind eine Leihgabe von Dr. Woolley und im Grunde genommen vollkommen harmlos.«

»Harmlose Hornissen?«, hinterfragte Bob. »Das musst du uns näher erklären.«

»Viele Insekten kopieren das Aussehen giftiger Artgenossen, um sich somit vor Feinden zu schützen. Der Hornissenschwärmer ist ein Beispiel dafür. Er sieht einer Hornisse zum Verwechseln ähnlich, hat aber gar keinen Giftstachel!«

Peter schlug sich lachend aufs Knie. »Geniale Eingebung, Erster! Man kann doch noch immer von dir lernen!«

Dunkle Wolken zeichneten sich am Himmel ab, als die drei Detektive und Mrs Hazelwood am nächsten Nachmittag unter einem Sonnenschirm im Garten der Dame saßen. Die Schwüle hatte ihren Höhepunkt erreicht.

»In wenigen Minuten tritt die Erlösung ein. Ich kann das Gewitter bereits spüren.« Mrs Hazelwood lehnte sich zurück. »Ich bin euch zu ewigem Dank verpflichtet. Obwohl ich die bitterste Pille meines Lebens schlucken musste. Es wird nicht leicht für mich sein, mich mit den neuen Tatsachen abzufinden. Doch zumindest kann ich meine Schuldgefühle fallen lassen.«

»Wir haben heute Vormittag mit Inspektor Cotta telefoniert«, berichtete Justus. »Er hat Laura bis in die frühen Morgenstunden verhört. Nach allem, was dabei herauskam, hat sie eine saftige Gefängnisstrafe zu erwarten.«

»Das geschieht ihr ganz recht.«

»Ganz meine Meinung, Madam«, pflichtete der Erste Detektiv bei. »Am meisten interessierte mich, wie sie es zustande gebracht hat, die Moskitos auf Sie anzusetzen, wo Sie doch eigentlich gegen Mückenstiche immun zu sein scheinen. Ich muss zugeben, dass mich die Antwort wirklich verblüfft hat.«

»Nun spann Mrs Hazelwood doch nicht unnötig auf die Folter, Just!«, drängte Peter ungeduldig.

»Laura hat sich schlau gemacht und in Erfahrung gebracht, womit man Stechmücken zuverlässig anlocken kann. Das Mittel dazu ist in jedem Drogeriemarkt erhältlich: Buttersäure. Eine chemische Verbindung, die beim Zerfall bestimmter Fette entsteht. Das Zeug riecht schlimmer als die schlimmsten Schweißfüße, aber die Stechmücken sind ganz wild darauf.

Ein winziger Tropfen, den Ihnen Laura beim Händchenhalten auf den Handrücken drückte, reichte bereits dazu aus, dass der Moskito seinen Rüssel zielgerichtet dort hineinbohrte. Die kalten Umschläge, die Ihnen Laura auf die Stirn legte, waren ebenfalls mit dieser Säure getränkt. Jedoch in so einer geringen Dosierung, dass Sie den Geruch nicht wahrnehmen konnten.«

»Und woher nahm sie die Moskitos?« Die Dame rückte an ihrer Brille.

»Dazu musste sie sich nicht viel bewegen: aus der Regentonne hinter Ihrem Haus. Denn Stechmücken legen ihre Eier im Wasser ab.«

»Dieses gerissene Luder.« Die Dame ballte die Hände zu Fäusten. »Ich verstehe nur nicht, weshalb sie hier erst aufgetaucht ist, nachdem Jill bereits ein Jahr verstorben war.«

»Auch das konnte der Inspektor in Erfahrung bringen.« Justus warf einen besorgten Blick in den Himmel. Er verfinsterte sich zunehmend, während der einsetzende Wind die Blätter der Bäume rascheln ließ. »Laura hat sich nach Jills Tod gleich einem anderen Mann an den Hals geworfen. Er war sehr vermögend. Daher war sie auf das Geld, das Jill im Haus versteckt hat, nicht angewiesen. Doch vor einigen Wochen hat sich diese Verbindung wieder gelöst. Von diesem Zeitpunkt an geriet sie in ernsthafte Geldnöte. Und Not macht bekanntlich erfinderisch.« Er zog einen Umschlag hervor und drückte ihn Mrs Hazelwood in die Hand.

»Darf ich Ihnen Ihr Eigentum wiedergeben?«

Die Dame begann zu zittern. »Ich weiß gar nicht mehr, wie viel Geld er mir im Laufe der Jahre mit seinen Lügen abgeknöpft hat. Wie viel ist es?«

»Wenn Sie sparsam damit umgehen, wird es für den Rest Ihres Lebens reichen, Madam. Und ich gehe davon aus, dass Sie steinalt werden.«

Ein ohrenbetäubender Donner läutete das ersehnte Gewitter ein. Schweigend saßen die vier unter dem Sonnenschirm und wünschten sich inbrünstig, dass das Unwetter den erhofften Klimawechsel bringen würde.

dtv junior

Die drei ???

Die drei ??? und die flüsternde Mumie
ISBN 3-423-0**7022**-6
Die drei ??? und der Super-Papagei
ISBN 3-423-0**7316**-0
Die drei ??? und die gefährliche Erbschaft
ISBN 3-423-0**7387**-X
Die drei ??? und das Gespensterschloss
ISBN 3-423-0**7480**-9
Die drei ??? und das Riff der Haie
ISBN 3-423-**70099**-8
Die drei ??? – Gefahr im Verzug
ISBN 3-423-**70355**-5
Die drei ??? und der riskante Ritt
ISBN 3-423-**70427**-6
Die drei ??? – Verdeckte Fouls
ISBN 3-423-**70844**-1
Die drei ??? – Tatort Zirkus
ISBN 3-423-**70490**-X
Die drei ??? – Tödliche Spur
ISBN 3-423-**70858**-1

Ab 10 Jahre

dtv junior

Die drei ???

Die drei ??? – Die verschwundene Seglerin
ISBN 3-423-**70533**-7
Die drei ??? – Die Spur des Raben
ISBN 3-423-**70583**-3
Die drei ??? und die Rache des Tigers
ISBN 3-423-**70613**-9
Die drei ??? – Pistenteufel
ISBN 3-423-**70614**-7
Die drei ??? – Giftiges Wasser
ISBN 3-423-**70682**-7
Die drei ??? und das brennende Schwert
ISBN 3-423-**70685**-6
Die drei ??? – Dreckiger Deal
ISBN 3-423-**70711**-9
Die drei ??? und die flammende Spur
ISBN 3-423-**70715**-1
Die drei ??? – Stimmen aus dem Nichts
ISBN 3-423-**70739**-9
Die drei ??? – Poltergeist
ISBN 3-423-**70750**-X
Die drei ??? – Labyrinth der Götter
ISBN 3-423-**70893**-X

Ab 10 Jahre